"선배한테 조금이라도
예쁜 저를 보여드리고 싶어서."
"뭐야, 너, 머리 잘랐어?"
라스트 라운드 아서스
LAST ROUND ARTHURS
성녀 아서와 붉은 유녀기사
2
에마 미쉐레
린타로가 세계 각지를 방랑하고 있을 때
만나서 싸우는 법을 가르친 소녀.
린타로에게 호의를 품고 있으며
《아서 왕 계승전》에서 함께 싸워주기를 바라며
루나와 승부를 하게 된다.

"사실은 지금,
이 신성한
《아서 왕 계승전》에,
누군가가 참견하고
있습니다."

비비안

《아서 왕 계승전》을 운영하는
호수의 귀부인의 수장.
어린 시절의 루나를 담당하여
엑스칼리버를 양도했다.

CONTENTS

아서스 라스트 라운드

LAST ROUND ARTHURS

성녀 아서와 붉은 유녀기사

2

히츠지 타로 지음
하이무라 키요타카 일러스트
박경용 옮김

빛나는 과거(어제)가 거기에 있고 빛바랜 현재(오늘)가 여기에 있다.
그리고 지금 미래(내일)는 잿빛 속에 갇혀버리고 말았다.

내 꿈의 희곡의 종언을.
나는 차가운 바람 속에서 지켜보고 있었다.

아아, 그는 분명히 존재했다. 일찍이 원탁에 모인 기사들과 함께.
사람들은 그를 이리 불렀다. 강하고 고귀한 과거와 미래를 다스릴 왕이라고.

그러나 그는 검으로 돌에 새겨지고, 모래로 흩어지는 시가 되어 사라졌다.
마치 하룻밤 꿈처럼. 마치 하룻밤의 환상처럼.

나는 꿈결 속에서 모든 것을 보고 있었다.
차가운 바람 속에서 그것을 보고 있었다.

존 시프 저(著)

『마지막 원탁의 아서(라스트 라운드 아서)』에서

서장 어둠 속에서 움직이는 자들

일본 열도 근해에 있는 광대한 인공섬, 뉴 아발론 섬.

그 위에 세워진, 새롭게 떠오르는 국제도시 아발로니아에는 어둠이 있다.

당연하게 살아가는 자들의 꽁꽁 굳어버린 상식으로는 상상도 못할 세계가 있다.

그 소녀가 서 있는 그 장소는, 밝고 화사한 도시의 알려지지 않은 이면— 혼돈의 어둠이 무른 상식을 좀먹는 세계의 한가운데였다.

"《자, 나오렴·—》"

시간은 초목도 잠든 심야— 소녀는 말했다. 고대 켈트어로 그리 말했다.

올려다보면, 그곳은 머나먼 하늘 높이 우뚝 선 마천루. 그 사이, 그 바닥의 어둠 속.

소녀의 말은 언령이 되어 세계에 말을 걸고 그 모습을 변질시켰다.

"《자, 나오렴·원초의 공포·어둠 속에서 살아가는 자·기피와 금기의 상징·—》"

소녀는 노래했다. 노래하듯 언령을 자아냈다.

고대 켈트 드루이드에게 구전되는 마법 『떡갈나무의 비의』. 그것이 원류가 된 『생명의 나무(세피로트)』에 정의된 왕관(케테르), 지혜(코크마), 이해(비나), 자애(케세드), 준엄(게부라), 미(美)(티파레트), 승리(네트아크), 영광(호드), 기반(이에소드), 왕국(말쿠트)— 열 개의 영역(靈域)(세피라). 인도요가의 밀교에서는 차크라라고 불리는 인체의 영적인 부위.

떡갈나무 지팡이를 치켜든 소녀의 세피라(세피라)를 마나가 순환하여, 성기광(星氣光)(오라)으로 승화된다.

그리고 소녀의 몸에서 흘러 넘쳐 솟아오른 오라(성기광)는 자아낸 언령에 응하여, 콘크리트 지면에 트리퀘트라(Triquetra)의 마법진을 그렸다.

"《그대들은 몽매를 깨우쳐준 자의 뜻으로, 지식의 심연으로 내몰린 자들·그렇기에 나는 명하노라·꿈을 닫은 암우(暗愚)한 사람·그 두려움 그대로·그 두려움의 아가리를 열라·—》"

마법진의 형성과 함께 검은 바람이 솟아오르고, 소녀의 온몸을 감싼 검은 로브 자락을 펄럭펄럭 흔들었다.

"《오라—》"

이윽고 소녀가 지팡이를 마법진에 찔러 넣었다. 공간이 거대한 손톱으로 휘갈긴 것처럼 찢어지고, 그 어둠의 허공에서 농도 짙은 어둠이 그림자처럼 퍼졌다.

그것은 『틈』이다. 이 세계에 『틈』이 생긴 것이다.

그 『틈』을 헤집어 벌리며 슬금슬금 퍼지는 그림자는, 마치 생물처럼 움직이면서 찢어지더니 자잘하고 작은 그림자로 변했다.

그렇게 만들어진 무수한 작은 그림자는 뿔뿔이 흩어져서 도시 속으로 퍼지고…… 이윽고 밤의 어둠 속으로 사라져갔다.

"후우……. 지금은 이 정도면 되는 걸까요?"

소녀가 웃었다. 키득 웃었다. 마치 즐거운 장난을 떠올린 어린아이가 그러는 것처럼. 혹은 사랑하는 사람을 애타게 기다리는 소녀처럼.

숨막힐 듯 피어오르는 요사함 속에서, 희미하게 그런 순수함을 드러내면서.

소녀는 그저, 어둠 속에서 계속 웃었다.

"후훗, 아서 왕 계승전? 호수의 귀부인(담 듀 라크)? ……빌어먹으라지. 그 지저분한 우서의 혈통도, 언니들의 시시한 의지도, 모두, 모두, 망해버리라지. 자! 있는 힘껏 춤을 추렴! 이 허식이 가득한 기만의 무대에서 춤을 추는 가여운 연기자들. 연주자는 다름 아닌 바로 나. 모든 것은 내 손바닥 위야. 키득키득키득…… 아하, 아하하하하……!"

남모르게, 지식도 모르는 심연의 어둠 속에서, 소녀는 그저 홀로 계속 웃었다.

아는 사람은, 알 것이다.

그녀의 이름은 미모리 츠구미— 또 다른 이름은 모르간르 페이였다.

국제도시 아발로니아의, 남모르는 어둠 속.

—지금, 사악한 마녀의 속셈이 움직이기 시작했다.

제1장 망할 놈들의 찬가

《아서 왕 계승전》이라고 불리는 싸움이 있다.

고대의 영웅왕 아서의 피를 이은 11명의 계승 후보자들 중에서, 세계를 다스릴 진정한 아서 왕을 결정하는 처절한 경합이자 마법의식이다.

오랜 옛날 전설의 시대, 아서 왕을 가르치고 이끌었다는 반인반요정의 존재 호수의 귀부인.

과학기술이 발달한 현대사회의 그림자에서 몰래 살아온 그녀들은 어떤 목적을 위해서 이 싸움을 기획하고, 각국 정부나 유력기업을 뒤에서 조종하여— 그것의 무대가 되는 인공섬 뉴 아발론을, 가장 영맥의 조건이 일치하는 일본 근해에 만들었다.

「아서 왕이 되면 《왕권》, 《무력》, 《부》, 《가신》— 이 세상 모든 것을 따지지도 않고 지배할 수 있는, 절대적이고 압도적인 힘을 가질 수 있다.」

열한 명의 아서 왕 후보자들의 집안에 대대로 전해지는 그 전설과, 호수의 귀부인들의 초빙. 두 가지의 인도를 받아, 지금 이 뉴 아발론 섬에는 속속 계승 후보자가 모이고 있었다.

그리고 계승 후보자들의 격돌은, 이미 이 인공섬의 각지에서 시작되고 있었다―.

“어디 보자……. 이 계승전에서 아마도 최강의 《왕(킹)》이었던 쿠죠는― 쓰러뜨렸다.”

뉴 아발론 섬 위에 세워진, 국제도시 아발로니아.

그곳의 제3에리어, 카멜롯 국제학원 본관 교사의 한산한 복도에서.

마가미 린타로는 사나운 웃음을 지으면서 혼잣말을 했다.

그는 전설 시대 최강의 마법사이자 무쌍의 무인이었던 멀린의 환생이며, 아서 왕 계승 후보자인 《킹(왕)》의 한 명인 루나의 진영에서 싸우는 괴짜였다.

최강의 《기사(잭)》 랜슬롯 경을 거느린 최강의 《킹》 쿠죠 글로리아 소마와 싸우고서 이미 며칠이 지나고 있었다. 손상과 피로도 어느 정도 치유됐으니 이제 그만 다음 행동을 취해야 한다……. 린타로는 그렇게 판단하고 있었다.

‘솔직히……. 지금 생각해 보면, 그 승리는 그리 석연치 않아…….’

예를 들어, 학원의 학생들을 마법으로 조종하여 자신들을 습격하도록 한 것이 누구였는가?

예를 들어, 마지막 결전장― 캄란 언덕의 이계를 만든 것이 누구였는가?

마법에 어두운 쿠죠에게는 불가능한 일들이다. 설명이 안 되는 현상이나 상황의 기억 탓에 린타로는 좀처럼 납득하지 못하고 있었지만……. 지금은 생각해 봐야 어쩔 수 없다.

"그럼, 다음은 어떻게 움직일까? ……그렇군. 일단 이제부터 더욱 격화되는 싸움에 대비해서, 최우선으로 대처해야 하는 사안이 있다."

"그렇네. 나도 같은 생각을 했어."

린타로 옆에서 경쾌하게 걸어가는, 선명한 금발벽안의 소녀가 고개를 끄덕끄덕 움직였다.

가만히 서있기만 해도 주위가 숨을 삼키는 활짝 핀 꽃 같은 소녀가 바로 루나 아르투르— 린타로가 가신으로서 섬기는 《킹》이었다.

"역시, 확실하게, 그게 필요하지! 린타로!"

"그래, 그건 필요하지."

린타로가 희미하게 볼을 풀면서 응답했다. 지금까지 친구라고 부를 수 있는 존재가 전혀 없었던 린타로에게, 누군가와 이런 대화를 하는 것은 어쩐지 낯간지러웠다.

"그래— 우리에겐, 그게 필요하다. ……즉, 싸움의 근거지가!"

"그래— 우리한텐, 그게 필요해! 즉, 선거활동!"

그러나 두 사람은 근본적으로 맞물리지 않기 때문에, 기본적으로 모든 것이 엉망이었다.

“그래! 이제 곧 학생회장 선거! 이 학원의 학생회장인 내 권력을 계속해서 반석에 올리기 위해 이제 슬슬 움직여야 해! 린타로! 가자! 이번 학생회장 선거전 대립 후보자들의 신변을 철저하게 캐내서, 스캔들을 날조하고, 대대적으로 네거티브 캠페인을 실시하는 거야. 아하하하하하하하하하하핫!”

루나는 묘하게 사악한 표정으로 희희낙락하며, 린타로의 손을 잡고 이끌어 달려가고자—.

“아니잖아아?!”

“우캬아아아아아아아아아아아아아아아아아악!”

린타로는 그런 루나의 손을 붙잡아 끌더니, 빙글 그 자리에서 회전하며 루나를 등에 지고 깔끔하게 메쳐버렸다.

“이 멍청아. 우리는 전쟁을 하고 있거든?! 그런 거에 신경 쓸 겨를이 없다고!”

“아무래도 좋다는 건 뭔데?! 나는 이 학원의 왕이거든! 왕의 자리에서 밀려날지도 모르는 불안을 해소하지 않고서는 마음 편하게 계승전에 전념할 수가 없어!”

“아아아아아아아아아, 진짜아아아아아아아아아아아악! 나는 어째서 이런 녀석의 진영에 붙은 거냐고오오오오오오오오오오오오?!”

“죄송합니다……. 당신한테는 참 여러모로 수고를 끼치는군요, 린타로.”

머리를 쥐어뜯으며 부르짖는 린타로를 격려하듯, 학원 교복 차림의 케이 경이 중얼거렸다.

그녀는 루나의 《잭(기사)》.

《킹》인 루나가 소환한, 전설 속에서 이름 높은 진짜배기 《원탁의 기사》였다.

"어쨌거나, 루나의 고삐를 쥘 수 있는 건 당신뿐입니다. 부디 잘 부탁하겠습니다."

"벌써부터 좌절할 것 같거든, 젠장!"

그리고 마음을 가다듬고 루나를 돌아보며, 린타로는 빠르게 말했다.

"야, 루나! 우리한테 필요한 건 안전하게 휴식할 수 있고, 싸움에 대비할 수 있는 근거지다! 이제 언제 새로운 《킹》이 나타나서 우리들한테 싸움을 걸지 모른다고…… 그런 상황이거든! 루나, 너 지금 어디 묵고 있냐?"

"어디긴…… 카멜롯 국제학원의 여자기숙사인데?"

"그게 무르다는 거야. 너한테 싸움을 거는 다음 《킹》이 쿠죠처럼 적극적으로 《킹》 살해를 노리는 녀석이고, 게다가, 그 녀석이 냉혹하고 물불 안 가리는 자식이면 어쩔 거야? 그런 녀석이 밤에 잠자리를 습격하면 어쩔 건데?"

"……!"

린타로가 하려는 말을 이해한 루나가, 눈을 부릅뜨고 입을 다물었다.

"분명히 계승전의 싸움이 시행되는 건 밤이다. 기본적으로 그런 룰이니까. 그러니까, 본래는 이것도 무르지만, 학원에 다니는 걸 그만두라고까지는…… 말을 않겠다. 하지만, 밤에 묵을 장소 정도는 이제 바꿔. 딱히 나는 상관없는 녀석들이 얼마나 싸움에 휘말려 뒤지든 아~무래도 좋지만……. 어차피, 너는 신경 쓰잖아?"

"……그렇네. 이 학원의 학생은 모두 내 하인! 내 귀여운 신하들에게 위해가 가는 것은, 왕으로서 그냥 넘어갈 수 없어!"

타고난 상전 스타일로 말하는 루나를, 미묘한 시선으로 바라보며 린타로가 말을 이었다.

"그래, 그런 거다. 주위를 위해서도, 나 자신을 위해서도, 안전하게 묵을 수 있는 장소…… 근거지가 필요하단 거지. 우리는 되도록 밤낮을 가리지 않고 함께 행동해야 돼."

"그건…… 혹시 동거하잔 거야? 꺄~악! 린타로 대담해!"

"아니거든! 어라?! 아니, 아니지는 않나? 에잇, 모르겠다. 아무튼지!"

여태까지 인생을 살아오면서, 세상 모든 것을 깔보고, 삐딱하게 보고, 온갖 자들을 손바닥 위에 올려놓고 가지고 놀던 린타로였지만…… 아무래도 루나의 주도권은 쥘 수가 없다. 아무리 해봐도.

"오늘 방과 후에 그 근거지를 찾기 위해 부동산을 돌아볼 거다!"

"말은 알겠는데. 돈은 어떡해? 이런 건 돈이 꽤 들잖아? 나는 아르투르 가문에서 절연 당하다시피 한 몸이라, 집안의 지원은 전혀 받을 수 없는데."

"……뭐? 너 대체 뭔 짓을 저질렀는데?"

"별 거 아냐. 그냥 아버님이 열받게 하기에 두들겨 패고서, 길거리에 매달아둔 것뿐인데."

꽤 진심으로 섬길 상대를 잘못 고른 게 아닐까……. 진지하게 생각하는 린타로였다.

"뭐 그건 그렇다 치고. 그렇네, 왕의 거성을 어디에 둘 것인가……. 생각해 보면 중요해……. 문제는 자금인데……."

루나가 중얼중얼 말하면서 뭔가 진지한 표정으로 생각하기 시작했다.

"흠. 역시, 약탈? 은행? 정복지에 대한 약탈 또한 왕의 특권……."

"야, 관둬라. 이 바보."

그러자 린타로가 기막힌 눈으로 신음하면서, 품에서 뭔가 꺼내 루나에게 던졌다.

그것은 예금통장이었다. 이 국제도시 아발로니아에서, 각 국제기업을 상대로 거액의 융자를 하고 있는 세계적인 비밀주의은행, 영국 리네트 은행이었다.

"자. 너한테 줄게. 당장의 군자금이다."

"에에에에에에에엑! 이게 뭐야?! 0이 잔상처럼 늘어서 있는데!"

그 통장에 기재된 금액에, 무심코 눈을 까뒤집는 루나.

"으아, 으아아아…… 저, 저의 아르바이트로는 평생 벌 수 없을 법한 액수가……?!"

린타로와 루나의 대화를 조용히 지켜보고 있던 케이 경도, 루나의 어깨너머로 통장을 들여다보고서 선망과 동경의 눈으로 숫자를 보고 있었다.

"있지, 린타로……. 혹시 당신 집은 부호 같은 거야?"

"바보 같은 소리 한다. 일반적인 중류 가정이야."

"일반적인 중류 가정의 학생이 가지고 있어도 되는 돈이 아닌데?"

"내가 여기 오기 전에, 혼슈의 학교에 다닐 무렵…… 학교 땡땡이치고 1년 정도, 세계 각지를 방랑했다는 얘기는 했었나? 그 돈은, 그 방랑생활 틈틈이 스마트폰 써서 FX로 번 돈이다."

터무니없는 말을 자연스럽게 하는 린타로였다.

"요즘 세상에 돈 따위는 그런 망겜을 적당히 꾹꾹 눌러주면 얼마든지 벌 수 있어. ……정말로 이지한 세상이 됐다니까."

린타로의 전생— 세계에서 가장 오랜 최강의 마법사 멀린에게서 이어받은 지식과 지혜는 어마어마한 것이었다. 너무나도 치트라서, 이 세계의 모든 것이 이지 모드가 되어 버린 탓에 살아가는 것 자체가 시시해질 정도다.

그런 린타로에게 이 정도 재주는 식전 운동거리였다.

"뭐, 그 돈을 써서 어딘가에 좋은 거점을 두고 싶은데……. 유감이지만 나는 이 섬에 이제 막 왔거든. 아무래도 아직 지형을 잘 몰라……."

그러면 어떡해야 할까? 린타로가 생각하고 있는데.

"알았어! 그거라면 나한테 맡겨둬, 린타로!"

루나가 가슴을 쭉 내밀고 린타로에게 선언했다.

"내가 거점에 걸맞은 장소 짚이는 데가 있어! 전부터 눈독 들이고 있던 절호의 물건이야! 날 믿어 보라니까?!"

그 활짝 빛나는 자신이 가득한 루나의 얼굴은, 린타로의 오랜 기억을 자극했다.

과거, 자신이 멀린이었을 때……. 그 오만하고 악독했던 멀린이 유일하게 신명을 바쳐 섬긴 왕, 아서의 얼굴이 루나에게 강력하게 겹쳤다.

"호오? 그러면 맡겨도 되는 거지?"

루나에게서 아서의 흔적을 본 린타로가 씨익 웃었다.

"그래! 기대해!"

아무래도 나는 저런 얼굴에 약한 모양이군……. 린타로는 생각했다. 본래 손바닥 위에 올려놓고 조종해야 할 물정 모르는 계집애한테, 이토록 휘둘리고 있었다. 예전에는 생각도 못할 일이었지만, 어쩐지 싫지 않게 생각하는 자신이 있었다. 과거의 멀린도 그랬을까?

"훗. 그럼 좋아. 어차피 그 돈은 이 계승전을 위해서 준비해 둔 애먼 돈이야. 멋대로 써봐. 네 수완을 어디 한 번 보자고."

"그래. 신하의 기대에 완벽하게 부응하는 것 또한 왕의 책무니까! 그렇게 정해졌으면 좋은 일은 서둘러야지!"

"앗! 이봐?!"

"루나! 어딜 가려고요?!"

린타로와 케이 경의 목소리를 뿌리치고.

루나는 홀로 맹렬하게 복도를 달려갔다—.

"흐흥! 근거지라면 그거야! 전부터 눈독들인 그것밖에 없어!"

복도를 바람처럼 달리고, 계단을 날듯이 내려가서, 루나는 교사의 현관문으로 달렸다.

"학생일 때는 아무래도 무리일 거라고 생각했었는데! 지금이라면—."

흥분한 나머지, 자신이 린타로와 케이 경을 두고 왔다는 것도 깨닫지 못했다.

루나가 가슴에 한껏 꿈을 품으면서, 바쁘게 현관문을 통과하여 밖으로 나가려고 한— 그때였다.

"꺄악?!"

루나는 현관문에서 교사 안으로 들어가려는 누군가와 부딪히고 말았다.

두 사람은 그대로 쌍방향으로 튕겨나가 엉덩방아를 찧었다.

"아, 야야야! 앗, 미안! 당신, 괜찮아?"

먼저 재빨리 일어난 루나가, 부딪혀 버린 사람에게 손을 내밀었다.

"……아."

루나와, 그 인물— 여학생의 눈이 마주쳤다.

루나보다도 한 사이즈 가녀리고 자그마한 몸에 학원의 교복을 입은 그 소녀는, 옷깃 휘장의 색으로 짐작하건대 루나보다 한 학년 아래…… 1학년인 것 같았다.

세 갈래로 땋아 내린 긴 백금발(플라티나 블론드). 어쩐지 자신 없어 보이는 신록의 눈동자.

이곳 카멜롯 국제학원에서는 드물지 않은, 유럽 출신의 외국인 학생 같았다.

얼굴을 깊게 들여다보면, 조형은 대단히 단정했다……. 그렇게 보이기도 하지만, 아무렇게나 기른 앞머리 탓에 절반쯤 가려져 있어서 한 눈에 알아볼 수가 없었다. 그 또래 소녀라면 누구든지 하고 다닐 화장이나 향수, 액세서리 따위는 고집스러울 정도로 전무했다.

그 소녀를 한 마디로 표현하자면— 엄청 수수하다.

그 자리를 오가는 남학생들 모두가, 그 소녀의 존재를 보지 않고 신경 쓰지도 않는다. 이성에 대해 범상치 않은 흥미를 가지고 있을 사춘기 청소년에게 흥미의 대상조차 되지 못한다.

도무지 세련되지 못한 그 모습은, 지방에서 도회지로 막 상경한 시골 소녀가 떠올랐다.

"저야말로…… 죄송합니다. 실례했어요."

그 소녀는 송구한 기색으로 루나의 손을 잡고서 일어섰다. 기특하게도 고개를 꾸벅 숙이고, 그 자리에서 물러가고자 했다.

"있지, 당신, 전학생?"

루나는 어쩐지 모르게, 그 소녀에게 물었다.

"어? 그런데요……. 어째서 아시는 건가요?"

"그거야~, 당연하지. 나는, 이 학교에 다니는 학생의 얼굴과 이름을 전부 기억하고 있는걸."

"……네?"

어쩐지 굉장한 일을 자연스럽게 말하자 눈을 깜박이는 소녀에게 루나가 이어서 말했다.

"나는 루나 아르투르! 이 학원의 학생회장! 다시 말해서, 이 학원의 왕이야! 당신 이름은?"

"네?! 루나…… 아르투르…… 씨?"

한순간 그 소녀는 루나의 자기소개에 묘한 반응을 보였지만…….

"저, 저기…… 그게…… 저는, 에마…… 에마 미쉐레……입니다."

그대로 루나의 기세에 떠밀려 반사적으로 자기소개를 하

고 말았다.

“에마? 당신 프랑스인이야? 뭐 됐어! 있지, 에마! 이 학원의 학생이 됐다는 것은, 당신은 내 가신이나 마찬가지란 거야! 이해해?”

이해할 리가 없다. 에마는 눈을 깜박거리며 우두커니 서 있는 수밖에 없었다.

“뭔가 난처한 일이 있으면 사양하지 말고 나를 의지하도록 해! 가신은 왕을 경애하는 게 당연하지만, 그런 가신을 지키는 것이 바로 왕이야! 그렇지?”

“그, 그래요……. 저기, 잘은 모르겠지만, 고맙습니다……. 앞으로 잘 부탁드릴게요, 루나 선배…….”

에마는 애매하게 웃으며 인사하고, 그 자리에서 도망치듯 교사 안으로 들어갔다.

“훗. 가만있어도 신하가 늘어버리는 나…… 내 왕의 그릇은 바닥을 몰라서 두렵다니까.”

루나가 허리에 손을 대고 그런 소리를 중얼거리면서 희열에 빠져 있는데.

“아 정말…… 이런 데 있었냐? 뭐가 그리 급해?”

“루나! 단독으로 행동하면 안 돼요!”

교사 안을 여기저기 찾아다니면서 그제야 따라잡은 린타로와 케이 경이 나타났다.

“……뭐 하냐? 루나. 어째 묘하게 기분이 좋아 보이는데?”

"아무것도 아냐! 그보다도 가자! 오늘 안으로 근거지를 획득해야지!"

"네에~ 네."

이제 완전히 정착되어 버린 광경.

루나가 린타로의 손을 끌고서 상쾌하게 걸어가기 시작했다.

"훗, 여기서부터는 나한테 맡겨! 너희들은 저기 있는 스타 카페에서 커피라도 마시고 있어!"

린타로와 케이 경에게 말하고, 어느 부동산 빌딩에 단신으로 쳐들어가는 루나.

'그러면, 어디 솜씨를 구경해볼까? 뭐 아무리 돈이 있어도 고작해야 학생인 소녀가 그렇게 간단히 조건 좋은 물건을 빌릴 수는 없겠지……. 얼른 가서 세간의 풍파에 시달리고 와라.'

린타로는 스타 카페의 한구석에서 케이 경과 함께 커피를 마시며 그렇게 생각했다. 그리고 언제 루나가 자신에게 울며 매달릴까 기다리고 있었는데—.

"……."

멍하니 서 있는 린타로 앞에, **정원이 딸린 커다란 서양 저택**이 있었다.

여기는 제3에리어 동쪽 끝의 고지대. 벼랑을 접해서 동쪽 해안과 바다가 보이며, 완만하게 이어지는 서쪽 경사면에 레트로한 주택지가 펼쳐지고 있었다.

루나가 다니는 카멜롯 국제학원에서는 조금 멀지만, 버스나 노면 전차 따위를 쓰면 통학에는 문제없다. 덤으로 근처 주택이 그 저택과 상당히 떨어져 있는 것이 좋다. 화려하게 싸워도 주변을 끌어들여 피해가 커지는 것을 최소한으로 억누를 수 있겠다.

"응! 역시 이 정도 훌륭한 저택이, 왕의 거성으로 딱이지!"

앞뜰(어프로치) 한복판에 선 루나가, 눈앞의 서양 저택을 올려다보며 흥분한 기색으로 말했다.

"네, 루나. 욕심을 부려보자면, 카멜롯 성만큼 훌륭한 성이 당신에게 어울리겠습니다만…… 여태까지의 기숙사 생활과 비교하면 하늘과 땅 차이! 저 케이 경, 사치는 부리지 않겠어요!"

케이 경도 감동의 눈물을 눈꼬리에 머금고서 감격한 기색으로 말했다.

린타로는 새삼 눈앞의 저택을 올려다보았다.

분명히 훌륭한 저택이다. 규모가 작긴 하지만, 잉글리쉬 바로크 건축으로 세워진 그 저택에는 영국 귀족의 컨트리 하우스 같은 강직하고 실용적인 아름다움이 있었다.

"어때? 린타로, 굉장하지?! 이런 좋은 물건이라, 부동산에서도 안 내놓으려고 해서 끌어내는데 고생했어! 이게 당신이 섬기는 왕의 실력이야!"

자신만만하게 가슴을 쭉 펴고, 온몸으로 칭찬해줘 오라를 뿜어내는 루나.

"……그래, 분명히 최고의 물건이야."

린타로는 조용히 말했다.

"전술적인 조건은 불만 없다. 주위의 지형을 보면 수비하기 쉬워. 영맥(靈脈)도 좋으니까, 마법적인 진지도 형성하기 좋다. ……솔직히, 방어거점, 근거지로서는 만점이야."

"그치? 그치?"

"그렇지만……."

린타로는, 부들부들 떨고 있었다. 예금통장을 쥐고서, 부들부들 떨고 있었다.

보다 정확하게는…… 예금 잔액 0엔이 된, 통장을 보면서.

"바보냐아아아아아아아아아아아아아아앗! 이런 말도 안 되게 비싼 집을 **사는** 녀석이 어디 있냐아아아아아아아아아아아아아아아아아아아아아아아앗?!"

"아아아아으윽?! 아파아파아파아파아파앗!"

한순간에 루나를 휘감아 코브라 트위스트를 거는 린타로.

옆구리와 팔이 삐걱삐걱 비명을 지르자, 루나도 눈물을 지으면서 비명을 질렀다.

"5천만 있었거든, 5천만?! 어째서 그게 0이 된 건데?! 왜 깔끔하게 사라진 건데! 거기다 보통, 이런 건 **임대**하잖아! 어째서 단독 주택으로 **사버리는** 거야! 바보냐? 응? 가르쳐줄래? 페~하!"

"뭐어?! 그치만, 마음대로 써도 된다고 했잖아?"

"정도가 있어야지이이이이이이이이이이잇!"

펄쩍! 루나가 필사적으로 린타로의 관절기를 빠져나와 물러났다.

"잠깐, 기다려봐! 설마, 돈을 쓴 게 린타로 뿐이라고 생각해?"

"……아니냐?"

"당연하지! 신하의 것은 왕의 것, 왕의 것은 왕의 것이지만! 신하와 부담을 나누는 것 또한 왕이야! 이거 봐!"

재는 표정으로 루나가 품에서 뭔가를 꺼냈다.

그것은 루나의 예금통장이었다. 어엿하게 잔고 0엔이다.

"흐흥. 나도 이 집을 사기 위해 40만 엔의 저금을 다 쏟았거든?"

"너어어는, 바아보 자식이냐아아아아아아아앗?!"

린타로가 루나의 머리를 양손으로 움켜쥐고, 메트로놈처럼 좌우로 격렬하게 흔들었다.

"너, 무일푼이면 앞으로 어쩔 건데! 계승전의 승패 이전에 생활이 위험해! 거기다 소비세 분량도 못 되는 푼돈으로 재는 표정 짓지 마라아아아아아아앗?!"

"미안해미안해미안해미안해! 그래도 린타로는 굉장하잖아?! 그 FX? 같은 걸로, 또 왕창 벌면 되는 거잖아!"

"죄송합니다! 조금 허영을 부렸습니다! 그렇게 왕창 벌 찬스는 별로 없고, 밑천이 없으면 못 벌어요! 무능한 가신이라 죄송합니다!"

루나의 머리를 한 차례 쉐이크한 다음, 린타로는 루나를 팽개치고 저택의 권리서를 가로채서 돌아서려고 했다.

"에잇. 일단 쿨링오프다 이 멍청아! 이 저택을 다시 판다!"

"에에에에에에에엑?! 시러시러시러시러어어어엇!"

그러자, 린타로의 다리에 루나가 매달렸다.

그대로 린타로에게 질질 끌려가는 루나였다.

"이 집이 좋아! 이 집에 살고 싶어어! 이 집이 아니면 시러어!"

어린애처럼 떼를 쓰는 루나에게, 린타로는 한숨을 쉬는 수밖에 없었다.

"네가 그렇게 말을 해도, 앞으로 살아갈 밑천이 없으면 아무것도 못하거든!"

린타로가 그대로 무시하고 가려 하자.

"흥이다! 심술쟁이! 그렇게 말한다면, 나한테도 생각이 있어!"

"하! 뭐든 말해봐라! 말해두지만, 나한테 어중간한 협박이 통할 거라고—."

"나, 이제, 아서 왕 계승전 사퇴해 버릴 거야!"

"그만 두세요, 부탁입니다아아아아아아아아아아아아아아아아앗?!"

이제 린타로는 우는 수밖에 없었다.

"큭큭큭……. 다 기억하거든 린타로…… 당신, 나한테 말했었지? 『내가 널 이기게 해줄게』, 『내가 붙는 진영이 이길 게 뻔해』라고. 괜찮을까아? 그렇게 창피한 완전 중2병의 큰소리를 쳐놓고서 이렇게 끝나다니…… 당신의 긍지(프라이드)가 그걸 과연 용납할까아? 우후후후후후후후!"

"이 녀석, 최악이다……!"

반한 쪽이 졌다는 말이 있다. ……이 경우는 조금 틀리지만.

지금 린타로는, 루나가 계승전의 승자가 되는 모습을 보고 싶다고 생각했다.

처음에는 자신의 오락을 위해 루나를 이용할 만큼 이용하고 쓰다가 버리겠다는 정도로 생각하고 있었지만, 지금은 루나가 진정한 아서 왕이 된 광경을 보고 싶었다.

오만불손, 방약무인, 냉혹무비. 그것을 밑바탕에 깔고 가는 자타가 공인하는 악독한 린타로가, 루나에게 좀처럼 강하게 나가지 못하는 원인이 그런 점 때문이었다.

"흐흥. 그래도 이 저택을 다시 팔 거야? 린타로. 할 수 있으면 해보시던지. 아하하하하하하하하하하하하하하하핫!"

"하아……."

"우우…… 루나…… 어쩐지 점점, 내 동생(아서)과 닮아가지 않나요……?"

린타로가 체념하고서 두 손을 들자, 케이 경이 울상이 되어 성대한 한숨을 쉬었다.

그리하여, 린타로 일행의 새로운 근거지는 뜻밖에도 하루 만에 정해졌다.

저택 이름은 루나가 재는 표정으로 명명한 『로그레스(Logres) 저택』.

이 중2병 느낌이 가득한 창피한 이름의 저택이, 이 싸움에서 루나의 나라였다.

―참고로. 당장 루나 일행의 생활비는, 나중에 케이 경이 『크 죽여라! 여기사 카페』라는 의미불명의 가게에서 알바를 하여 벌게 되었다고 한다.

케이 경이 남모르게 흘리게 되는 눈물을, 루나는 모른다.

"그래도 뭐, 내가 말을 꺼내긴 했지만 여기는 대단히 좋은 물건이란 말이지……."

로그레스 저택 안의 거실(리빙룸)에 있는 소파 위에 풀썩 드러누워 쉬면서, 린타로가 불평을 했다.

이 거실에는 조금 구형이지만 TV가 이미 설치되어 있었다.

린타로는 TV 리모컨을 조작하여 뉴스 방송을 멍하니 보고 있었다.

『―며칠 전, 거대 다국적 기업 주식회사 몬스톨의 본사 빌딩에서 발생한 강도 사건에 대한 소식입니다. 시경의 새로운 발표에 따르면, 강도는 본사 빌딩을 붉은색과 하얀색의 두 자루 도검 같은 것으로 파괴하며, 당사에 보관되어 있던 「귀중한 검의 골동품」을 강탈한 모양입니다. 그 강도는 어째선지 감시 카메라에 잡히지 않고, 또한 그 강도와 돌발적인 전투가 일어나 당사의 직원인 사병단에서 다수의 부상자가 나왔습니다만, 다행히 사망자는 없었습니다. 몬스톨 사장 워릭 스펜서 씨는 「그 소년은 괴물이다. 분신을 하고, 손에서 불꽃이나 빔을 쐈어. 우리 회사의 병사들이 마치 쓰레기 같았어.」라는 의미불명의 진술을 했으며, 시경에서는 그의 정신감정을 포함하여, 범인의 조사를 서두르고 있습니다. 또한, 몬스톨 본사는 과거, 수많은 위법행위나 비합법 밀수, 부정 상거래를 했다는 용의도 있으며—.』

삐.

"후아아아아……."

잠시 뉴스를 바라보고 있던 린타로는, 이윽고 질렸는지 TV 스위치를 끄고 리모컨을 던져두더니 천장의 샹들리에를 올려다보며 하품을 했다.

루나가 입수한 『로그레스 저택』은 2층짜리 저택이었다.

1층에는 현관(엔트랜스 홀), 거실(리빙룸), 사교장(살롱), 응접실(드로잉룸), 식당(다이닝룸) 주방(키친) 욕실(바스룸), 세탁실(런드리) 등 저택의 공동생활 공간이나, 생활 기능에 관한 시설이 모여 있었다.

2층에는 담화실(라운지)이나 유희실(플레이룸) 따위의 오락 시설이나, 주민을 위한 생활 공간…… 개인실이 다수 있으며, 별난 것으로는 정보처리실(시스템 오피스) 같은 방도 있었다.

"덤으로, 지하에는 술 저장고(와인 셀러)도 있어. 아주 정성을 들였구만, 참나."

린타로가 하릴없이 거실을 나와, 저택 안을 탐색하면서 중얼거렸다.

전기, 가스, 수도가 완비되어 있는 것은 당연하지만 저택 안에는 다수의 가재도구나 가전 제품이 남아 있었다. 거실에 있었던 TV 말고도, 주방의 냉장고나 전자레인지. 세탁실의 세탁기 따위도 다소 구형이기는 하지만 쓸 수 있었다. 2층의 정보처리실에 설치된 컴퓨터도 2~3세대 전의 것이지만 당연히 사용이 가능하며, 덤으로 인터넷 회선도 완비다.

정중하게도, 지하의 술 저장고에는 와인뿐 아니라 동서고금의 주류가 상당수 저장되어 있었다. 개중에는 경매에 내놓으면 마니아가 군침을 흘릴 명주마저도 있었다.

"입지 조건, 평수의 부지, 저택의 격식 수준……. 덤으로 지나치게 충실한 설비와 옵션……. 명백하게 5천만 엔 정도가 아닌데? 아무리 생각해도 자릿수가 하나 달라. 보통 5억은 한다고, 5억."

얼추 대강 견적을 내본 결과 알게 된 것은 이 저택이 본래 진정한 대부호가 살 법한 귀족 저택이라는 것이다.

"그런데 루나 녀석…… 고작해야 5천만에 사다니 대체 무슨 수를 썼지?"

게다가, 계승전의 전술적인 면에서도 최고였다.

이 정도로 조건이 좋다면 루나에게 화를 낼래야 낼 수가 없게 된다.

"그런데, 뭐지? 묘하게 생활감이 있단 말이지, 여기. ……빈 집이 아니었나?"

그러나, 그것 하나는 신경 쓰였다.

"이 분위기…… 마치 예전에 살고 있던 누군가가, 어느 날 갑자기, 실종된 것 같은데……."

저택 안을 탐색하던 린타로는, 융단이 깔린 2층의 복도를 걸으면서 의문을 중얼거렸다……. 그리고 문득, 눈에 들어온 옆방의 문을 열었다.

끼익……. 오크 나무 재질의 문이 삐걱거리는 소리를 내면서 열린 그곳은 서재(라이브러리)다.

사방의 벽면이 서가로 가득 차 있고, 비싸 보이는 양서가 꽉 채우고 있었다.

방 안쪽에는, 예전 저택 주인의 것이었을 마호가니 집무 책상.

그리고— 서재 중앙의 바닥에, 희미하게 그려진 백묵(초크)의 선 자국이 있었다.

"……."

침묵. 그리고 경직하는 린타로.

무언가를 둘러싼 것처럼 그어진 그 하얀 선은, 아무리 봐도 **사람의 형태처럼 보였다.**

「그런데, 루나 님……. 정말로 그 저택이면 되겠습니까? 저희들도 몇 번이나 설명을 드렸습니다만, 그 저택의 주민은 대대로 예의 없이…….」

아까 자동차로 이 저택까지 바래다준 부동산 오너의 묘하게 씁쓸한 표정과 뒤숭숭한 말……. 린타로는 문득 그것을 떠올렸다.

"……못 본 걸로 하자."

철컥……. 린타로는 살며시 서재의 문을 닫았다.

"어, 어쨌든! 그, 근거지로서는 나쁘지 않아! 응, 그렇지?"

발 빠르게 그 자리에서 물러가며, 린타로는 자기 자신에게 들려주듯 말했다.

"저택 전체의 유지가 힘들겠지만…… 그거야 뭐, 나중에 브라우니라도 소환해두면 될 거고."

브라우니란 것은, 스코틀랜드에서 전승되는 집 요정이다. 모두 잠든 밤에 몰래 가사를 해주는 편리하고 기특한 존재다.

"덤으로 액막이도 하자! 그러자! 응!"

그리고, 그런 린타로의 마음 고생은 하나도 모르고…….

"자, 케이 경! 거기 단단히 잡고 있어! 왕명이야!"

"히이?! 잠깐— 무리?! 아무리 그래도 그런 건 무리— 꺄아아아아아아악!"

저택의 어디선가, 루나와 케이 경의 소란스런 소리가 아련히 들렸다.

루나는 지금 이 저택에서 가장 커다랗고 좋은 방에 진을 치고 절찬리에 개장 중이었다.

내일은 휴일. 학교는 쉰다. 생활을 정비할 시간은 충분히 있었다.

'내 방은 어디로 할까……? 뭐, 서재에서 가장 먼 방으로 할까…….'

린타로가 그렇게 생각하고 있는 그때였다.

딩동. 초인종 소리가 저택 안에 울려 퍼졌다.

"……손님? 대체 누구야……?"

린타로가 귀찮은 기색으로 현관에 갔다.

아까 린타로가 저택의 부지 안에 친 방어결계에 적대적인 반응이 없으니, 이쪽에 적의를 가진 인물들은 아니겠지만…….

딩동. 딩동. 딩동딩동딩동—.

"아아, 정말! 시끄러, 연타하지마! 네에, 네. 지금 엽니다! 젠장할!"

짜증나는 내방객에 혀를 차면서, 린타로가 현관문을 난폭하게 열었다.

그러자—.

"오오홋홋홋! 실례하겠답니다!"

"훗, 또 만났군. 마가미 린타로!"

그곳에 못난 봇짐을 등에 진, 낯익은 2인조가 있었다.

루나와 비슷한 나이의 은발 트윈테일 소녀에, 사나운 금발의 청년이다.

펠리시아 펠란드와, 원탁의 기사 가웨인 경.

루나와 마찬가지로 이 아서 왕 계승전에서 아서 왕을 노리는 《킹》과 그 《잭》이다.

"흐흥! 제법 좋은 집이군요? 펠란드 가문에는 도저히 못 미치는 격을 가진 아르투르 가문의 연줄치고는, 훌륭하다고 칭찬을 해드리겠답니다!"

"흥. 이러한 빈약한 집에 내 왕이 머무르게 되다니…… 뭐 좋다. 마가미 린타로, 펠리시아를 위해서 힘껏, 최고급의 객실을 준비해라! 알겠지?"

철커덕.

린타로는 살며시 문을 닫고, 단단히 자물쇠를 걸어 잠갔다.

"엇, 잠까안?! 열어주시어요오오오오오옷!"

"어, 어째서 우리를 박대하는가? 열어다오, 마가미 린타로오오오오오오오?!"

쾅쾅쾅쾅쾅!

딩동딩동딩동딩동—!

"시끄럽드아아아아아아아아아아아아아앗!"

린타로는 현관문을 열자마자 왼손을 내밀어 【불덩이】마법을 쏴버렸다.

펠리시아와 가웨인 경의 발치에, 화구(火球)가 착탄하여 맹렬하게 폭염을 일으켰다.

"으캬아아아아아아아아아아아아아아아아악?!"

그 충격으로 두 사람은 하늘로 날아가 버렸다.

"어? 너네들이 왜 어슬렁어슬렁 찾아오는데? 너희들하고는 일단 휴전 동맹 중이지만, 적이라는 건 변함이 없거든!"

그리고, 린타로는 쌍검을 뽑아서 노려보았다.

"아아, 그러냐? 역시 동맹 파기를 하고 얼른 결판을 내려는 거냐? 좋아, 해주마. 너네들 같은 잔챙이 둘은 나 혼자서 충분—."

"잠깐! 기다려! 기다려 주시어요! 거, 검을 넣어 주세요!"

"마가미 린타로! 루나에게 아무것도 못 들었나?!"

그을음투성이가 된 펠리시아와 가웨인 경이, 갈라진 목소리로 창백해져서 뒤로 물러섰다.

"어? 루나? 들어? 뭔 소리야?"

그때였다.

"아, 펠리시아, 왔구나! 빨리 왔네!"

루나와 케이 경이 현관 앞에 나타났다.

"근데 당신들도 힘들었겠네! 하지만 안심해! 아까도 말했지만, 내 성에는 며칠이든 묵어도 돼! 후후. 그도 그럴 것이 빈객을 맞이해서 대접하는 것 또한 왕의 책무니까—."

잘난 듯 가슴을 내미는 루나의 뒤통수 머리끄덩이를…….

"이봐, 루나 씨? 여보세요오? 이게 어찌된 일인가요오?"

콱콱콱콱콱—!

린타로는 마치 꼭두각시 인형처럼 마구 잡아당겼다.

"아파아파아파아아?! 아프다니까! 아이참 가신 주제에 뭐하는 거야, 이 무례한 녀석!! 불경죄로 처형당하고 싶어?"

"질문에 대답하시지! 이 녀석들을 우리들의 근거지에서 재운다는 건 뭔 소리야!"

머리를 누르고 눈물지으며 항의하는 루나에게, 린타로가 귀신 같은 형상으로 캐물었다.

그러자, 펠리시아가 자신만만하게 끼어들었다.

"그것은 말이죠! 사실 저희들의 근거지인 저택이, 요전에 글로리아 경과 동맹이 결렬됐을 때, 그들의 습격을 받아서 철저하게 파괴되어 버렸답니다!"

"사실 펠리시아의 집인 펠란드 가문은 유서 깊은 가문의 격과 달리, 생각보다 가계가 어려운 가난뱅이 귀족이다! 그리하여, 지금 펠리시아는 이제 살 장소도 먹을 것도 곤궁한 처지! 큭, 내 주군이 가엾다고 생각지는 않나? 생각하지?!"

"이봐……. 지금, 뭔가, 자연스럽게 애절한 뒷사정이 밝혀졌는데? 괜찮냐? 네 주인님, 울고 있는데?"

가웨인 경 뒤에 눈에서 눈물을 흘리며 명랑하게 미소 짓고 있는 펠리시아를 흘겨보고, 린타로는 한숨을 쉬었다.

"뭐, 그렇게 됐어. 아까 역 앞의 골판지 하우스 생활은 이제 싫다고, 펠리시아가 전화해서 애원하잖아……. 그래서 여기 살라고 했지."

"……너무나 비참하군."

루나의 귓속말에, 린타로가 한탄했다.

"있지, 괜찮지? 린타로. 펠리시아랑 가웨인 경을 우리 집에 재워도."

"그러나 말이다, 루나. 저 놈들은 적이거든? 지금은 휴전 상태지만, 언젠가 싸움이 진행되면 반드시 결별하게 되는데……."

"응? 린타로……."

기분 틀어진 기색으로 난색을 표하는 린타로를, 루나가 가만히 바라보았다.

그 표정은 낯이 익었다.

그렇지만 이번 생의 기억이 아니라, 전생의 기억이다.

과거에 적대자를 모조리 물리친 브리튼의 패왕 아서.

그러나 아무리 독하게 대들어도, 아서는 한 번 상대를 쓰러뜨린 다음에는 처단하는 일이 거의 없이 차례차례 자신의 휘하에 들였다.

브리튼 통일전쟁에서 아서 왕에게 연합하여 덤벼든 열한 명의 왕도, 전사한 로트 왕을 제외하면 대부분이 전후 아서 왕의 휘하가 되었다. 휘하로 들이고 말았다.

과거에 자신(멀린)은, 얼른 패배자의 목을 치라고 아서에게 계속 진언했었지만…….

『응? 멀린…….』

지금 루나의 표정은, 그런 자신에게 아서가 언제나 애원하듯 짓던 표정과 대단히 닮았다. 그 물러터지고 사람 좋고, 조금 몹쓸 소년왕과…….

“칫……. 어쩔 수 없구만.”

그래서 밀쳐내지 못하고, 린타로는 머리를 긁적이면서 눈길을 돌렸다.

“이봐, 너희들. 이 부지 안에서 묘한 짓을 하면 곧장 베어버린다!”

“야호! 고마워, 린타로!”

이런 식으로 오랜 기억 속과 마찬가지로 기뻐하면, 화낼 생각도 가셔 버린다.

“오옷홋홋홋홋! 뭐, 감사해 드리겠어요!”

그리고 이때란 듯 태도가 강해지는 펠리시아.

“그러면, 얼른 저를 방으로 안내해 주세요! 뭐, 저도 예절을 아는 진정한 귀족! 이 저택에서 두 번째 큰 방으로 참아드리겠답니다! 자! Mr. 마가미! 제 짐을 날라주세요!”

그런 펠리시아에게, 린타로는 눈을 게슴츠레 뜨고 무표정하게 앞뜰의 구석을 가리켰다.

“아니……. 너희들 방은 저기야.”

……거기에는, 낡고 자그마한 오두막이 있었다.

“……어?”

"저기야."

린타로가 정색하고 강조하더니, 눈을 동그랗게 뜬 펠리시아와 가웨인 경에게서 빙글 등을 돌렸다.

"잠깐?! 노노농담하시는 거겠죠? Mr. 마가미! 고, 고귀하고 연약한 소녀인 저를, 저런 볼품없는 오두막에 밀어 넣다니잇!"

"기, 기다려다오! 나는 개집이든 뭐든 좋지만, 그녀만이라도―?!"

"시끄 닥쳐."

무시하고, 저택 안으로 돌아가려는 린타로의 등에 울상 지으며 매달리는 펠리시아와 가웨인 경.

현관이 한도 끝도 없이 시끄러워졌다. ……그때였다.

"저기……. 떠들썩한 건 다행입니다만……. 이제 그만 괜찮을까요?"

그런 일동에게 얌전한 목소리로 말을 거는 제3자가 있었다.

"칫. 얼버무릴 수 없었군."

린타로는 펠리시아와 가웨인 경 너머에 맵시 있게 서 있는 여자를 날카롭게 노려보았다.

신비로운 분위기를 두른 묘령의 여성이었다.

옅은 물빛 드레스와 날개 옷을 입은 절세의 미녀. 요염한 미모는 확실하게 인간과 동떨어져 있었다. 그것은 이미 마성, 요사스럽다는 것 말고 그 무엇도 아닐 정도였다.

"그, 그랬답니다. 잊고 있었어요!"

새삼스레 펠리시아가 말했다.

"여기에 온 건 살 곳을 구하기 위해서이기도 하지만, 중요한 이야기가 있기 때문이었어요! 그녀를 여기에 안내한 것은……."

그러나, 그 여성이 펠리시아를 손으로 가로막으며 앞으로 나섰다.

"아뇨. 제가 이야기를 하겠어요."

그리고 린타로, 루나, 케이 경 앞에서 우아하게 인사를 했다.

"오랜만이군요, 루나. ……당신과 만난 것은, 당신이 어린 시절 엑스칼리버를 양도했을 때 이후 처음일까요? ……당신 담당이 저였으니까요."

"……앗! 당신은—?!"

루나가 뭔가 떠올린 것처럼 눈을 깜빡이고.

"흥."

린타로가 노골적으로 코웃음을 치며, 여자를 날카롭게 노려보았다.

그런 린타로의 불손한 태도에도 딱히 기분 상한 모습 없이, 여자는 말했다.

"새삼스럽지만 자기소개를 할게요. 저는 호수의 귀부인의 수장, 비비안. 그래요…… 당신들이 도전하는 《아서 왕 계승전》, 그 운영자 측이랍니다."

그 여자— 비비안이 자기소개를 하자.

여자를 노려보는 린타로의 눈이, 더욱 큰 적의로 가득 차면서 날카로운 것으로 변모했다.

—비비안과 펠리시아, 가웨인 경을 저택의 응접실로 안내한 뒤.

“호오~ 당신이, 그 옛날 아서 왕에게, 두 번째 엑스칼리버를 양도한 사람이었어?”

“네. 그(아서) 애는 참 말썽꾸러기라서, 소중한 검을 간단히 부러뜨려 버렸어요……. 정말로 손이 많이 가는 아이였죠.”

“제가 한 말씀 드리자면, 비비안 공. ……그것은 펠리노어 왕의 괴력 탓입니다. 펠리노어 왕에게, 등 뒤에서 비겁하게 기습을 하는 우리 우제(愚弟)(아서)도 상당히 그랬습니다만.”

일동은 테이블에서 차를 마시며, 비비안을 중심으로 이야기 꽃을 피우고 있었다.

“그러나, 그 두 번째 엑스칼리버의 답례를 받으려고 아서를 찾아갔더니, 설마 그런 야만인에게 갑자기 목이 날아갈 줄은 생각도 못했어요.”

“아아, 베일린 경이…… 그때는 여러모로 폐를 끼쳤습니다.”

“모, 목이?! 당신, 괜찮았었나요?”

“네, 괜찮았답니다. 펠리시아 씨. 저희들 호수의 귀부인은 반인반요정…… 그 수장인 저는 특히 요정에 가까운 존재예요. 그저 목이 잘린 정도로 죽지는 않아요.”

흠칫한 펠리시아의 물음에, 키득키득 웃으며 대답하는 비비안.

그런 식으로, 일동이 비비안과 잡담을 즐기는 가운데.

"……."

오로지 한 사람 린타로만, 테이블 위에 발을 올린 채 입을 다물고, 비비안을 그야말로 혐오스런 시선으로 노려보고 있었다.

"아까부터 왜 그래? 린타로. 이상하게 기분이 틀어졌네?"

"냅둬라. 나는 호수의 귀부인들을 엄청 싫어하거든."

루나가 미심쩍은 표정으로 묻자, 린타로는 흥하고 코웃음을 치며 고개를 홱 돌렸다.

곧장 즐거운 대화가 끊어졌다.

그런 린타로를, 비비안이 말없이 의미심장하게 흘겨보았다.

"그래서. 호수의 귀부인의 수장씩이나 되는 자가, 일부러 이런 누추한 장소에 발을 들이셨잖아. ……그냥 차 마시고 잡담을 하러 온 건 아니겠지?"

린타로가 시선으로 찌르는 것처럼 말하자, 비비안이 새침한 표정으로 응답했다.

"……네. 알았어요. 얼른 본론으로 들어가죠."

그리고, 비비안이 차근차근 설명하기 시작했다.

"사실은 지금, 이 신성한 《아서 왕 계승전》에, 누군가가 참견하고 있습니다."

비비안이 진지한 표정으로 말했다. 그러자 곧장.

"린타로네."

"린타로겠죠."

"그거, Mr. 마가미랍니다."

"마가미 린타로 말고 누가 있다는 거지?"

루나, 케이 경, 펠리시아, 가웨인 경이, 입을 모아 머나먼 곳을 보며 딱 잘라 말했다.

"너희들 말이다아아아아아아아앗!"

이럴 때만 호흡이 딱 맞는 녀석들을 보며 린타로가 부르짖었다.

"린타로, 미안! 짧은 시간이었지만 당신이 내 신하였다는 것, 결코 1분 정도는 잊지 않을게!"

"죽어?!"

그러자, 비비안이 쓴웃음을 지으면서 린타로와 루나를 달랬다.

"아뇨. 분명히 마가미 린타로…… 그 멀린의 전생존재가 이 계승전에 참가한 것은, 호수의 귀부인 중에서 누구도…… 우리가 모시는 《운명의 세 여신》님들마저도, 예기하지 못했던 사태이기는 합니다만……."

"……응? 내 참전을 예기 못했다고?"

문득, 린타로가 비비안의 말에 눈썹을 찌푸렸다.

"……왜 그러시죠? 마가미 린타로."

"……."

호수의 귀부인은 계승전의 운영자 측이다. 이 뉴 아발론 섬에서 《킹》들의 싸움은 전부 파악하고 있을 것이고, 자신의 정체가 멀린이라는 것이 들킨 것도 당연하다.

그렇지만— **예기하지 못했**다, 라고?

본토에서 다니던 학교를 땡땡이치고 최근까지 세계를 방랑하고 있던 자신에게, 호수의 귀부인이라며 자기소개를 하고서 이 계승전의 존재를 전달한, 그 검은 여자는?

"……아니, 아무것도 아냐. 그래서? 이야기를 계속해봐."

"네. 분명히 당신의 존재는 이레귤러, 《어릿광대(조커)》라고 할 수 있는 존재입니다만, 그것 자체는 문제없어요. 각 《킹》들이 현실계의 사회적 지위를 이용한 연줄이나 협력으로 싸움을 유리하게 전개하는 것과 아무것도 다를 바 없어요. 요컨대 『아서 왕 계승을 목표로, 싸워서 이겨나간다』라면, 그거면 되는 겁니다."

"흐응? 다시 말해서, 나처럼 그냥 멋이나 폼으로 참전한 게 아닌, 이 《아서 왕 계승전》이라는 싸움 자체를 방해하려는 제3자가 있다는 건가?"

"이해가 빨라서 좋군요. 바로 그거예요."

고개를 끄덕 움직이고 비비안이 말을 이었다.

"연일, 이 뉴 아발론 섬의 각지에서 『틈』이 발견되고 있어요."

"……『틈』?"

"요정이나 요마, 신들이 사는 저 너머— 환상계와, 인간들이 사는 이곳— 현실계. 이 두 세계를 《의식의 장막》이라는 세계 결계가, 견고하게 나누고 있다는 건 알고 계시죠?"

루나가 고개를 갸웃거리는 걸 보고, 비비안이 보충했다.

"이 《의식의 장막》이 있기 때문에, 사람들은 현실 세계에 있을 수 있어요. 신들의 지배에서 벗어나, 요마에게 겁먹지 않고, 안녕한 『상식』 속에서 살아갈 수 있습니다. ……『틈』이란, 그 《의식의 장막》에 생긴 구멍입니다."

"잠깐, 그건……?!"

"그래요. 이 말이 정말이라면, 혹시라도 큰일이랍니다. 가만 두면 환상계의 요마들이 『틈』을 통해서, 한도 없이 이쪽으로 찾아올 거예요."

루나의 경악에, 펠리시아가 고개를 끄덕였다.

그리고, 일동이 이해한 것을 확인하며 비비안이 말을 이었다.

"애당초, 요마란 것은…… 기원을 거슬러 올라가면 역병이며, 가뭄이나 기근, 폭풍, 벼락, 지진, 산불 따위 사람이 감당할 수 없는 자연재해이며, 혹은 배신, 질시, 정욕, 질투, 파괴 충동 같은 부정적인 감정이거나……. 그러한 사람들의 갖가지 기피감과 공포가, 문화나 신앙과 이어져 형체를 얻은 자들입니다. 사람들이 그러하리라고 바란 것입니다."

"본래 사람들이 감당하기 어려운 개념에서 태어났기에, 사람이 감당하기 어렵다는 것이로군요."

"맞습니다. 분명히 지금의『틈』은 아직 작아요. 큰 해가 되는 요마는 들어오지 못할 겁니다. 그러나,『틈』은 수가 늘어남에 따라 착실하게 커집니다. 이대로는 사람들에게 해가 되는 강대한 요마가, 언젠가 이쪽으로 침입해올 겁니다."

"분명히, 도시에 강력한 요마가 어슬렁거리면, 계승전을 하고 있을 경우가 아니게 되겠지."

"네. 그리고, 이『틈』은 자연스럽게 발생한 것이 아닙니다. 누군가가 마법으로 비틀어 열어낸 인위적인 것입니다. 아서 왕 계승전의 개시와 같은 시기에, 이 도시의 각지에서 발생하기 시작한 인위적인『틈』……. 계승전을 방해하려는 제3자가 있다는 것은 이미 명백합니다. 그래서, 이 싸움에 참전하는《킹》여러분에게 부탁이 있습니다."

새삼스레, 비비안이 린타로 일행을 마주보며 고개를 숙였다.

"이『틈』을 만들어낸 범인의…… 타도 의뢰를 받아주실 수 있나요?"

"—흥?!"

린타로의 눈매가 날카로워졌다.

"지금, 이 의뢰는 호수의 귀부인들을 통해서, 이 섬에 모인 각《킹》들에게 통달되고 있어요. 아서 왕 계승전 운영자 측인 호수의 귀부인이 정식으로 의뢰하는 임무입니다. 여러분들은, 이 의뢰를 받아도 되고, 받지 않아도 됩니다. ……어떤가요?"

"혯. 어디서 장난질이야? 바보냐?"

그러자 예상대로, 린타로가 입꼬리를 끌어올리며 거절했다.

"이대로는 아서 왕 계승전을 진행 못한다고? 게임의 운영자 측이, 어디서 물러 터진 소릴 하고 있어? 그런 것까지 다 합쳐서, 어떻게든 하는 게 운영이라는 거 아니냐? 그걸로 우리한테 빚을 지게 되면 번지수를 한참 잘못 찾은 거지."

"……참으로 맞는 말씀입니다. 반론할 말이 없어요."

린타로의 매정하기 짝이 없는 말에, 비비안이 송구한 기색으로 눈을 깔았다.

"어쨌든지, 그런 귀찮은 일은 거절한다! 다른 데 알아봐! 언젠가 위험한 요마가 나온다고? 그 탓에 일반인한테 피해가 나올지도 모른다? 흥. 걸레짝 같은 놈들이 몇 명 죽든 내 알 바 아니지. 애당초, 그런 시시한 일로 싸움이 중지되지 않도록, 너희들이 말이다—."

린타로가 기세를 몰아서 제멋대로 말한 그 때였다.

"린타로."

루나가 진지한 표정으로 일어서서…… 손을 들어 린타로를 막았다.

"야, 루나……. 너 설마……?"

미심쩍은 눈으로 루나를 노려보는 린타로.

그러자 루나는 그런 린타로의 시선에 응답하듯, 고개를

끄덕이고 비비안을 똑바로 보았다.

"……얼마 줄 거야?"

"역시나!"

쿠당. 린타로는 테이블을 이마로 들이받았다.

"그거야, 정의감만으로 아무 득도 없는 싸움에 도전하는 것보다야, 훨씬 낫긴 한데 말이다아?! 낫기는 한데!"

"무, 무슨 말이야? 내가 이 의뢰를 받는 건, 틀림없이 올곧고 불타오르는 뜨거운 정의로운 영혼 때문이거든! 당연하잖아!"

그런 린타로에게 일갈하는 루나.

"잘 들어봐? 나는 언젠가 아서 왕을 계승해서, 이 세계의 모든 것을 다스릴 왕이 될 자거든?! 즉, 이 세계의 인간 모두가 내 신하! 그렇다면 나는 이 세계의 사람들을 위해서, 분골쇄신 싸우며, 지킬 의무가 있어! 그게 왕의 책무란 거야!"

"야 인마……."

"뭐, 그 왕으로서의 의무를 다하기 위해서도……. 여러모로 필요한 게 있다는 거지?"

그리고 기가 막혀 말도 안 나오는 린타로 앞에서, 루나는 징글징글한 웃음을 지으며 비비안 곁으로 슬금슬금 다가가…… 어깨에 팔을 두르고 바짝 접근하여 귓속말을 했다.

"딱히 돈을 위해서 싸우는 건 아닌데에? 조금 포상을 얹어준다면야, 의욕도 생기는 법이 아닐까아? 알잖아? 비비안

씨이?"

"야. 다 들리거든. 머저리 왕. 하다못해 숨길 노력을 해라."

"후후, 고맙습니다, 루나 씨."

그러자, 비비안은 생긋 웃고 품에서 백지 수표를 꺼냈다.

"이것은 호수의 귀부인이 정식으로 의뢰하는 거니까요. 물론 보수가 나옵니다. ……그렇네요. 선금은 이 정도고…… 성공 보수는……."

루나에게만 보이도록, 백지 수표에 사사삭 뭔가를 적는 비비안.

그러자 그 옆에 앉은 루나가 한순간 눈을 커다랗게 떴다.

그리고 전에 없이 진지한 표정으로 린타로를 돌아보더니, 똑바로 바라보며 당당하게 선언했다.

"……하자, 린타로. 이 도시는 내가 지킨다."

"야. 방금 받은 수표가 삐져나와 있거든. 하다못해 잘 감춰라."

지친다. 참으로 지친다. 생각해 보면 아서도 생각보다 속물적인 녀석이 아니었던가 싶다. 세간에 일반적으로 퍼져 있는 청렴결백한 이상적인 기사왕이라는 것은 새빨간 거짓말이다.

여러모로, 과거의 아서 왕과 닮은 루나.

과거의 자신도, 이런 기분을 맛보고 있었을까?

'뭐 좋아. 토벌에 참가하는 다른 《킹》의 정보가 들어올지

도 모른다……. 완전히 헛수고도 아니겠지. 내 전생의 힘을 되찾는 훈련도 될 거고.'

그렇게 생각하고, 자신을 억지로 납득시키는 린타로.

"다, 당연히! 저희들도 의뢰를 받아들이겠답니다!"

"네. 잘됐군요, 나의 왕이여! 이걸로 당분간, 생활이 난처하지 않겠습니다!"

당연히 펠리시아와 가웨인 경도 두말없이 받아들였다.

이렇게, 린타로 일행은 요마 소환의 범인 찾기에 참가하게 되었다—.

제2장 구세의 성녀와 붉은 기사

비비안이 물러간 다음, 해가 저물고 밤이 찾아왔다.

환상의 세계에 속한 자들이 암약하는, 일상과 동떨어진 밤의 세계가 현현한다.

"그렇지만…… 계승전을 방해하는 제3자의 토벌이라니……. 앞길이 험난하겠네."

마치 그림자 놀이처럼 마천루가 우뚝 선 한산한 시가지를 걸으면서, 루나는 빌딩이 잘라낸 밤하늘을 올려다보며 한숨을 쉬었다.

지금 린타로와 루나, 케이 경은 펠리시아와 가웨인과 함께, 정처 없이 밤거리를 헤매는 중이었다.

루나와 펠리시아는 엑스칼리버를 차고, 린타로도 익숙한 장검과 지팡이 검을 찼으며, 케이 경과 가웨인 경은 오라로 기사 장비를 현현시켰다.

곧장 오늘밤부터 그 『틈』을 만들고 있는 범인의 수색을 시작한 것이다.

"이것만큼은, 루나에게 동의하겠어요."

펠리시아가 루나의 불평에 응답하며 고개를 끄덕였다.

"이래서는 계승전의 요체인 네 지보의 탐색(퀘스트)은 언제 발동할지 모르겠어요."

아서 왕 계승전의 승리 조건은, 뜻밖에도 자신이 아닌 모든 참전자와 싸워서 탈락시키는 배틀 로열 방식이 아니다.

이 인공섬 어딘가에 숨겨져 있는 네 가지 지보(至寶)— 그것을 모두 입수하는 자가 승자가 되는 룰이며, 그것을 달성하는 과정의 수단에 전투라는 행위가 있는 것에 지나지 않는다.

"……계승전이 시작된 지 며칠이 지났는데. 도무지 운영자 측에서 지보 퀘스트(탐색)를 발동할 낌새가 없어요……. 《왕비(퀸)》도 나타나지 않고. 어쩐지 애가 탄답니다."

펠리시아가 한숨을 섞으며 중얼거리자.

"흥. 냅둬라. 아마도 지보 퀘스트 발동에는 특수한 『조건』이 설정되어 있을 거다."

후미의 린타로가 그것을 듣고서 나른하게 말했다.

"……조건?"

"그래. 이 인공섬에서 그 『조건』이 만족되면 지보의 탐색이 발령된다……. 대강 그런 룰일 거야. 그 음험한 호수의 귀부인들이 좋아할 법한 방식이잖아."

린타로의 말에는 어쩐지 가시가 돋쳐 있었다.

생각해 보면 낮에 비비안과 대담을 할 때부터 계속 그랬다.

"어쨌든지. 지금은 지보를 생각하지마. 《킹》들의 움직임에 주의하면 되는 거야. 흥……. 알기 쉬워서 좋지?"

"에이 참…… 린타로. 언제까지 화내고 있을 거야?"

그렇게 짜증을 내는 린타로의 모습을 보다 못해서, 루나가 항의했다.

"……정말이지. 당신, 비비안의 뭐가 그렇게 마음에 안 들어?"

핵심을 찌르자, 린타로가 입을 다물었다.

잠시 동안, 그대로 침묵을 지키고…… 이윽고 체념했는지 입을 열었다.

"……딱히. 비비안이 싫다는 게 아니다. 나는 호수의 귀부인들이 마음에 안 드는 것뿐이야."

그리고, 린타로는 또박또박 토해내는 것처럼 말하기 시작했다.

"호수의 귀부인은 말이다. 이 세계를 환상계에서 분리시켜 요마나 신들을 몰아내고, 이 세계를 인간들만의 것으로 만든다. ……그것을 주목적으로 활동하는 반인반요정들의 조직이야."

"그것만 들어보면, 딱히 나쁜 일을 하는 것 같지 않은데? 이 세계에 요마나 신들이 활보하면, 인간은 제대로 사회생활을 할 수 없으니까."

"나도 놈들의 공적을 어느 정도는 인정해. 놈들이 오랜 세월에 걸쳐 활동한 덕분에 이 세계가 있으니까. 《의식의 장막》을 형성하는 것도, 놈들이 얽혀 있다는 소문이 자자하고."

"……그러면 어째서?"

"말했잖아? 마음에 안 든다고."

린타로는 토해내듯 말했다.

"지금 놈들은 인류의 관리자 행세를 하고 있다. 반인반요정이기 때문에 《의식의 장막》 너머로 오랜 신들이나 요마를 몰아내고서도, 놈들은 이 현실계에 간섭할 수 있어. 다시 말해서, 이 세계에서 놈들은 가장 힘을 가진 조직이라는 거다. 그 환상계에서 유래된 힘을 온전히 이용해서, 세계 각국의 상층부에 파고들어 영향력을 휘두르고 있어. 극동 섬나라의 해역에 이런 인공섬이 만들어진 것도, 놈들이 뒤에서 조종한 거지. 망할 잔챙이 주제에 강한 녀석을 다른 곳에 몰아내고, 재는 표정으로 이 세계의 관리자 행세를 한다. ……그 오만함이 마음에 안 들어."

"아하하…… 린타로는 정말로 비뚤어졌네."

루나가 쓴웃음을 지은…… 그때였다.

"그리고. 놈들은…… 아서를 결국 자기들의 도구로밖에 생각 안 했어."

전에 없이 진지한 린타로의 말에, 루나가 살짝 눈을 부릅떴다.

아마, 진심은 이쪽이라고 루나는 직감했다.

"요마나 오랜 신들의 지배에서 벗어난 인간의 세계를 만들기 위해…… 놈들은 아서를 골라서, 인류의 기수로 이용하고, 혹사하고, 그리고 닳고 닳아서 쓰러지게 만들었어. 그녀석을 캄란 언덕으로 내몰았지. 장난치는 것도 아니고."

"……."

"거기에다, 그런 식으로 이용당하는 아서 녀석을, 어떻게든 도우려고 한 나를, 놈들은……. **그 녀석**은……!"

문득, 린타로 안에 살아 있는 멀린의 기억이 되살아났다.

뇌리에 떠오른 것은, 자신을 향해서 온화하게 미소 짓는, 어느 호수의 귀부인 소녀의 모습.

그것은 진심으로 믿고 있던 상대에게, 지독한 배신을 당한…… 씁쓸한 기억이었다.

"어쨌든! 나는 호수의 귀부인 놈들을 신용할 수 없어! 마음에 안 들어!"

"정말이지 참. 호수의 귀부인이 주최하는 계승전에 참가해놓고는, 이제 와서 무슨 말이야……."

"그으러어니이까, 내가 휘저어서 놈들한테 한 방 먹여주려는 거지!"

그렇게 어린애처럼 소리쳐대지만, 동시에 그것이 그리 쉽지 않으리라는 것도 린타로는 느끼고 있었다.

'특히 신경 쓰이는 건, 나에게 계승전의 정보를 유출한 **그 녀석**이군…….'

린타로는 어느 소녀를 떠올렸다.

얼굴과 온몸을 검은 후드와 로브로 빈틈없이 뒤덮은 정체

불명의 소녀. 아서 왕 계승전과, 루나의 정보를 린타로에게 건넨 인물. 그 소녀는 자기가 호수의 귀부인이라고 했었다……. 그렇다면 어째서, 비비안은 파악하지 못한 것일까?

애당초, 계승전의 개시와 함께 시작된 제3자의 방해.

이 신성한 마법 의식에 본래 있어서는 안 되는 이물질의 혼입.

처음부터 모조리 발목을 붙잡고 있었다. 이면에 뭔가 바닥을 모를 속셈이 있다는 것은 명백하다. 이 계승전이 단순히 아서 왕의 선발로 끝나지 않을 거라는 예감이, 이미 맹렬하게 느껴졌다.

그러나, 린타로는 씨익 음흉하게 웃었다.

'뭐, 그것도 재미있겠지……. 나는 내가 재미있게 싸움을 즐길 수 있으면 돼. 그 여자의 정체나 목적, 의문의 제3자가 무슨 속셈인지는 알 바 아니지. 뭔가 꾸미는 게 있어도 내 앞을 막아선다면, 그 영악한 속셈까지 통째로 짓밟아주지.'

그런 것을, 린타로는 오만불손하게 생각하고 있었다.

"이거 참……. 당신은 뜻밖에 전생의 기억이 강하네."

지금까지 린타로의 이야기를 듣고 있던 루나가, 옆에서 기가 막힌 기색으로 어깨를 으쓱거렸다.

그리고, 린타로를 향해 자신만만하고 힘차게 웃었다.

"그래도, 나는 괜찮아! 선조님처럼 되지는 않아! 누가 뭐래도 이 세계를 다스릴 진정한 왕이 될 사람이고, 그리고 무엇보다— 나한테는 당신이 있으니까!"

"……!"

무심코 린타로가 눈을 깜박이고, 루나를 흘겨보았다.

"당신이 나를 지켜줄 거잖아? 왕으로 만들어줄 거잖아?"

린타로를 똑바로 바라보는 루나의 눈동자에는, 린타로에 대한 근거 없는 신뢰가 깃들어 있었다.

그런 모습은 역시, 그리운 누군가와 닮아 있어서…….

"……칫. 시끄."

린타로는 혀를 차며 고개를 홱 돌렸다.

'뭐. 내가 재미있게 이 싸움을 즐긴다는 건, 양보 못하지만…….'

이 바보 왕이 아서 왕이 되는 모습을 지켜보겠다는 항목도, 덤으로 즐거움에 덧붙여도 된다.

그런 생각을 하는 린타로의 옆모습을, 루나는 생글생글 웃으면서 지켜 보았다.

"……린타로, 이쪽입니다. ……이것을."

케이 경이 불러서, 린타로가 앞으로 나섰다.

여기는 최근에 특히 『틈』이 많이 발견되었다는 제2에리어—오피스 거리.

마천루가 늘어선 사이, 어둡고 비좁은 뒷골목 한 구석이었다. 지면을 거대한 발톱으로 찢어낸 것처럼 열려 있는 어둠의 허공— 누군가가 이 세계에 새긴『틈』이 분명히 있었다.

상식에 사로잡힌 현실 세계에 속한 사람들은, 결코 지각할 수 없는『틈』. 그것은 언뜻 그야말로 물리적으로 열린 구멍처럼 보이지만, 실제로는 다르다. 사람의 인식에 뚫린 구멍이었다.

"분명히『틈』이 생겨 있군……. 시간도 꽤 지났는데."

"호오……. 그러면 벌써 이『틈』에서, 환상계의 요마들이 이쪽 세계에 침입해버렸다는 거야?"

루나의 말을 흘려들으면서, 린타로는 검 끝으로 그『틈』에 고대 켈트 오검(Ogham) 문자로『VANISH』를 끄적끄적 새겼다.【해주(解呪)】의 마법이다.

"아~니. 이 정도 규모의『틈』이라면, 대단한 요마가 나올 수 없어. 뭐, 고작해야 잠시 이 근처에서, 하찮은 장난이 빈발하거나, 기계가 오작동을 하거나, 밤사이에 어째선지 가사가 끝나 있거나, 고양이가 말을 하는 것 정도겠지."

북유럽 룬과 비슷한 오검 문자를 다 새기자, 그 문자의 나열이 한순간 빛났다.

그러자,『틈』은 마치 거짓말처럼 닫혔다.

"그러나, 언제까지 그 정도의『틈』으로 끝날 거라 생각할 수는 없군."

"그렇네. 첫날인데 벌써 세 개째잖아."

그랬다.

어째선지, 정처 없이 헤매는 린타로 일행 앞에 『틈』이 나타났다.

"……그런데, 진짜로 이 범인은 뭘 하고 싶은 거지? 이렇게 노골적으로, 알기 쉽게 『틈』을 만들면, 막아달라고 하는 거나 마찬가지일 텐데."

"분명히 의도를 알 수가 없군요. 역시 범인을 직접 붙잡는 수밖에 없을 것 같아요."

린타로의 의문에 케이 경이 응답하자.

『Mr. 마가미!』

린타로의 머리 위에 작은 요정 소녀가 날갯짓을 하며 떠올라 있었다.

펠리시아가 마법으로 사역하는 전령 요정(메신저 픽시)이었다.

『이쪽! 이쪽이랍니다! 또 「틈」을 발견했어요! 흐흥! 저한테 걸리면 이렇답니다!』

"그래. 알았어 알았다고! 네 공적이야."

한숨을 쉬면서 일어서고, 린타로는 검을 휘둘러 떨쳐낸 다음 칼집에 넣었다.

"……그렇게 됐으니, 루나, 케이 경. 다음 간다."

이렇게 린타로는 루나와 케이 경을 이끌고, 다음 『틈』으로 갔다.

이때 사실 린타로는 기묘한 술렁거림을 느끼고 있었다.

'……그런데, 뭐지? 오늘 밤에 발견한 『틈』의 기척…… 어쩐

지 묘하군. 마치, 우리를 어딘가로 유도하는 것 같아……. 그런 의도가 느껴진다.'

그런 것을 막연하게 생각하면서도.

지금 린타로 일행은 『틈』을 따라가는 것 말고는 선택지 따위 없었다.

—이렇게, 길거리를 돌면서 『틈』을 찾는 린타로 일행.

『틈』은 역시, 린타로 일행을 어딘가로 유도하는 것처럼 차례차례 나타났다.

그리고 『틈』을 따르며 도착한, 어느 공원.

정글짐, 시소, 모래…… 갖가지 놀이기구에 둘러싸인 광장의 중심에—.

"……일곱 개째네. 아주 최근에 생긴 걸로 보이는데."

—루나가 가리킨 곳에, 역시 『틈』이 있었다.

"정말이지. 이 녀석은 대체 얼마나 한가한 거야? 이건 본격적으로 범인을 찾아서 밟아주지 않으면 진짜로 끝도 없이 술래잡기를 하겠어."

린타로가 지긋지긋한 기색으로 『틈』의 해주 작업을 시작하려고 했다.

아까부터 『틈』을 막는 작업만 하다 보니, 변화나 진전이 무엇 하나 없었다.

펠리시아도, 루나도, 계속 이어지는 같은 작업에 긴장이 풀리기 시작하고 있었다.

그러나, 변화가 없는 전개에 일동의 분위기가 완전히 이완된…… 그때였다.

"—읏?!"

갑자기, 등에 얼음 칼날을 잔혹하게 박아 넣은 것 같은— 그런 날카로운 오한이 그 자리에 모인 일동의 등줄기에 흘렀다.

살기다. 먹잇감을 발견한 사나운 육식 짐승이 지르는, 환희와 고양과도 비슷한 농후한 살기.

누군가가 이쪽을 보고 있다—. 린타로가 쌍검을 뽑고 주위를 경계한, 그 순간.

"키득…… 찾았다아♪"

문득, 머리 위에서 앳된 소녀의 목소리가 내려왔다.

마치 숨바꼭질을 하던 어린애 같은, 순진무구함을 띤 음색이었다.

"아아, 주여. 하늘에 계신 아버지여. 이 만남과 인도에 감사 드립니다. 에이멘."

"—큭?!"

린타로 일행이 재빨리 머리 위를 경계했다.

올려다본 곳은— 공원 안에 같은 간격으로 설치된, 어느 가로등의 꼭대기였다.

T자 모양 가로등 꼭대기에 소녀 한 명이 다리를 훌훌 흔

들면서 앉아, 오른손으로 십자를 그리고 린타로 일행을 내려다보고 있었다.

'응? 저 꼬맹이, 어느 틈에?! 전혀 기척을 느끼지 못했는데!'

오싹……. 등을 베인 것 같은 서늘한 전율.

린타로는 어둠 속에서 유령처럼 떠오르는 소녀의 모습을 응시했다.

체격은 가녀리고 작으며 앳되다.

나이는 아무리 봐도 열 살 정도다. 소녀라고 부르기에도 너무나 어렸다.

이 어두운 밤 속에서도 선명하게 빛나는 진홍의 머리칼. 제멋대로 기른 그 머리칼이, 밤바람에 휘날려서 마치 지옥의 불꽃이 타오르는 것처럼 흔들리며 어둠을 태워 버린다.

린타로 일행을 내려다보는 커다랗고 날카로운 눈동자는 뚝뚝 떨어지는 핏빛의 홍채. 그 동공이 커다랗게 열렸고, 역시 이 어둠 속에서 홍옥(루비)처럼 이글이글 흉흉하게 빛나고 있었다.

어린 얼굴의 조형은 마치 도자기 인형(비스크 돌)처럼 단정했고, 천진한 웃음을 짓고는 있지만……. 그 순수함의 이면에, 어쩐지 숨길 수 없는 독기와 잔혹함이 엿보이고 있었다.

그런 소녀가, 붉은 기사 장비를 입고서, 린타로 일행을 똑바로 내려다보고 있었다.

당연히 보통 사람이 아니다. 그 소녀가 내포한 오라의 압력은, 어중간한 것이 아니었다. 케이 경, 가웨인 경 따위 발치에도 못 미친다. 까딱하면 그 원탁의 기사 최강이라고 칭송 받는 랜슬롯 경에게도 필적하거나, 그 이상—.

새삼 말할 것도 없다. 그런 자가 보통 사람일 리가 없었다.

그 소녀의 정체는—《잭》이다.

“치잇, 너는—?!

“다, 당신은—?!”

“네, 네네네, 네놈은?!”

그리고 린타로, 케이 경, 가웨인 경 세 명은 그 소녀를 알고 있었다.

당황과 동요가 흐르는 일동을 내려다보면서, 그 소녀는, 씨익…… 입가를 끌어올리며 웃었다. 사랑의 시를 읊조리는 것처럼 말했다.

“멀린, 만나고 싶었어. 기나긴 시간이 지나 육체가 바뀌었어도, 그 영혼의 빛은— 아아, 잊을 수 없지. 아무것도 변하지 않았어. 나는 당신을 계속 계속 만나고 싶었어—.”

그 찰나— 소녀가 움직였다.

정에서 동으로 급전환. 순식간에 온몸의 탄력을 극한까지 짜낸, 압도적인 순발력.

소녀가 한순간에 가로등을 **달려 내려와**, 그대로 직각 반전하여 일동에게 돌진했다.

노래하라, 그리고 기뻐하며 춤추라
“Cantate et exsultate et psallite……. 아핫, 아하하하

하하하하하하하핫!"

성스러운 구절을 읊으며, 불길한 새처럼 새된 웃음 소리를 내면서, 소녀가 질주했다.

땅바닥을 기는 것처럼 어마어마하게 앞으로 기울어진 자세로, 일동을 향해 질주한다.

그 얇은 팔이 쥔 것은, 십자가 모양의(크로스 클레이모어) 대검. 사냥감을 사냥하는 육식 짐승의 하얀 송곳니처럼, 칼날이 달빛을 반사하여 번쩍 빛났다.

그 잔상마저도 남기지 않는 소녀의 신속한 움직임 앞에서—.

"큭—?!"

"치이이이이—?!"

위치적으로 소녀와 가까웠던 케이 경과 가웨인 경이, 검을 겨누고 맞섰다.

그러나— 대검을 일섬.

밤의 어둠을 둘로 나누는 흉흉한 초승달의 잔향. 충격음의 포효.

소녀가 안중에 없는 것처럼 휘두른 검의 일격이, 케이 경과 가웨인 경을 한꺼번에 날려버렸다.

"꺄아아아아아아아아아아앗! 저, 이런 역할뿐인가요?!"

"크오오오오오오오오오오오오오오오오옷!"

강속구처럼 수평으로 날아가는 케이 경과 가웨인 경.

케이 경은 공원 안의 부지를 바운드하고 깎아내면서 끝도 없이 굴러가고, 가웨인 경은 정글짐과 격돌하여 그것의 원형을 알 수 없을 정도로 찌그러뜨렸다.

"잔챙이는 물러나 있으려엄!"

두 사람의 《잭》을 순식간에 전투 불능으로 몰아넣고서도, 소녀의 질주는 멈추지 않았다.

돌진한다. 린타로 일행을 향해서, 더욱이 폭주 가속하면서 맹렬하게 돌진한다.

'헷, 뭐가 뭔지, 잘은 모르겠지만 말이지—.'

린타로는 애용하는 쌍검 —오른손의 붉은 장검, 왼손의 하얀 직도— 을 겨누고, 다가오는 소녀를 응시했다. 린타로와 소녀의 눈이 딱 마주친 순간, 린타로는 확신했다.

'—저 녀석이 노리는 건 나다!'

그 순간, 린타로는 한 걸음 앞으로 나서서 외쳤다.

"루나! 물러나 있어—."

그 다음, 아직 10미터 떨어져 있었던 서로의 거리가 한순간에 사라져 버렸다— 린타로와 소녀가 격돌했다.

소녀가 번개처럼 내리친 대검을, 린타로가 쌍검을 교차시켜 막아낸 것이다.

화려하게 잔향되는 금속음. 치솟으며 명멸하는 불똥. 그 충격으로 검압이 폭풍처럼 일어나 휘몰아치고, 어안이 벙벙한 루나와 펠리시아를 날려 버렸다.

그리고 소녀의 어마어마한 일격을 받아낸 린타로는 소녀

와 검을 맞대고 노려보면서, 화려하게 짓눌려서 밀려났다.

방어 자세 그대로 밀려나는 린타로의 신발이, 땅바닥을 깎아내면서 성대하게 모래 먼지를 일으켰다.

격류처럼 전방으로 흘러가는 시야.

버티고자 생각해도, 소녀의 처절한 파워와 돌진력은 마치 중량급 기관차 같았다.

"제법인거얼? 멀린. ……하지만, 조금 격렬함이 부족한걸?"

"크으으으윽!"

그 돌진의 기세 그대로, 소녀가 가차 없이 린타로를 밀어내며 즐거운 기색으로 웃었다.

"여자는, 동경하는 남성에겐, 이쪽이 밀어붙이는 것보다 그쪽에서 밀어붙여줬으면 좋겠다고…… 그렇게 생각하는 법이야."

"입 다물어어어어엇!"

린타로가 검을 맞댄 상태로 힘겨루기를 피해, 손에서 빙글 검을 회전시켰다.

초절적인 압력을 걸어오는 소녀의 대검을 흘려내고, 몸을 움직여 소녀와 스쳐 지나간다.

"오오오오오오오오오오오오오오오옷!"

"훗— 좋아, 와줘!"

그리고 양자가 순식간에 자세를 바로잡고, 서로를 돌아보며 마주 보더니— 치고 들어갔다.

번갯불처럼 터지고 춤추는 것 같은 린타로의 쌍검. 폭풍처럼 으르렁거리는 소녀의 대검.

그것들이 정면으로 몇 번이고 격돌한다. 격돌. 격돌.

소녀의 대검이 공기를 찢어내고, 진공을 베어내고— 달린다.

그 가로 베기 일섬을, 린타로가 훌쩍 뛰어 피한다.

따라가는 소녀의 베어 올리기, 이어서 내려오는 참격을 좌우의 쌍검으로 흘려내고,

순간 번득이는 번개 같은 베기를, 간신히 교차시킨 쌍검으로 쳐 내리고,

순식간에 품속으로 파고드는 소녀의 검파두식(폼멜) 일격을, 발바닥으로 받아내고,

고출력 레이저 같은 찌르기를, 검의 옆면으로 비껴낸다. 터지는 불똥의 명멸에 눈이 아프다.

두 사람의 검무는, 일방적이었다. 소녀의 대검이 완전히 린타로를 압도하고 있다. 일격의 무게가 격이 다르다. 소녀의 대검이 린타로의 검과 마주칠 때마다, 대기가 떨린다. 검의 충격에 린타로의 몸이 어쩔 수 없을 정도로 허우적댄다.

제자리 걸음을 하는 린타로를 소녀가 몰아 세운다.

더욱 가차 없이, 더욱 치열하게. 숨 쉴 틈도 없이.

일격으로 빌딩을 무너뜨릴 정도의 참격을, 린타로에게 무수하게 쏟아 붓는다—.

"어머? 당신 검은 그 정도야? 그런 조잡한 물건으로 만족

하는 여자가 있을 거라 생각해?"

"~~~큭!"

"자, 멀린! 더 찔러봐! 공격해봐! 더 강하게, 격렬하게!"

방어 일변도인 린타로를 도발하여, 도취한 것처럼, 미친 듯 검을 때려 박는 소녀.

계속 받아내면서 이를 가는 린타로.

조금씩, 대검 끝이 린타로의 몸을 스친다, 깎아낸다. 더듬는다.

이윽고, 소녀의 대검을 미처 받아내지 못한 린타로의 자세가 무너져서—.

"—큭?! 젠장—."

"에이멘!"

벼락처럼 떨어지며 번득이는 대검이, 린타로의 몸을 좌우로 양단—.

—하려고 한, 그 순간.

"하아아아아아아아아아앗?!"

결사적인 각오와 처절한 기백과 함께, 루나가 그 사이에 끼어들었다.

루나는 양손으로 잡은 엑스칼리버를 머리 위 대각선으로 겨누고— 그 벼락처럼 떨어지는 대검을 받아내, 흘렸다.

까아악! 공업용 특대 그라인더로 갈아내는 것 같은 커다란 소리가 귀를 찢었다. 루나가 겨눈 엑스칼리버에서 성대한 불똥이 튀어 오르고, 밤의 어둠을 베어낸다—.

루나의 몸이, 그 충격으로 튕기듯 옆으로 날아갔다.

그러나 그런 보람이 있었다. 소녀가 내리친 대검은 린타로를 살짝 비껴서, 그 바로 옆의 땅바닥을 성대하게 갈라내는 것에 머물렀다.

"린타로! 지금이야—."

데굴데굴 땅바닥을 바운드하면서, 루나가 외쳤다.

이 한순간, 소녀의 대검은 절반 이상 땅바닥에 묻혀서 소녀는 움직일 수 없다.

자신의 주군이, 몸을 던져 만들어준, 천재일우의 호기.

"오오오오오오오오오오오오오옷! 뒈져버려어어어어어어엇!"

이번에는 린타로가 소녀의 목을 날려버리고자, 두 칼날을 휘둘렀다.

완벽하게 허를 찔린 소녀는, 이 공격을 피할 수 없다—.

—그랬어야 했다.

"—윽?!"

다음 순간, 절단된 소녀의 경동맥이 피우는 붉은 꽃이 아니라, 시야를 하얗게 찌르는 불똥이 피어올랐다. 눈에 비친 것은, 엉뚱한 방향으로 튕겨나간 자신의 검이었다.

다시 보니— 붉은 마상용 방패(히터 실드) 셋이, 어느샌가 소녀의 좌우와 뒤에 제각각 부유하며 전개되어 있었다. 그중에서 하나가 린타로의 쌍검을 받아낸 것이다.

그리고 음흉하게 웃은 소녀가 유유히 대검을 뽑아 린타로에게 휘둘렀다.

린타로는 두 번, 세 번 재빨리 뛰어 소녀가 휘두르는 검의 간격에서 벗어났다.

이쯤에서 서로의 수가 바닥나, 몇 미터 간격을 벌리고 린타로와 소녀는 노려보는 형태가 되었다.

어깨를 들썩이면서 숨을 쉬는 린타로. 온몸에 흐르는 폭포 같은 땀. 납처럼 무겁게 몸을 누르는 피로.

한편으로 소녀는 땀 한 방울도 흘리지 않는 시원스런 표정이었다.

"어머나, 못난 참견이 있기는 했지만…… 훌륭해, 멀린."

그리고 소녀는 십자가 모양의 대검을 다시 겨누고, 린타로에게 아낌없는 찬사를 보냈다.

"아직 좀 봐주고 있었다지만, 내가 《붉은 방패(로스차일드)》를 쓰게 만들다니……."

오싹하게도. 소녀는 어쩐지 황홀한 표정으로 혀를 핥으면서, 찾아다니던 사랑하는 사람을 찾은 것처럼 린타로를 보았다.

방금 전에 린타로의 치명 공격을 유유히 막아낸 그 세 장의 붉은 마상용 방패는 역시 소녀의 좌우, 그리고 등 뒤에 아무것도 지탱하는 것이 없는데도 떠올라 있었다.

"나 말야. 어쩐지 몸의 중심부터 뜨거워졌어. 이렇게 내 마음이 법열(法悅)에 타오른 밤은 대체, 언제였을까? 후훗, 우후후……. 있잖아, 멀린. 나의 이 흥분…… 진정시켜줄 수 있겠지? ……당신의 듬직한 검으로.”

그 앳된 용모와 안 어울리는, 요사스러운 색기와 요염함을 숨막힐 것처럼 뿌리면서 소녀는 웃었다. 대검에 묻은 린타로의 피를, 유연한 손가락으로 살짝 닦아내…… 그것을 요사스럽게 나타난 작은 혀로, 할짝 핥고, 린타로를 흘겨보았다.

“칫…… 이 변태 여자!”

그러나 여러모로 문제가 많은 언동은 그렇다 치고, 이 소녀의 압도적인 무용, 그리고 무엇보다도 저 《로스차일드(붉은 방패)》…….

이제 틀림없다.

그 소녀의 정체는—.

“좋아! 너의 그 빈약한 몸에, 이 검을 쑤셔 박아서, 엉엉 울려주겠어— 라모라크 드 게일!”

원탁의 제4석, 라모라크 드 게일 경.

랜슬롯 경이나 트리스탄 경과 나란히, 원탁 최강 클래스의 기사가 그곳에 있었다.

린타로의 투지에 응답하여, 라모라크 경이 씨익 웃고, 천천히 대검을 겨누었다.

“좋아아, 멀린. 마음이 들뜨네에. 후훗, 밤은 길거든…… 잔뜩 즐겨볼까? 아아, 그리고…….”

라모라크 경이 힐끔 루나를 흘겨보며, 불쾌한 기색으로 내뱉었다.

"거기 있는 당신……. 못난 참견은 한 번으로 끝이야? 방금 전에는 그렇게 아슬아슬한 수라장에 파고든 용기를 봐서, 살려줬지만……. 다음에 그런 짓을 하면……. 당신, 죽을걸?"

"윽……."

그 얼어붙은 안광에, 절망적인 존재감에, 루나는 몸이 굳어 버렸다.

허풍이 아니다— 린타로는 그렇게 직감했다.

방금 전의 일합에서 라모라크 경에게 「그럴 마음」이 있었다면, 루나는 그대로 두 개의 고깃덩어리로 변했을 것이다. 그만큼의 힘이 이 《잭》에게는 있었다.

린타로 말고는 안중에 없다— 그것이 불행 중 다행이었다.

'전황, 확인……. 가웨인과 케이 경은 전투 불능. 루나와 펠리시아는 완전히 역부족.'

심각한 손상을 입고 쓰러진 두 사람의 《잭》과, 너무나도 차원이 다른 싸움의 레벨에 멍하니 몸이 굳어 버린 루나와 펠리시아를 힐끗 보았다.

'이유는 알 수 없지만, 이 녀석이 노리는 건— 나다.'

새삼 라모라크 경을 보고, 린타로는 왼손의 검을 지면에 꼽았다.

'이 녀석 정도의 상대 앞에서, 후퇴 따위 불가능.'

오른손으로 왼손의 검을 쥐고 살짝 베어, 그 피로 양손의 손등에 「마안의 문양」을 그렸다.

'그리고…… 나는 죽을 수 없어. 저 녀석을……. 루나를 왕으로 만들어 주겠다고 했으니까. ……헷. ……이런 곳에서 죽을 것 같냐? 그렇다면—.'

그리고, 린타로의 온몸에 폭발적으로 용솟음치는 검은 오라— 【마인화(포모르)】가 발동했다.

금색으로 빛나는 홍채. 수사자처럼 자라는 백발. 펄럭이는 검은 전투복.

곧장, 지금까지와 비교가 안 되는 절대적인 힘과 만능감이 린타로를 지배했다—.

"……흐으응?"

그것을 본 라모라크 경이, 신이 나서 눈빛을 반짝이고,

"—린타로?! 아, 안 돼. 그 힘은—."

루나가 안타깝게 표정을 찡그리며 외쳤다.

루나가 새삼 지적하지 않아도 알고 있었다.

본래, 이 【포모르화(마인)】는 린타로에게 비장의 수 이상의 마지막 보루였다.

아일랜드로 전승된 신화에서 노래하는 사악한 어둠의 신족(다난)— 마인족.

그 포모르족으로 일시적인 선조회귀를 하는 이 힘은, 멀린이라지만 몸은 현대 태생의 인간에 지나지 않는 린타로에

게 커다란 부담과 반동 대미지를 육체와 영혼에 강요한다.

덤으로 며칠 전 쿠죠와 싸우면서 있는 대로 썼기 때문에, 그 반동 대미지가 아직 완전히 치유되지 않았다. 사실, 이렇게 【포모르화】를 유지하고 있기만 해도 이미 기절할 정도로 온몸이 삐걱대면서 붕괴의 비명을 지르고 있었다.

'그러나— 하는 수밖에 없어!'

린타로가 보기에 이 라모라크 경은 원탁 최강으로 칭송받는 랜슬롯 경과 동등하거나, 까딱하면 그 이상— 그렇다면 【포모르화】 말고는 활로가 있을 리 없었다.

각오를 굳히고, 린타로는 쌍검을 겨누었다.

그러나 그 모든 것을 압착하는 오라를 뿜어내는 린타로 앞에서.

라모라크 경은 터럭만큼도 부담 없이, 그저 기쁜 기색으로 웃고 있었다.

"근사해. 역시, 내 눈은 틀리지 않았어. 어렴풋이 생각했지. 원탁 최강은, 랜슬롯 경도 트리스탄 경도 아니라…… 멀린, 당신이라고."

"……?"

"아직은, 과거의 힘에 미치지 못해……. 하지만, 언젠가, 당신은 과거의 힘을 되찾을 거야. 그래. 당신을 쓰러뜨려야, 나는, 내 최강을…… 신의 사랑을 증명할 수 있어."

그리고 처절하게 웃은 라모라크 경도 대검을 다시 겨누었다.

좌우와 등 뒤에 전개된 세 장의 《로스차일드》가, 진홍의 빛을 뿜으며 어둠을 갈랐다.

"자, 시작하자. 하나님 아버지, 그 아들 그리스도, 그리고 성령의 이름 아래……. 신의 사랑을 진정으로 받은 것은 당신인지 나인지. 우리들의 검으로 주의 신의(神意)를 묻도록 해봐— 자."

라모라크 경이 그렇게 선언하더니.

한순간의— 침묵.

세계의 정체, 공기의 동결. 소리의 소멸. 시간의 정지.

—그 다음.

"우오오오오오오오오오오오오오오오오오오오오오오옷!"

"이이이이야아아아아아아아아아아아아아아아아아아앗!"

린타로가, 라모라크 경이, 땅을 차고, 서로를 향해 사라지는 것처럼 달렸다.

극한까지 팽팽해진 정신이, 시간의 흐름을 미치게 만든다. 찰나를 무한으로 늘여서, 린타로와 라모라크 경 두 사람이 천천히, 천천히 육박하게 만든다.

천천히…… 치명적인 격돌 지점으로 두 사람을 인도한다.

린타로의 쌍검과 라모라크 경의 대검이 완만하게 거리를 좁힌다.

린타로와 라모라크 경의 거리가 좁혀지고, 좁혀지고, 좁혀지고.

그리고—.

드디어 양자가 파멸적으로 격돌한다—. 그야말로 그때였다.

"그만 하세요."

—늠름하고 시원스런 목소리가, 그 자리에 치솟은 열에 찬물을 뿌렸다.

"—큭?!"

린타로는 코앞에 갑자기 다가온, 검의 손잡이 끝 앞에서.

"—무슨?!"

라모라크 경은 코앞에 갑자기 다가온, 검의 칼끝 앞에서.

양자 격돌의 찰나, 움직임을 멈추고, 우뚝 경직해 있었다—경직하게 되었다.

그리고, 펄럭이는 깃발—.

완만했던 시간의 흐름이, 본래의 흐름을 되찾고, 세계가 색을 되찾았다.

깨닫고 보니, 린타로와 라모라크 경 사이에 소녀 한 명이 끼어들어 있었다.

"두 사람 모두, 검을 거두세요."

세 갈래로 땋아 내린 긴 백금발, 못난 앞머리가 특징적인, 언뜻 보기에 수수한 소녀였다.

전체적으로 가녀리고 몸집이 작지만, 체간이 묘하게 탄탄

했다. 자연스럽게 등을 뻗고 있는 자세에서 미덥지 못한 기색은 전혀 없었다. 몸통의 얌전한 곡선은, 약함보다는 오히려 순수함과 청초함의 증거라고 봐야 하리라.

깨달음을 얻은 성자와 통하는 차분함과 관록을 두르고, 더러움을 모르는 순백의 수도복을 정숙하게 입은 모습. 그것을 한 마디로 형용하자면— 성녀.

그런 성녀의 가녀린 허리에는 탈리스만(Talisman)이 매달려 있고, 『Ⅳ』라고 새겨진 돌이 끼워져 있었다. 그리고 그 아리따운 손에는 기묘한 검을 들고 있었다.

검신과 자루가 동등한 길이를 가진 검이다. 십자가 모양의 칼막이에는 용장한 전투 깃발이 달려 있고, 밤바람에 휘날리고 있었다. 검이라기보다는, 전장에서 머리 위로 치켜들어 아군을 고무시키는 기창(旗槍)에 가까웠다.

그러나, 그 금도 은도 아닌 신비로운 광택을 뿜어내는 금속으로 단조된 검은— 틀림없는 엑스칼리버다.

이 기창형의 엑스칼리버로, 소녀는 격돌 직전의 린타로와 라모라크 경을 막은 것이다.

'이 녀석, 새로운 《킹》인가?!'

린타로는 눈을 뒤집었다. 믿을 수가 없었다.

지금 린타로에게 등을 돌리고 서 있는 그 의문의 소녀는, 린타로가 보기에 린타로나 라모라크 경과 비교하면 그다지 존재 강도가 높지는 않았다.

그런 두 사람의 격돌에 끼어들다니, 자칫하면 한순간에 다진 고기가 된다.

그러나, 그래도 두 사람을 막아냈다—. 「부드러움이 강함을 제압한다」—. 그 소녀가 익힌 검의 기량이 범상치 않게 높다는 증거나 다름없었다.

린타로가 어안이 벙벙해서 그 소녀의 초연한 뒷모습을 바라보고 있는데.

"어머? 뭐야? 벌써 왔어? ……말한 거랑 다르잖아. ……흥이 식었어."

은밀하게, 그런 의미불명의 말을 중얼거리는 라모라크 경에게.

"라모라크 경. 이 사람들은 아마도, 그 『틈』 사건의 범인이 아니에요. ……아마도 호수의 귀부인에게 저희들과 같은 의뢰를 받은 《킹》입니다. 저기 있는 그녀들의 엑스칼리버를 보세요."

소녀는 늠름한 목소리로 말했다.

"……어라아앙? 정말이네. 저언혀, 눈치 못 챘어어."

라모라크 경이 힐끔, 루나와 펠리시아를 보고 시치미를 떼듯 말했다.

그런 라모라크 경에게, 소녀가 재잘재잘 설교를 시작했다.

"라모라크 경! 《킹》들끼리는, 일단 상대에게 정의를 묻고, 자신의 정의를 논하고, 그런 다음 정정당당하게 싸워서, 양자의 정의를 신에게 물어야 한답니다! 저희들의 싸움은, 신에게 왕이 될 자격을 묻는 신성한 싸움이니까요!"

"후훗……. 무사했구나, 당신. 아니, 어쩌면, 이 녀석들이 그 『틈』 사건의 범인일까 생각했어. 우리들, 아까 누군가의 묘한 마법으로 분단돼서, 떨어져 버렸잖아? 이 녀석들 짓인가 싶어서?"

뻔뻔하게 허풍을 떠는 라모라크 경.

그러자, 방금 전까지의 작열하는 투기와 얼어붙은 살기는 어디 갔는지.

라모라크 경은 생긋 웃으며, 휘릭 임전태세를 풀고 대검을 거두었다.

그에 따라, 주위에 전개되어 있던 세 장의 《로스차일드》도 투명해지며 사라졌다.

극한까지 팽팽했던 분위기가 단숨에 부서지고 이완됐다. 루나는 이마의 땀을 닦으면서 숨을 내쉬고, 펠리시아는 그 자리에 풀썩 주저앉아 버렸다.

"이것도 한시라도 빨리, 당신을 구하려고 한 결과야. ……알아줄래?"

"정말이지……. 저는 이렇게 무사해요."

그러자 그 소녀는 늠름한 태도로 린타로 일행을 돌아보았다.

그제서야 처음으로, 린타로 앞에 그녀의 얼굴이 드러났다.

"그쪽의 《킹》 여러분, 내 《잭》의 무례, 사과를 드리겠어요.

저는—."

그리고, 그 소녀는 예의 바르게 고개를 숙이려다가.

"너는……?"

"다, 당신은……?!"

"거짓말……."

그 소녀, 린타로, 루나, 그리고 펠리시아가, 동시에 눈을 커다랗게 떴다.

"당신, 낮에 만난 전학생 에마잖아?! 당신도 《킹》이었어?!"

루나가 외쳤다.

"당신은, 에마 미쉐레?! 그 성 잔느 수도회의 비장의 아이……!"

펠리시아도 외쳤다.

그러나 그런 루나와 펠리시아의 외침을 완전히 무시하고, 그 소녀— 에마는 린타로를 똑바로 바라보며 외쳤다.

"—스승님?!"

곧장, 린타로가 씁쓸한 표정을 짓고 고개를 홱 돌렸다.

"스승님! 오랜만이에요! 저예요! 에마요!"

개의치 않고, 에마는 강아지처럼 린타로 곁으로 달려가 린타로의 손을 잡고 웃었다.

에마는 방금 전까지의 준엄한 분위기가 완전히 사라졌다. 지금은 이미 나이에 걸맞은 천진한 소녀 같았다.

"설마, 이런 곳에서 만나다니 꿈만 같아요! 건강하셨어요?!"

딱딱한 표정이 확 변해서, 붙임성 좋고 친애가 넘치는 웃음을 린타로에게 향하는 에마.

"……그렇지 뭐."

그에 비해서, 담백하고 미묘한 태도의 린타로.

"대체 무슨……?"

"……사정인가요?"

루나와 펠리시아는 눈을 게슴츠레 뜨고 고개를 갸웃거리는 수밖에 없고.

"우으……. 누, 누가 이제 슬슬 회복을 부탁드려요……. 콜록……."

"쿨럭……. 온몸의 뼈가 너덜너덜한데, 우리들……."

멀리 떨어진 장소에서, 만신창이인 케이 경과 가웨인 경과 울먹이며 신음했다.

그리고.

"어머나아, 아는 사이였어? ……이건 조금, 귀찮아지겠네에."

기뻐하며 린타로에게 매달리는 에마의 모습을 보고, 라모라크 경이 요염하며 차갑게 웃었다.

"……그러면, 이제부터 어쩐다아?"

아무리 봐도 생각을 읽을 수 없는 웃음을 짓고서, 라모라크 경은 에마와 린타로를 계속 바라보았다.

일단 린타로는 【포모르화】를 풀었고.

빈사였던 케이 경과 가웨인 경을 【치유】의 마법으로 치유하고.

린타로는, 에마와 루나 일행에게 서로 자기소개와 사정 설명을 했다.

다만, 그 사이에—.

“아아, 그건 그렇고…… 오랜만이네, 가웨인 경. 지금 깨달았어어. 발치를 기어 다니는 개미를 신경 쓰는 용은 없으니까……. 미안하네에?”

라모라크 경이 가웨인 경에게 다가가서, 최고로 요사스런 웃음을 지었다.

곧장, 창백해진 가웨인 경이 움찔움찔 떨기 시작했다.

“우후훗……. 하지만, 당신도 이 싸움에 참가해줘서, 너무나 기뻐……. 그도 그럴 것이, 당신에게는 여러모로 **빚**이 있으니까……. 그렇지이?”

“히이이이이이이이이이이이이이이이이이이이이이이이익?!”

—가웨인 경이 마치 뱀 앞의 개구리 같았지만, 아무래도 좋다.

린타로는 가웨인 경을 무시하고, 담담하게 상황 설명을 이어나갔다.

“—그러니까. 나는 본토에서 다니고 있던 학교를 땡땡이치고, 1년 정도 정처 없이 전 세계를 방랑한 시기가 있었거든…….”

“……새삼 듣고서 생각했는데, 당신은 대체 뭘 하고 다닌

거야?"

여전히 행동이 팍팍 튀는 린타로에게, 루나가 의무적으로 태클을 걸었다.

"그래도, 학교가 시시하잖냐. ……뭐, 그래서 그렇게 방랑하던 곳 중 하나. 프랑스 오를레앙에서 만난 게, 이 녀석이라는 거지."

"네. 그 때는 참으로 신세를 졌어요, 스승님!"

척. 등을 쭉 펴고 경례하는 에마.

"방금 전부터 신경 쓰였는데, 그 스승님이라는 건 뭐야?"

루나는 눈썹을 찌푸리며 에마에게 물었다.

"그건 말이죠. 저는 세계의 구제를 내세우는 성 잔느 수도회의 대표로서, 아서 왕 계승전에 《킹》으로서 참전하는 것이 정해져 있었기 때문에, 수도회의 사제님들 지도 아래, 검과 마법을 수행하며 나날을 보내고 있었습니다만……. 당시의 저는 아무래도 실력이 좀처럼 늘지 않았어요."

그리고 힐끔. 에마는 신뢰가 가득한 눈으로 린타로를 보았다.

"그럴 때, 제 앞에 나타난 것이 스승님이었어요. 스승님이 싸우는 법을 가르쳐주신 것은 아주 짧은 기간이었지만……. 저는 스승님 덕분에 몰라볼 정도로 강해졌어요."

"핫……. 에마 정도의 재능과 마나의 소유자를, 그런 삼류 망할 잔챙이 놈들이 가르치려고 하는 게 애당초 잘못된 거야. 아무리 어려도 용에게, 개미가 싸우는 법을 가르칠 수 있냐? 다시 말해서 그런 거지."

아무것도 아니란 것처럼 코웃음을 치는 린타로.

"여, 역시, 전생 멀린……. 아서 왕에게 검과 마법을 가르친 스승……."

"그는 방약무인하고 스파르타 주의였습니다만, 뜻밖에 뭘 가르치는 게 능숙했으니까요."

루나가 중얼거리자, 케이 경이 납득했다.

"……정말이지, 괜한 짓을 해줬답니다. Mr. 마가미."

그러자, 펠리시아가 한숨을 쉬면서 끼어들었다.

"아서 왕의 피를 현대까지 전하기 위한 분가 중 하나, 미쉐레 가문. 성 잔느 수도회는 그 미쉐레 가문을 대대로 비호하며, 세계의 질서 유지와 구제를 내세우는 수도회랍니다. 표면적인 얼굴은 그저 봉사 활동 집단입니다만, 이면의 얼굴은 이윽고 찾아올 아서 왕 계승전과 《인리의 붕괴(카타스트로피)》에 대비하여, 강한 《킹》을 육성한다. ……그런 조직입니다."

"그랬어?! 그런 게 있었어?! 전혀 몰랐어!"

"아니, 너는 알고 있어야지! 나처럼 외부인이 아니잖아?!"

정색하는 루나에게, 린타로가 딴죽을 걸었다.

"그리고, 미쉐레 가문의 에마…… 《킹》으로서 그녀의 탁월한 무용은, 과거 프랑스의 영웅 잔느 다르크의 재래라고 평가되며, 사람들이 부르기를 《구세의 성녀(라 퓌셀)》. 그 쿠죠, 그리고 저 펠리시아 펠란드와 나란히, 아서 왕 계승전 우승 필두 후보의 한 사람으로 꼽히는 실력자랍니다!"

"아니, 너는 딱히 우승 후보에 안 들어갔다."

재는 표정의 펠리시아에게, 린타로가 눈을 게슴츠레 뜨고 손을 훌훌 흔들며 말했다.

"하아……. 그런 그렇고 뭐라고 해야 할까? 그런 애가 내 후배이고 《킹》……. 쿠죠 선생님도 《킹》이었고……. 이 업계, 의외로 좁은 걸까?"

루나가 그런 소리를 중얼거리자.

"그건 그렇고, 너무해요. 스승님……."

루나를 무시하고, 에마가 삐친 것처럼 린타로에게 말했다.

"그 날, 갑자기, **그런 말을 남겨놓고**, 어딘가 가버렸잖아요……."

그러자 린타로는 한순간 말문이 막히고, 이윽고 조용히 대답했다.

"……그건 ……미안하다."

"한 마디 정도 인사를 하게 해주세요……. 그리고, 아서 왕 계승전에 대한 것도 스승님한테 털어놓고서, 스승님도 제 진영에 참가해주기를 부탁하려고 생각했는데……."

"아~. ……그때는 이 세계의 이면에서 그런 재미있어 보이는 싸움이 기획되고 있다는 거, 요만큼도 생각을 못했거든……."

"스승님도 참. 하지만 뭐, 이건 완전히 제 억지니까 상관없지만요."

그리고 에마는 키득 웃고서, 린타로를 똑바로 보았다.

"저기, 스승님. 보세요. 저, 스승님 덕분에 《킹》으로서 어엿하게 싸울 수 있어요. 이것도 전부, 스승님 덕분이에요. 정말로 고맙습니다!"

그러나.

"……그런 일을 시키려고, 가르친 게 아닌데 말이다."

미묘한 표정으로, 린타로가 조용히 혼잣말처럼 중얼거리고.

"어? 뭔가요? 스승님."

"……아무것도 아냐."

린타로는 한숨을 섞으며 고개를 홱 돌렸다.

그리고, 그런 두 사람의 대화를…….

"우음~~~."

옆에서 루나가 노려보고 있었다. 엄청나게 기분이 틀어져서 노려보고 있었다.

뿌욱~, 어린애처럼 토라졌다. 재미없다. 재미가 없는 것이다.

분명히 린타로는 에마에게 담백한 태도지만……. 에마 쪽은 린타로와 재회한 뒤부터, 살며시 볼에 홍조를 띄우면서 기쁜 기색으로 웃고 있었다. 조금 촉촉한 눈동자로 힐끔거리며 린타로의 모습을 살피는 그 태도는 그야말로 사랑에 빠진 소녀 그 자체였다.

"에엣? 스승님도, 카멜롯 국제학원의 학생이었나요?!"

"그렇지 뭐. 얼마 전에 막 편입한 참이지만."

"그러고 보니, 그 교복……. 우와아, 기뻐요. 스승님이랑 같은 학교예요!"

어디를 어떻게 봐도, 에마가 린타로에게 범상치 않은 감정을 품고 있다는 것이 명백했다.

마치 자신의 것에 침을 발라놓은 것 같아서, 루나는 그것이 참으로 마음에 안 들었다.

덤으로, 루나에게 최대로 짜증이 나는 점은…….

"……뭐야? 옛날 친구? 저 녀석은, 어째서 저 애는 기억하면서, 나는 완전히 깔끔하게 잊은 거야? 중얼중얼……."

"저, 저기…… 루나? 조, 조금 진정할까요……?"

케이 경은 그렇게 기분 틀어짐 MAX인 주군을 달래듯 말을 걸었다.

"따, 딱히 린타로가, 어떤 여자에게 마음을 주든지 괜찮지 않을까요! 언니로서는, 오히려, 저런 지독한 썩을 쓰레기 남자, 다른 여자랑 달라붙어서 정리되어 주는 편이, 루나의 장래를 위해서도 바람직한—."

푸욱!

"—아무것도 아니헤오!"

발치에 엑스칼리버를 푹 찔러 세우자, 조심조심 물러나는 케이 경이었다.

그런 루나와 케이 경의 대화 옆에서.

"저기……. 그런데 스승님……. 확인하고 싶은 것이 있는데요……."

"뭔데?"

묻기 어려운 것을 물어보는 것처럼 말하는 에마에게, 린타로가 응답했다.

"그게…… 역시, 이 자리에 있다는 것은……. 스승님도 저기, 이 계승전에?"

"아아, 그래. 나도 여러모로 일이 있었어."

그러자.

"안녕, 에마! 낮에 만났었지! 아무래도 『내 가신』인 린타로가, 꽤 신세를 진 모양이네. ……내 가, 신, 인 린타로가."

괜히 『내 가신』을 강조하면서, 루나가 사이로 불쑥 끼어들었다.

"루나 선배……."

에마는 그런 루나를 냉랭하게 흘겨보고, 린타로에게 슬픈 기색으로 물었다.

"상황을 보고 그럴 거라고 생각했습니다만……. 역시, 지금 스승님은 루나 선배 진영에?"

"뭐, 그렇지. ……사관할 곳을 잘못 정한 게 아닐까, 최근에 절실하게 생각하긴 한다만."

"이야아아! 설마, 오늘, 우리 학교에 찾아온 전학생이, 아서왕 계승전에 참전하는 《킹》이었다니. 꿈에도 생각 못했어!"

루나는 일동이 보는 앞에서, 대체 어디서 꺼냈는지 대량의 압정을 셀로판 테이프로 왼쪽 손바닥에 붙이기 시작했다.

"이른 단계에 서로의 정체가 밝혀진 것도, 분명히 무슨 운명이겠지! 그렇게 됐으니 잘 부탁해, 에마!"

그리고 루나는 한 줄기 봄바람 같은 표정으로, 그 압정의 침이 빼곡한 왼손을, 악수를 바라듯 에마에게 내밀었다가…….

"너는 꼬맹이냐?!"

"으갸—악?!"

린타로가 한순간에 코브라 트위스트를 걸자 몸부림치게 되었다.

"이, 이 무례한 것! 왕에게 무슨 짓을 하는 거야?! 불경죄로 사형—."

"호오? 죽은 사람이 어떻게 사형을 집행할 거야? 야, 어엉?"

"아파아파아파아앗?! 잠깐, 그만해! 미안해, 으캬악!"

마치 오랜 세월을 보낸 부부 만담 같은 대화를 하는 두 사람의 모습을.

에마는 가만히 바라보더니…… 이윽고 불만스럽게 어두운 기색으로 눈을 게슴츠레 뜨고, 조용히 중얼거렸다.

"……어째서 이런 사람에게, 스승님이."

"……후훗."

그런 주인의 모습을 깨달은 라모라크 경이, 남몰래 음흉하게 웃었다.

"그렇게 됐으니……. 뭐, 잘 부탁해……. 콜록콜록!"

그런 에마와 라모라크 경의 모습을 깨닫지 못하고, 간신히 린타로에게서 벗어난 루나가 에마 앞에 섰다.

"뭐, 같은 아서 왕을 목표로 하는 자들끼리, 앞으로도 정정당당하게 겨뤄보자—."

그리고, 이번에야말로 루나가 악수를 청하고자 오른손을 내밀었다.

그러나.

파앙! 뜻밖에도, 에마가 그 손을 쳐냈다.

"—윽?!"

당황하는 린타로 일행 앞에서, 에마는 차가운 눈으로 루나를 흘겨 보았다.

"……납득이 안 돼요."

"어?"

규탄하는 에마의 말에, 루나는 눈을 깜박거렸다.

"당신 같은 사람이 스승님을 신하로 두고 있어요. ……그게 납득이 안 돼요. 『가장 약한 아서 왕 계승 후보자』, 루나 아르투르. 네, 알고 있어요, 당신은 유명하니까요."

"……!"

"스승님은…… 정말로 굉장한 사람이에요. 스승님을 신하로 맞이할 수 있는 사람은……. 그야말로 이 세계의 모든 것을 다스릴 『진정한 왕』 말고는 있을 수 없다고 저는 생각해요."

"무, 무슨 말을 하고 싶은 건데?!"

"루나 선배. 저는 세계를 구하기 위해서 왕을 목표로 하고 있어요. 이윽고 다가올 《의식의 장막》의 붕괴……. 《인리(人理)의 붕괴》. 그때, 『멸망에 처한 이 세계를 구제하기 위해서』. 이 계승전에 참전하여, 아서 왕을 목표로 하고 있어요."

펄럭. 전투 깃발을 휘날리며, 에마는 손에 든 검 끝을 루나에게 겨누었다.

"……당신은 어째서, 왕을 목표로 하는 건가요? 루나 선배."

"뭐?! 그거야 뻔하잖아!"

루나는 가슴을 펴고 위풍당당하게 선언했다.

"세계 제일의 왕이 돼서, 거들먹거리고, 즐겁게 놀면서 살고 싶어서지?!"

"너, 이럴 때 정도는 조금 틀어져도 되지 않냐아아아아아앗?!"

너무나 평소와 같은 루나를 보고, 린타로는 하늘을 향해서 짖었다.

"뭔데? 그치만 사실이잖아."

"그렇다고 해도 말이다아아아아! 인간은 겉치레와 본심이라는 게 있잖아!"

그런 대화를 하는 두 사람 앞에서, 에마는 검을 쥔 손에 힘을 주었다.

"역시 생각했던 그대로예요, 루나 선배. 당신에게 스승님은 어울리지 않아요."

에마가 그렇게 적의가 담긴 말을 하자, 그 자리의 긴장감이 단숨에 높아졌다.

케이 경이 검을 뽑아 겨누고, 가웨인 경이 펠리시아를 자기 뒤로 감쌌다.

"흥…… 당신, 결국, 무슨 말을 하고 싶은데?"

뭔가 치명적인 예감에 루나도 눈을 가늘게 뜨고, 허리에 찬 엑스칼리버의 자루에 손을 올렸다.

"구세의 왕에게는 빼어난 가신이 필요합니다. 당신 같은 암우(暗愚)한 왕에게, 스승님 같은 뛰어난 가신은 필요 없어요. 그렇다면, 제가 훨씬……."

에마가 루나를 격렬하게 노려보더니, 결심한 것처럼 린타로를 돌아보며 말했다.

"스승님! 부탁해요! 그런 여자의 편을 들지 말아주세요! 그보다도, 저한테 힘을 빌려주세요! 당신에게 가르침을 받은, 그때처럼!"

"—윽?!"

갑작스런 에마의 애원에, 린타로가 눈을 깜박였다.

"알고 있어요! 그 무렵의 저는 미숙하고 힘이 부족했어요! 그러니까 스승님은 저한테 정이 떨어져서 나가 버렸죠! 그런 거죠?!"

"그건……."

"하지만, 지금의 저는 강해졌어요! 스승님의 가르침을 지켜서 강해졌어요! 지금이라면 어엿한 왕이 될 수 있어요! 당신이 섬기기에 걸맞은 왕이 될 수 있어요! 그러니까, 루나 선배가 아니라 저한테 힘을 빌려주세요! 저한테는 당신이 필요해요……!"

그 너무나도 필사적인 애원에, 린타로는 아무 말도 못하게 되었다.

—그때였다.

"OK, 내 사랑스런 주군. 그런 거라면— 맡겨둬♪"

그것은— 아무도 반응하지 못했다.

한순간에 간격을 좁힌 라모라크 경이, 루나의 목에 선풍처럼 일격을 휘두른 것이다.

루나도, 펠리시아도, 케이 경도, 가웨인 경도, 에마조차도—.

아무도 라모라크 경의 신속한 움직임에 반응하지 못했다.

—오로지 한 명, 린타로를 빼고서.

"이 자시이이이이이이이이이이이이이이이이이이이이이익?!"

"꺄아아악?!"

린타로가 반사적으로, 루나를 감싸며 앞으로 나섰다.

라모라크 경이 휘두른 대검을, 린타로의 쌍검이 받아냈다.

지금 린타로가 뛰어들지 않았다면, 확실하게 루나의 목이 날아갔을 것이다.

그리고 딱 맞물린 칼날과 칼날의 충격이, 검압이 되어 주위에 휘몰아쳤다. 그것은 루나, 케이 경, 펠리시아, 에마를 나뭇잎처럼 날려버렸다.

찰나에 극한까지 팽팽해지고 치솟은 전장의 분위기.

"무…… 라모라크 경……?"

갑작스런 일에, 사고가 따라잡지 못한 에마가 멍하니 보고 있는 앞에서—.

"—내가 루나를 죽이고, 린타로를 약탈해 줄게에? 그게 신의 은총이야."

환희와 광기가 혼재된 표정으로, 라모라크 경은 교차하는 칼날 너머로, 린타로를 뜨겁게 바라보고 있었다.

아아, 참으로 멋진 일이로다! 하늘은 주를, 가련한 자들과 노예들, 그리고 비천한 자들에게
"O res mirabilis! Manducat Dominum pauper, servus
양식으로 내리셨나이다 에이멘
et humilis……. Amen."

라틴어로 노래하듯 성스러운 구절을 중얼거리며, 라모라크 경이 흉흉하게 웃었다.

"멀린…… 나는 내 왕을 위해서, 당신의 왕을 죽이기로 했어. 그게 싫다면 나랑 싸워보려엄? 전력으로. ……안 그러면 죽인다."

"모순되잖아……. 이 자식, 진심이냐……?"

"그럼, 진심인걸? 제정신이냐고 물어본다면, 조금 대답하기 곤란하지마안?"

라모라크 경의 황황하게 빛나는 눈빛을 마주 노려보면서, 린타로가 생각했다.

‘라모라크…… 이 녀석은 어째서인지, 어떻게든 나랑 깡으로 싸워보고 싶은 모양인데……. 역시 이 녀석과 전투는 피할 수 없나……?!’

“자아자아아! 얼른 내놓으시지이! 아까 그거, 그 새까만 힘! 안 그러면, 아무것도 못 내놓고 가게 될 거얼?!”

“말하지…… 않아도……!”

이미 양손의 손등에 「마안의 문양」은 피로 각인해 두었다.

아까 짧은 시간의 【포모르화】로, 온몸은 이미 산산이 부서질 것 같았지만 가릴 때가 아니다.

린타로가 망설이지 않고 【포모르화】의 재발동을 시도한다.

“기, 기다려! 기다려 주세요, 라모라크 경! 저는—.”

그리고, 에마가 뭐라고 말하려고 한— 그 때.

“알았어, 에마! 당신, 린타로의 몸값으로 얼마나 낼 건데?!”

그런 갑작스럽고 예상 밖인 루나의 외침이 울려 퍼지고— 그 자리의 시간이 멈추었다.

“뭐?”

“정말이지 참! 그렇게 강하고 무서운 《잭》이랑 정면으로 싸우다니, 못해먹는다고! 린타로를 가지고 싶으면, 가져가도록 해! 소유자인 내가 허락한다!”

“야…… 야? ……진짜냐?”

린타로가 볼을 파르르 떨면서 말을 잃고 있었다.

"……당신 ……진심?"

라모라크 경마저도, 눈을 동그랗게 뜨며 경직됐다.

"에마, 당신은 린타로를 가지고 싶은 거지?! 지금이라면 싸게 해드립니다요? 40만 엔 정도! 그러니까, 이 자리는 넘어가줘! 에헷!"

아양을 떠는 것처럼, 헤실헤실 비굴하게 웃음을 짓는 루나.

"……루, 루나?"

린타로는, 그런 루나의 옆모습을 보며 입을 뻐끔뻐끔거리고…….

"—아핫! 아하하하하하하하하하하핫! 루나 아르투르! 당신, 재미있는거얼! **그렇구나, 그렇게 나와**?! 정말이지, 한 방 먹었는거어얼!"

라모라크 경이, 이제 참을 수가 없다는 듯 소리 높여 웃기 시작하고…….

"다들, 이제 그만 하세요!"

드디어 제정신을 차린 에마가 흥분해서 외쳤다.

"라모라크 경, 검을 거둬 주세요! 몇 번이나 말했지만요, 저희들의 싸움은—!"

"네에에, 농담입니다아. 반성하고 있어요."

쉽사리 검을 거두고 빙글 등을 돌리더니, 린타로에게서 떨어지는 라모라크 경.

"당신은, 언제나 그렇게 농담이 지나쳐요!"

그리고, 다음으로 에마는 루나를 돌아보고 밉살스럽다는 기색으로 말했다.

"그리고, 루나 선배! 당신은 대체 뭐 하는 사람인가요?!"

"뭐가?"

"세계를 다스리는 왕의 신념도 없고, 각오도 없고, 정의도 없어요! 하물며, 지금, 당신은 자기 목숨이 아까워서, 하필이면 스승님을 푼돈으로 팔려고 했죠?!"

에마가 루나 앞에 서서 날카롭게 노려보았다.

"그거야, 린타로 탓에 그런 무서운 기사 님이 노리니까, 그러는 편이 이득 아냐? 돈도 들어오잖아?"

루나는 뻔뻔스런 태도로, 에마가 보내는 규탄의 시선을 받아 흘리고 있었다.

"그래서? 어쩔 거야? 린타로 살 거야? 말 거야?"

"그런 걸 받아들일 리가 없잖아요! 저를 바보 취급하는 건가요?!"

펄펄 화를 내며— 분노의 형상인 에마의 관자놀이에, 핏대가 서고 있었다.

"들으셨어요? 스승님?! 이게 당신이 섬기는 《킹》의 정체랍니다! 어째서 이런 사람을 스승님이 섬기고 있는 건가요!"

"시끄러워! 린타로는 내 거야! 내 것을, 내가 어떻게 다루든, 그거야 내 맘이잖아!"

"……하하하."

한편 린타로는 볼을 파르르 떨면서, 난처한 기색으로 루나와 에마를 번갈아 보았다.

잠시 동안, 루나와 에마는 어린애들 싸움처럼 말다툼을 이어나가고…….

"알겠어요! 그렇다면, 저에게도 생각이 있어요!"

이윽고, 에마가 검 —그녀의 엑스칼리버— 의 칼끝을 루나에게 겨누며 선언했다.

"스승님을 걸고 승부해요, 루나 선배!"

"—어?!"

일동이 경악하여 에마를 주시하는 가운데, 에마가 담담하게 말했다.

"당신도 이번에 호수의 귀부인에게 의뢰를 받았죠? 그렇다면 이 섬에서 『틈』을 만들며 저희들의 계승전을 방해하고, 시민에게 해를 끼치려는 범인……. 그리고 그 범인에게 어떻게 대처할 것인가? 그걸로 저와 루나 선배가 지닌 왕의 그릇을 스승님에게 판단하도록 하는 거예요. 그 결과에 따라, 새삼 스승님에게, 저와 루나 선배…… 어느 쪽에 붙을지 고르시도록 해요."

"흐응?"

그런 에마의 반응은 예상했었는지, 루나가 사나운 웃음을 지은 채 유유히 응답했다.

"죄송해요, 스승님. ……제멋대로 내기의 대상으로 삼아 버려서. ……하지만, 부탁드려요! 저한테 찬스를 주세요!"

그러나 에마는 그런 루나를 무시하고, 린타로를 마주보며 고개를 숙였다.

"저…… 어떻게든 스승님이 곁에 있어주면 좋겠어요! 증명할게요! 옛날의 저와 지금의 제가 다르다는 걸! 제가 지금의 스승님에게 걸맞은 군주라는 것을! 그러니까—."

체면 따위 차리지 않고, 필사적으로 호소하는 에마에게.

"……야야야. 너 말이다, 대체 무슨 말을……."

린타로가 기겁하여 어깨를 으쓱거리려고 한…… 그때였다.

"……난 좋아! 그 승부, 받아주겠어!"

루나가 씨익 웃고서, 가슴을 내밀며 그렇게 선언했다.

"……하핫. 이게 뭐야?"

이제 린타로는 볼을 파르르 떨며 메마른 웃음을 짓는 수밖에 없었다.

"무슨……?! 루나! 당신, 제정신인가요!"

펠리시아도, 케이 경도 가웨인 경도, 그저 아연하게 바라보는 수밖에 없었다.

"왕의 그릇이라고? 흐흥, 좋다니까? 내가 당신에게 질 리가 없거든? 애당초 린타로는 당연히 나를 고를 거고! 승부가 되지 않을 거라고 생각하지만, 받아줄게! 격의 차이라는 것을 보여주겠어!"

"참으로 오만불손, 참으로 안하무인……. 역시 당신에게 스승님은 걸맞지 않아요……. 저는, 반드시 제가 왕의 그릇이 당신보다 뛰어나다는 것을 증명하겠어요."

일동이 조마조마한 심정으로 지켜보는 가운데, 루나와 에마가 시선으로 불똥을 튀겼다.

그리고, 루나가 자기 뜻대로 되었다는 듯 음흉하게 웃으며 말했다.

"결정 됐네! 그러면, 이 승부의 결판이 날 때까지, 나와 당신의 진영은 휴전하는 게 좋겠지? 서로 일절 손을 대지 않는다. ……그거면 되겠지?"

"그래요. 그거면 돼요, 선배. ……라모라크 경도 엄수하도록 할게요."

"흐흥! 나중에 지고서 울지 말도록 해!"

"그건 이쪽이 할 말이에요!"

마치 고양이들끼리 싸우는 것처럼, 험악하게 노려보는 루나와 에마.

"어쩐지 묘한 일이……."

"……일어났네요……."

그 자리의 동향에 속을 태우면서 지켜보던 펠리시아와 케이 경.

"……후우. ……일단 싸우지 않고 넘어가게 됐군……. 다행이야……."

은밀하게, 가웨인 경이 그렇게 안도의 숨을 내쉬었지만.

"아, 그렇지. 가웨인 경."

그런 가웨인 경에게, 라모라크 경이 돌아보며 말했다.

"이 휴전이 풀린 다음에……. 당신만큼은, 내가 반드시 확실하게 죽이겠어. ……목을 씻고 기다리려엄?"

"히이이이이이이이이이이이이익?! 역시나?!"

어째선지, 처음부터 가웨인 경에게는 묘하게 적의가 MAX인 라모라크 경이 노려보자, 가웨인 경은 몸을 움츠렸다.

그리고—.

"으음……. 그건 그렇고."

겁먹은 가웨인 경을 무시하고, 라모라크 경이 루나, 에마, 린타로를 흘겨보았다.

"이건…… 일이 조금 성가셔 졌으려나."

남들 모르게, 라모라크 경이 검지를 턱에 대고서, 즐겁게 중얼거렸다.

"……나중에, **그녀**와 상담을 해볼까?"

그렇게 되어.

갖가지 파란의 예감을 품으면서, 그 자리는 해산하게 되었다.

—호수의 귀부인에게 의뢰를 받았더니, 터무니없는 일로 발전됐다.

에마 일행과 헤어진 린타로 일행은, 그런 피로감을 품으면서 귀갓길에 접어들었다.

“……루나! 대체 어쩔 셈인가요?!”

그 길에서, 케이 경의 질책이 루나에게 날아갔다.

당사자인 루나는 휘파람을 불면서 딴청을 피웠다.

“그 자리를 벗어나고자 린타로를 팔려고 하다니! 덤으로, 어째서, 그런 승부를 받아들인 건가요?”

그리고 케이 경은 돌아보며, 일행의 맨 뒤에서 걷고 있는 린타로를 가리켰다.

“저기 좀 보세요! 그가, 가엾게도, 완전히 풀이 죽었어요!”

보아하니, 린타로는 털레털레 걸으면서 어깨를 축 늘어뜨린 채 고개를 숙이고 있었다. 아까 전부터 한숨을 연발하는 걸 보니, 지독하게 의기소침한 모양이었다.

“그는(멀린), 저래 보여도 꽤 나이브하거든요! 분명히 그는 방약무인하고 오만불손하며 인성도 최악이지만, 그런 그에게 받은 수많은 은혜를, 당신은 잊은 건가요?”

꽤 진심으로 화내는 케이 경에게.

“그치만…… 그때는…… 그 방법밖에…….”

루나가, 우물우물, 어쩐지 그늘진 표정으로 뭔가 변명을 하고자 했다.

그러나 다음 순간.

“하지만! 괜찮아! 왜냐면 린타로는 내 거잖아! 왕이 가신을 어떻게 다루든 왕의 마음이야!”

흥! 루나가 팔짱을 끼고서 고개를 홱 돌리더니 설교를 튕겨냈다.

"애당초, 린타로도 그렇잖아?! 조금 귀여운 애가 사관을 재촉하니까 헤실헤실거리고! 옛날에 아는 사이? 스승?! 바보 아냐?"

머리 위로 김을 풀풀 피우면서, 반대로 린타로를 탓하기 시작했다.

"나라는 왕을 섬기면서, 다른 왕에게 추파를 던지다니 불경이야 불경! 그런 섬세함 없는 가신 같은 건, 그렇게 취급하면 충분하잖아!"

"하아~, 귀엽지 않아. 내가 언제 에마한테 헤실헤실거렸는데?"

그러자, 지금까지 입다물고 있던 린타로가 조용히 중얼거렸다.

이번에는 열이 확 뻗쳤는지, 토해내는 말에 가시가 돋쳤다.

"아직, 승부 결과는 안 나왔지만. 이 참에 에마로 갈아타는 것도 괜찮으려나?"

"무슨……?!"

그런 린타로의 말이 예상 밖이었는지, 흠칫 거리는 루나.

"뭔데? 뭐 불만 있어?"

"뭐, 뭐가?!"

그리고 그대로, 으르렁……. 노려보는 두 사람 사이에.

"싸, 싸우고 있을 때가 아니랍니다, 루나!"
"그, 그, 그렇지!"
묘하게 절박한 기색의 펠리시아와 가웨인 경이 끼어들었다.
"이 휴전 상태가 끝나면, 우리들은 틀림없이 그 에마와 라모라크 경의 진영과 본격적으로 한판 붙게 된다! 그렇게 되면 라모라크 경으로 내 목숨이 위험해!"
"가웨인 경이 당하면, 제 목숨도 위험하답니다!"
"정말이지, 너희들은……."
그러자 독기가 빠졌는지, 린타로가 기가 막힌 기색으로 숨을 내쉬었다.
"어, 어쨌든지랍니다! 저희들은 그 라모라크 경에 대해서, 더 대화를 해야 한다고 생각해요! 에마도 성가시지만, 지금 우리들의 최대 위협은 틀림없이 라모라크 경입니다! 휴전하고 있는 사이에, 그녀의 대책을 구축해둬야 해요!"
루나와 린타로의 나빠진 분위기를 바꾸는 의미도 있었으리라.
펠리시아는 두 사람의 싸움을 가로막고, 억지로 화제를 바꾸었다. 평소에 고압적인 것치고 뜻밖에 배려와 마음 씀씀이의 숙녀인 것이다.
그러자 루나도, 그것을 아는지 모르는지 마음을 고치고 의문을 던졌다.
"있지. 라모라크 경이 그렇게 강해? 아니, 강한 건 벌써 아는데, 라모라크 경은 그다지 들어본 적이 없는 원탁의 기사라서…….”

그러자, 케이 경이 그런 루나의 의문에 담담히 답했다.

“라모라크 경은 랜슬롯 경, 트리스탄 경과 나란히, 원탁 최강 중 한 명입니다. 퇴장이 빨랐기 때문인지, 현대에는 그다지 유명하지 않은 모양입니다만……. 붉은 방패의 라모라크(라모라크 더 로스차일드)— 전설 시대, 그녀는 그렇게 불렸습니다.”

“《로스차일드》……?”

“네. 그 이름의 유래가 된 그녀의 《로스차일드(붉은 방패)》는, 《작용(그니모)》, 《저항(프리오타이오)》, 《평형(람헤이드)》의 이름을 가진 세 개의 방패로 이루어진 환상무구(아티팩트)입니다. 그 능력은, 『백병전에서 적의 공격을, 사용자 자신의 기량으로 자동 방어한다』. 다시 말해서 라모라크 경과 싸운다는 것은, 방패로 방어에 전념하는 세 명의 라모라크 경을 추가로 상대한다는 것과 같은 뜻입니다.”

한 명마저 너무나 강해서 감당이 안 되는데, 더욱이 추가로 세 명?

“뭐, 뭐야? 그 치트……. 말이 돼?”

루나는 이제 볼을 파르르 떠는 수밖에 없었다.

“그 《로스차일드》를 빼고서도, 라모라크 경의 무용에 대해서는…… 그렇군요. 이런 이야기가 있습니다.”

그런 루나에게, 케이 경이 진지하게 고했다.

“과거 저희들이 살아가던 시대에는, 명예로운 기사도는

다음에 열거된 자들로 나뉜다고 했습니다. 즉, 『충의에 살아가는 랜슬롯 경의 길』, 『사랑에 살아가는 트리스탄 경의 길』, 『무에 살아가는 라모라크 경의 길』—."

"그리고, 바로 나, 『정의에 살아가는 가웨인 경의 길』이다."

"너는 안 들어있어."

"으갸아아아아아아아악?!"

갑자기 이야기에 끼어든 린타로가, 시치미 뚝 떼고 섞인 가웨인 경을 걷어찼다.

"뭔데? 너희들 주종은 일일이 허세를 안 부리면 마음이 안 풀리냐?"

"아프다! 미안하다! 밟지 말아다오, 마가미 린타로오오오오?!"

린타로가 콱콱 밟아대자, 한심한 비명을 지르는 가웨인 경.

"이, 일단, 라모라크 경의 무용은 진짜배기! 자칫하면 그 랜슬롯 경보다 강적일지도 몰라요……. 부디 긴장을 풀지 마세요, 루나."

"하, 하지만, 그 라모라크 경에 대해서 또 하나 물어보고 싶은데……. 어쩐지 묘하게 가웨인 경을 적시하고 있지 않았어? ……어째서?"

문득 떠오른 의문을 루나가 말하자.

"아~. 그건 말이지……."

린타로가, 미묘한 눈으로 발바닥 아래의 가웨인 경을 내려다보며 담담하게 대답했다.

"이 바보, 전설 시대에 설루스 마상창 시합(토너먼트)에서 수십 연승을 하느라 아무리 라모라크라도 지친 틈을 노려서, 돌아가는 길에 가헤리스, 아그라베인, 모드레드 넷이 같이 기습해서 라모라크를 둘러싸고 린치를 해서, 죽여 버렸단 말이지……."

곧장, 루나와 펠리시아가 굳어버렸다.

"……저기, 진짜?"

루나가 확인하듯 케이 경을 보자.

"……유감이지만, 진짜입니다. 당시, 꽤 문제가 됐어요."

케이 경이 가웨인 경에게서 눈길을 돌리고, 어색한 기색으로 대답했다.

"우와, 그건 아니랍니다……."

그러자 곧장, 펠리시아가 지저분한 오물이라도 보는 눈으로, 린타로가 짓밟고 있는 가웨인 경을 내려다보기 시작하고…….

"아, 아니야! 들어다오! 나에게도 여러모로 사정이 있었다! 그 변태 로리는, 내 어머니를— 아앗?! 펠리시아, 나한테서 떨어지지 말아다오! 나를 버리지 마아아아아아아아아아!"

가웨인 경이 눈물 흘리며 펠리시아의 다리에 매달렸다.

"가웨인 경은…… 지금은 그렇다 치고, 옛날에는 꽤나 어쩔 도리가 없는 녀석이었어?"

"네, 꽤나. 아서 왕의 조카라서 우쭐대는 면도 있었을지 모릅니다."

루나의 기가 막힌 중얼거림에, 케이 경이 한숨을 쉬었다…….
그때였다.
"어라? 하지만…… 지금 이야기……."
"왜 그러나요? 루나."
"응…… 그게……. 가웨인 경 일행이, 라모라크 경을 넷이서 린치해서 죽였다고 했는데…… 뭔가 마음에 걸리는데……? 뭐지……?"
신기한 기색으로 고개를 갸웃거리고 생각에 잠기는 루나.
필사적으로 펠리시아에게 변명하는 가웨인 경.
그런 소동을 무시하고, 린타로는 밤하늘을 올려다보았다.
"어디. 그건 그렇고……. 에마, 라. 설마, 그 병아리가 《킹》이 되다니……."
그런 것을 혼자 중얼거리며, 린타로는 한숨을 쉬었다.
"뭐, 그건 그렇고, 린타로!"
그리고 이야기가 일단락되자, 루나가 불쑥 린타로 곁으로 다가왔다.
"……뭔데?"
"이야기가 샛길로 빠졌는데……. 그게…… 알고 있겠지?"
루나가 어쩐지 조심조심…… 하는 느낌으로 물었다.
"린타로……. 다, 당신, 왕의 그릇 승부의 결과를 가리지 않고, 당연히 나를 고를 거지? 진심으로 나를 버리지 않을 거지?"

"글쎄? 어떻게 할까?"

그러자 린타로는 머리 뒤에 손을 깍지 끼고, 사납게 비아냥거리며 입가를 끌어올리더니 루나를 돌아보지 않은 채 말했다.

"어쩐지 말야아, 나, 루나에게 그다지 중용되지 않는 것 같단 말이지? 나를 보다 비싸게 사주는 진영에 붙는 것도…… 이 참에, 좋을지도 모르지?"

"뭐?! 노, 농담이지……?"

흠칫하는 루나가 린타로의 낯빛을 살피지만……. 린타로는 애매하게 희미한 웃음만 짓고서, 긍정도 부정도 하지 않았다. 아무래도 완전히 삐쳐버린 모양이다.

"뭐, 뭐, 뭔데, 이 바보! 왕한테 무슨 불손한 태도야! 불경이야!"

"흥!"

다시 타오르는 루나와 린타로의 싸움.

'부탁이니까, 얼른 화해해 주시어요…….'

펠리시아는 마음 속으로 기도하며, 한숨을 쉬는 수밖에 없었다.

그런 한편—.

"제멋대로 굴어서 미안해요, 라모라크 경."

린타로 일행과 헤어져 돌아가는 길에 접어든 에마는, 옆에 있는 라모라크 경에게 사과하고 있었다.

"분명히, 최대 효율로 이 계승전의 승자를 노릴 거라면…… 당신이 말씀하신 것처럼, 모든 《킹》에게 싸움을 걸어서 탈락시킨다……. 그러는 편이 좋을 거예요. 그래도 저는……."

그러자, 라모라크 경은 그런 고뇌에 가득한 에마에게 생긋 웃으며 대답했다.

"괜찮아. 당신은 그거면 돼, 에마."

싸우는 와중에 보인 광기 서린 모습은 어디 갔을까?

에마를 배려하는 라모라크 경의 표정에는, 깊은 정과 자애가 가득 차 있었다.

"당신은, 당신이 믿는 왕의 모습과 정의의 길을 걸어가면 돼. 때로는 고민하고 괴로워하며…… 그래도 자신의 신앙에 따라 가시밭길을 간다……. 그것은 대단히 고귀하고, 신성한 행위라고 생각해. 모든 사람의 원죄를 짊어지고 십자가의 수난을 버텨낸 예수 그리스도, 마지막까지 신앙에 따라 화형대에 오른 성녀 잔느 다르크. ……나는, 당신이 그런 숭고한 성자들과 통하는 분이기 때문에, 당신의 부름에 응해서 당신을 섬기기로 한 거야. ……에이멘."

오른손으로 십자를 그리고, 기도를 바치는 라모라크 경.

"라모라크 경……. 고맙습니다! 앞으로도 잘 부탁드려요!"

활짝. 표정이 밝아져서, 기쁜 기색으로 라모라크 경에게 미소를 짓는 에마.

그렇다. 에마에게 라모라크 경은, 분명히 폭주를 잘 하는 문제 기사이긴 하지만……. 그래도 신뢰하기에 충분한 최고의 《잭》이었다.

라모라크 경과 함께라면, 분명히 마지막까지 싸울 수 있다.

'그리고, 스승님이 더해진다면…… 저는 이제…….'

에마가 그런 생각을 멍하니 하고 있을 때.

"있지, 에마. 나의 왕."

라모라크 경이 어쩐지 놀리는 것처럼 에마에게 말했다.

"그보다도. 기껏 이런 기회가 왔으니……. 제대로 붙잡아 두도록 하렴?"

"붙잡는……다고요? 대체, 무엇을……?"

"에이. 빤하잖아? 멀린…… 마가미 린타로야."

"……어?"

"모르겠어? 직접적인 싸움이 없는 휴전중인 지금이 찬스거든? 이번 승부의 행방과 별개로, 그가 당신의 아군이 되어주도록 하면 되는 게 아닐까?"

"저, 저기…… 라모라크 경? 그, 그건, 대체 어떤……?"

"잘 들어? 에마……."

그러자 당황하는 에마의 귓가에, 라모라크 경은 살짝 발돋움을 하여 입술을 가까이 대더니…… 에마의 귀에 숨결을 불어넣으며 살짝 깨무는 것처럼 속삭였다.

"남자 따위…… 한 번 대주면 한 방이거든?"

"뭐어— 네?!

터무니없는 조언을 보내자, 얼굴이 새빨개지는 에마.

그런 앳된 반응에 키득키득 웃으면서, 라모라크 경이 말을 이었다.

"뭐, 그건 반쯤 농담이고. 최종적으로 그 자신이 섬기는 왕을 고르는 거잖아?"

"—읏?!"

"다시 말해서, 고르게 만들도록 하면 되는 거야. 승부 같은 것보다, 린타로를 당신에게 반하게 만들어 버리는 편이 빠르다는 거지. 남녀를 가리지 않고, 사람은 반한 상대의 곁에 있고 싶은 거잖아?"

"바, 바, 반해?! 아, 아뇨. 딱히 저는 그럴 셈은— 그저, 그런 변변찮은 여자에게, 스승님이 따르는 것을 참을 수가 없었다고 해야 할까요—?!"

"솔직해지렴, 에마."

그러자, 라모라크 경이 사랑스런 자기 아이를 달래는 것처럼 말했다.

"당신은 좋아하잖아? 멀…… 마가미 린타로를."

"으으으윽?!"

"그러니까, 태생적으로 솔직하고 의젓한 당신이 울컥했어. ……아니야?"

그 지적에 에마는 얼굴을 새빨갛게 물들이고, 입을 뻐끔

빼끔 움직였다.

이윽고 체념한 것처럼, 용기를 쥐어 짜내 떨면서 중얼거렸다.

"앗, 네……. 저는…… 스승님을 계속…… 조, 좋아했어요……!"

"어머나 귀여워라. 젊음이란 좋네에."

"지, 지금의 제가 있는 건…… 그게…… 스승님 덕분이에요. 저는 그가 곁에 있으면 좋겠어요. 저를 한 명의 여성으로 봐주면 좋겠어요……. 계속 저를 이끌어주면 좋겠어요……."

행복한 기색으로, 애절한 기색으로 먼 곳을 바라보며 미소를 짓는 에마.

라모라크 경은, 그런 에마를 보고 함박웃음을 지었다. 자애와 희열이 가득한 웃음을 계속 지었다.

그리고—.

"어쩔 수가 없네에. 경애하는 내 주군을 위해서인걸. 내가 한 꺼풀 벗어줄게."

"고, 고맙습니다. 라모라크 경!"

구하라, 그리하면 주실 것이니
"우후후, petite et dabitur……. 이것도 모두 신의 은총. 힘을 내, 나의 왕."

무구한 미소를 짓고 있는 에마에게, 라모라크 경이 요사스레 웃었다.

한도 없이 요사스레 웃는 것이었다—.

제3장 루나 vs 에마

—루나와 에마가, 린타로의 주군 자리를 걸고 승부를 하게 된 주의 시작.

지금, 카멜롯 국제 학원 고등부 2학년 C반 교실은, 전에 없이 술렁거리고 있었다.

"저, 저 두 사람…… 대체 무슨 일이지?"

현재는 수업 사이의 쉬는 시간. 학생들이 멀찍이서 주시하는 것은 교실 창가 뒤쪽에 있는 루나의 자리와, 그 바로 뒤에 있는 린타로의 자리였다.

"부루퉁……."

언제나 태양처럼 기분이 좋아야 하는 루나가, 노골적으로 기분이 틀어져서 토라져 있다. 볼을 괴고 왼손 손가락으로 차분함을 잃고 통통 책상을 두드리면서, 때때로 힐끔힐끔 뒷자리에 있는 린타로의 모습을 살피고 있었다.

"……."

한편 린타로는 린타로대로, 그런 루나의 찌르는 것 같은 시선을 완전히 무시하는 자세였다. 머리 뒤로 깍지를 끼고, 두 다리를 책상 위에 올려놓고, 나는 모르쇠 하는 표정으로 창밖을 보고 있었다.

"우으윽~~!"

루나는 「나, 이렇게 기분 틀어져 있거든?」 어필을, 린타로가 죄다 무시해서 점점 더 기분이 틀어지는 것 같았다.

"야, 야야야. ……저 두 사람 왜 저래?"

"휴일 전에는 더할 나위 없을 정도로 사이좋았는데……."

"그렇지? 둘이서 스도 선생님을 해치우거나, 빵을 팔거나 그러고."

소곤소곤 대화를 나누는 학생들.

린타로와 루나의 모습을 조금 걱정스럽게 바라보고 있던 검고 긴 머리칼의 여학생— 후유세 나유키가, 곁에서 예의 바르게 앉은 교복 차림의 케이 경에게 물었다.

"있잖아, 케이 양. 휴일 전에 저 두 사람 무슨 일이 있었는지 혹시 몰라?"

"후유세 양……. 그, 그러니까……. 그건 대단히 복잡하고 유기적인 사정이 있는 일인지라…… 제 입으로 설명하는 것은 꺼려지는군요……."

계승전에 대해 설명할 수도 없으니, 케이 경은 애매하게 얼버무리는 수밖에 없었다.

"아하하, 난처하네. 그렇잖아도 쿠죠 선생님이 갑자기 급병으로 휴가를 내서, 반의 분위기가 어두워졌는데……. 루나 씨까지 저래서는, 좀……."

"……그렇, 군요……."

케이 경은, 오늘 아침 HR에서 임시 담임 교사가 발표된 것을 떠올렸다.

2학년 C반의 담임 교사 쿠죠가 급환으로 인한 휴가를 냈으며, 얼마 동안 이 반의 담임을 다른 반의 담임들이 교대로 맡게 됐다.

그러나, 그것은 학생들에게 배려를 한 표면적인 이야기다.

이면에서는 실종사건으로서, 아발로니아 시경의 손으로 쿠죠의 행방 수색이 은밀하게 시행되고 있을 것이다—. 그 수사가 결실을 맺는 일은, 영원히 없겠지만.

주위의 학생들이 「다음 담임은 누가 되는 걸까?」라거나, 「루나 씨랑 마가미 군, 혹시 치정 싸움?」이라거나, 그런 이야기로 들뜨는 것을 무시하고서.

나유키는 불안한 눈으로 루나와 린타로의 모습을 바라보고 있었다.

"저 두 사람이라면 괜찮을…… 거라고 생각하지만."

"하아…… 그러면 좋겠습니다만."

반의 소란 속에서, 케이 경의 한숨이 작게 사라져 버렸다.

"있지. 뭔가 나한테 물어보고 싶은 거 없어? 린타로."

교착된 냉전 상태를, 기어이 견디지 못하게 됐는지.

볼을 괴고 있는 루나가, 부루퉁한 그대로 등 뒤의 린타로에게 짜증스럽게 말했다.

문득 질문을 들은 린타로가, 움찔 눈썹을 움직이더니 루나의 뒤통수를 보았다.

“엉? ……아니, 딱히 없는데?”

“거짓말. 있잖아?”

린타로의 담백한 응답에, 루나가 욱해서 물었다.

“예를 들어, 『어째서, 내가 당신을 에마에게 팔려고 했는가』라든가…….”

“…….”

린타로가 눈을 가늘게 뜨며 침묵했다.

“어쩐지 이래저래 일이 있어서 사과를 못했으니까, 일단은 사과를 할게. ……미안, 멋대로 심한 말을 했어. 가신을 소홀히 하다니 왕 실격이었……을까?”

어색한 건지, 낯간지러운 건지, 분한 건지.

루나는 엉뚱한 방향을 보면서 자신의 긴 머리칼을 검지에 빙글빙글 감고, 도무지 분명치 못한 태도로 허둥거리며 중얼거리기 시작했다.

“하지만…… 그게…… 저거야. 분명히 당신은 오해를 하고 있지 않을까? 뭐, 오해를 받아도 어쩔 수 없기는 한데? 그러니까…… 저기…… 그거야. ……알잖아?”

힐끔. 힐끔.

어쩐지 매달리는 것처럼 곁눈질을, 루나는 자신의 어깨 너머로 린타로에게 보냈다.

"그러니까, 그게, 그 승부…… 나를 골라주면 좋겠다고 할까. ……알잖아?"

평소의 불손함이 빠져나가 자신이 없어 보이는 그 모습은, 마치 부모를 잃어버린 새끼 고양이 같았다.

그러나.

"도통 모르겠다."

린타로는 미묘한 눈으로, 딱 잘라서 루나의 매달리는 말을 내쳤다.

"아아아아아아아앗! 진짜아아아아아아아앗?! 이 둔탱이!"

루나가 머리를 감싸 쥐더니, 머리를 마구 헝클었다.

"에잇! 이런 식으로 하는 건 내 취향이 아냐! 이렇게 되면 확실하게 말하겠어!"

그리고, 의자를 박차고 일어서더니 린타로를 돌아보고—.

"내가 당신을 에마에게 팔려고 하고, 그런 승부를 받아들인 이유는—."

루나가 뭔가 빠르게 말하려고 한— 그때였다.

"실례합니다. 스승…… 마가미 선배 계신가요?"

드르륵. 교실 문이 열리고 자그마한 여학생 한 명이 모습을 드러냈다.

루나와 린타로의 동향에 조마조마했던 반의 학생들이, 갑작스런 방문자에게 일제히 시선을 보냈다.

그리고 그 여학생이 교실 안에 발을 들이자마자— 평범한 일상의 잿빛으로 물들어 있던 그 자리가 마치 가극의 무대 위처럼 빛나고, 빛이 가득 찬 것 같았다.

왜냐하면— 나타난 그 여학생이, 너무나도 아름답고 귀여웠기 때문이다.

선명한 신록의 홍채를 가진 눈동자. 수려한 생김새. 완만하고 부드러운 백금발에 적절하게 커트와 펌을 넣었다. 눈치 못 챌 정도로 희미하게 한 화장이, 소녀 특유의 순박함과 청초함을 잃지 않고 극한까지 화사함을 부각시키고 있었다.

그 몸을 장식하는 리본에는 은십자의 펜던트…… 주장이 지나치지 않은 액세서리.

자그마한 몸을 감싼 교복의 맵시도 절도를 벗어나지 않는 범위 안에서 꾸미고 있어, 소녀의 얌전한 멋과 탁월한 아름다움을 끌어내고 있었다.

그리고 그 소녀와 지나치는 사람의 코를, 희미하게 자극하는 향수의 상쾌한 방향.

아마도 본래 좋은 소재를 가진 자가, 진심으로 꾸미게 되면 이렇게 되리라는 견본.

마치 정상급 아이돌이라도 전학해온 건가 의심스러울 정도의 여학생이, 이 잿빛의 익숙한 교실을 선명하게 화사함으로 덧칠한 것이다.

"야, 야야야, 누구? 쟤 누구야?! 하급생 같은데?!"

"우리 학교에 저렇게 청초한 미소녀가 있었어?!"

당연히 남학생도 여학생들마저도 소란을 피우기 시작했다.

린타로도, 루나도, 「누구지?」라고 말하는 표정을 지으며 어안이 벙벙한 상태였다.

교실 안의 시선을 한 몸에 받으면서, 그 여학생은 교실 안을 두리번거리며 살펴보고.

"앗."

이윽고, 린타로의 모습을 발견하더니 생긋 꽃이 피듯 웃으며,

"스스…… 마가미 선배! 안녕하세요!"

작은 손을 흔들면서, 린타로 곁에 다다다 달려왔다.

"너…… 에마냐?!"

"에에에에에에에에에에에에에엑?!"

드디어 깨달은 린타로가 눈을 깜박이고, 루나가 괴성을 질렀다.

"잠깐, 말, 도 안 돼! 에에에에에에에엑?! 그 촌스럽고 수수한 못난이가…… 어, 어어어어어어어어어억!"

밑도 끝도 없이 실례되게 놀라는 루나를 무시하고, 에마가 신이 나서 린타로 앞에 섰다.

"뭐야, 너, 머리 잘랐어? 하룻밤 사이에 엄청 변했네, 이거. 대체 무슨 일이야?"

"아, 아하하…… 그게, 저기……. 사실은 이거 라모라크 경이 가르쳐줬어요……. 저, 저는 이런 거, 잘 모르고, 그다지

흥미가 없었습니다만…… 선배한테 조금이라도 예쁜 저를 보여드리고 싶어서, 열심히…….”

에마가 쑥스러운 기색으로 얼굴을 붉히고 고개를 숙여버렸다.

“여, 역시 안 어울리나요? 저 같은 수수한 애가 이런 걸 해도…….”

그런 식으로, 자신이 없어 보이게 꼬물꼬물 고개를 숙이는 에마에게.

“바보 같은 소리 한다. 더할 나위 없이 최고인걸.”

린타로는 볼을 풀면서, 자연스럽게 찬사를 보냈다.

“솔직히 몰라보겠다. 너 도무지 꾸미질 않았으니까……. 이게 확실히 더 낫다. 앞으로도 그러고 다녀. 알았지?”

“네? 앗, 네, 네에! 고맙습니다!”

린타로의 칭찬을 듣고서 기쁜 기색으로 표정을 푸는 에마. 빨간 볼과 조금 촉촉한 눈동자가 귀엽다. 여자가 보기에도 가슴이 뛸 정도였다.

“뭐, 뭐, 뭐어……?!”

용모라면 이겼다고, 남몰래 자부하고 있던 루나가 볼을 파르르 떨면서 비지땀을 흘렸다.

위험해, 이거 호각이다! 사람에 따라서는 에마가 더 좋다는 사람도 있을 터?!

루나가 그런 생각을 하고 있는데―.

"그런데, 네가 이 학원에 전학을 왔다는 건 들었지만…… 나는 왜 찾아왔어? 무슨 일 있어?"

"아뇨……. 그게…… 딱히 용건은 없습니다만……. 그저, 마가미 선배랑 이야기가 하고 싶어서."

"이야기? 나랑?"

"네. 저기, 스스…… 마가미 선배랑 헤어지고서 일 년 동안, 서로 쌓인 이야기도 있으니까요, 여러모로…… 저기…… 지금은 아직 적인데, 폐가 되었나요?"

"딱히? 나는 신경 안 쓰는데? 나는 온오프 스위치를 확실하게 해두는 타입이야. 오프일 때는 부모의 원수, 불구대천의 적, 살인귀하고도 술잔을 나눌 수 있지."

"……다행이다! 고맙습니다, 마가미 선배!"

—이렇게, 린타로와 에마는 루나를 제쳐두고 두 사람의 세계를 형성하기 시작했다.

"으그그……! 뭔데. 고작해야 그 정도 꾸민 걸로! 어흠! 크흠!"

그러자 갑자기 소외감을 느낀 루나가 괜히 헛기침을 했다. 그리고 뒤통수를 힐끔힐끔, 담소하는 린타로에게 일부러 보이기 시작했다.

깨닫는 사람이야 깨닫겠지만…… 어제랑 리본이 달랐다.

"어흠! 크흠! 아아아! 어흠!"

루나가, 자신의 꾸밈을 노골적으로 린타로에게 계속 어필하자.

"……감기냐? 돌아가지 그래?"

린타로의 철벽 대응이 있었다.

"아아아아아아아아아아아앗! 진짜아아아아아아아아아아앗!"

탕탕탕! 루나는 노트로 자기 책상을 격렬하게 때리면서 외치는 수밖에 없었다.

그런 기묘한 행동을 하는 루나를 제쳐두고, 린타로와 에마는 별 것 아닌 잡담을 이어나갔다.

이윽고, 그런 시간도 순식간에 지나고…….

"……아, 벌써 다음 수업 시간이네요."

에마가 시계를 보고서, 아쉬운 기색으로 중얼거렸다.

"그렇군. 자, 얼른 교실 돌아가."

담백한 태도로 재촉하는 린타로.

그러자, 에마가 결심한 것처럼 린타로를 마주보며 말했다.

"저, 저기, 마가미 선배…… 앞으로도, 선배를 만나러 와도 될까요?"

"……? ……나를?"

"그게…… 저, 아직도, 선배랑 이야기하고 싶은 게, 잔뜩 있어요……. 그래서…… 무, 물론…… 선배한테 폐가 되지 않는다면…… 이지만요……."

"폐가 되거든! 진짜, 엄청 민폐거든! 그러니까 두 번 다시 나랑 린타로 앞에 나타나지 마! 훠이! 훠이! 훠이!"

루나가 악담을 퍼부으면서, 대체 어디서 가져왔는지 『타카

타의 소금』 주머니를 꺼내 촥촥 주위에 소금을 뿌리기 시작했다.

그러나—.

"상관없어. 네 마음이 풀릴 때까지 얘기 상대를 해줄게."

린타로가 간단히 승낙을 해버려서…….

"아아아아아아아아아아아아악! 진짜아아아아아아아아아아아아!"

철푸덕! 루나는 소금 주머니를 자기 책상에 격렬하게 내던지는 수밖에 없었다.

"그러면, 마가미 선배! 실례했습니다!"

마지막으로, 명랑한 웃음을 짓고, 경례로 인사를 하고서.

교실 안의 학생들이 멍하니 꿈꾸는 기분으로 배웅하는 가운데, 에마는 작은 동물처럼 쪼르르 달려서 2학년 C반의 교실을 물러가 버렸다.

이렇게, 린타로와 루나의 학원생활에 에마라는 소녀가 더해지게 되었다.

에마는 쉬는 시간마다 바지런히 린타로 곁으로 찾아와, 짧게나마 린타로와 별것 아닌 이야기를 하고 수업이 시작되면 아쉬운 기색으로 돌아갔다.

그런 에마의 모습은 마치, 주인님을 따르는 강아지 같았다.

그런 에마에게, 당초 2학년 C반의 학생들은 당혹감을 감추지 못했지만…….

"오, 에마 양 왔다!"

"야~~! 마가미~~! 네 귀여운 색시가 출근했다~!"

"새, 색시?! 아, 아뇨, 저, 저는 그런!"

"아하하……. 뭐 됐어. 자, 얼른 들어와."

……점점 거듭되는 사이에 익숙해졌다.

쉬는 시간에 에마라는 다른 반의 인간을 교실로 맞이하는 것이 평범해졌다.

"그, 그러면 선배님들, 실례합니다."

"아하하, 힘내! 에마 양."

에마는 솔직하고 예의 바르며 열심이다. 덤으로 린타로에 대한 호의가 알기 쉬울 정도로 언동에 나타나며, 앞뒤가 없다. 뒤틀려 있는 루나하고는 정반대다.

덤으로—.

"아, 선배, 선배! 교복의 커프스…… 풀려서 떨어질 것 같은걸요?"

"오? 어라, 정말이네."

"후훗. 잠깐 가만 있어 보세요. 저, 바느질 세트 가지고 있어요."

"오오…… 역시 여자애네."

"……응. 이제 됐어요. 어때요? 선배."

"굉장한데. 완전히 본래대로 돌아왔다. 땡큐, 에마."

"아뇨, 뭘요."

에마는 남자에게 다 해주는 타입인지, 린타로에게 그야말로 지극정성이며 갸륵하다.

상대를 위해서 뭘 할 수 있는 것이 기쁘다…… 그런 소녀였다.

그래서, 다들 어쩐지 에마를 응원하고 싶어지게 된다.

"아아앗! 그건 그렇고, 젠장! 마가미 녀석이 부럽구만!"

"정말! 저렇게 솔직하고 귀여운 애가 따라주다니! 젠장!"

"잘 되면 좋겠네, 에마 양."

평소처럼 린타로를 찾아온 에마를 지켜보면서, 반의 학생들이 말했다.

"하지만, 에마 양의 마음이 결실을 맺을지는 아직 어렵지……."

"그렇겠지……. 어쨌든, 마가미 군한테는 소꿉친구인 루나 양이 있으니까……."

"그러나, 지금, 보시는 것처럼, 루나와 마가미는 싸운 모양인데?"

"이건…… 어쩌면 에마 양에게도 찬스가 있을지도 몰라!"

"에마랑 루나…… 어느 쪽이 이길까! 이거 볼만하겠어!"

그도 그럴 것이, 그들은 한창 나이의 청소년이다.

타인의 연애사는, 보는 입장에서는 최고의 오락인 것이다.

—그런 식으로, 사흘이 경과했다.

에마가 2학년 C반의 교실로 찾아오는 것이 당연한 일이 되었을 무렵.

어느 쉬는 시간에, 루나가 꽃을 따러 갔다가 교실에 돌아오자.

"있지. 에마 양이랑 마가미 군은, 어디서 알게 됐어?"

"아, 그거, 나도 알고 싶었어!"

"야! 마가미! 얼른 다 부시지!"

에마가 린타로 앞의 루나 자리에 가볍게 앉아 있고, 반 아이들 몇 명이 에마와 린타로를 빙 둘러싼 채 즐거운 기색으로 질문을 던지고 있었다.

"저, 저기…… 그러니까, 그게 저랑 마가미 선배는…… 그게…… 아, 아하하……."

에마가 얼굴이 새빨개져서, 고개를 숙이고…….

"아아, 전에 여행지에서 만났어. 그때 도와준 적이 있거든. ……이 녀석이 너무나도 둔해 빠져서, 도저히 봐줄 수가 없더라고."

린타로는 머리 뒤로 깍지를 끼고 발을 책상 위에 올린 채, 표표하게 말했다.

"으, 우우……. 선배, 너무해요……. 그게, 감사하고 있지만요……."

"우와…… 여, 여행지에서 모르는 여자애한테 말을 걸다니, 너……."

"마가미 군은, 겉보기랑 달리 리얼충 타입이었구나……."

"그래서? 그래서? 도와줬다니, 대체 뭘 한 건데?"

그 구역은 완전히 두 사람의 이야기를 소재 삼아서 분위기를 띄워보려는 상황이었다.

"……이, 이게……!"

루나는 볼을 파르르 떨면서 관자놀이에 핏대를 세우고, 그 구역을 게슴츠레하게 바라보았다.

뭐라고 해야 할까? 이제 루나가 끼어들 틈이 없고, 설 자리도 없었다.

종국에는—.

"갑자기 얘기해서, 죄송해요, 선배."

"아~, 딱히 괜찮아. 어차피 본격적으로 움직이는 건 밤이니까."

방과 후. 갖가지 학생들 대상 점포나 유흥 시설이 늘어서 있는 역 앞 주변 지구로 가는 대로를 린타로와 에마 두 사람이 나란히 걷고 있었다.

"……."

"……저, 저기, 루나?"

그 몇 미터 뒤를 묘하게 가라앉은 눈으로 암흑 오라를 뿌리고 있는 루나와, 그런 주군의 모습에 안절부절 하는 케이 경이 따르고 있었다.

에마는 뒤쪽의 암흑 공간을 깨닫지 못하고, 행복한 기색으로 린타로에게 말을 걸고 있었다.

나란히 선 두 사람의 거리는 묘하게 가깝다. 조금씩, 에마가 린타로와 거리를 좁히는 것 같았다. 어느샌가 「함께 걷고 있다」라기 보다 「바짝 붙어 걷고 있다」라는 상태에 가까워졌다.

그러나 루나가 가장 짜증나는 것은, 린타로가 「이거 어쩔 수 없네」라는 분위기를 내면서 싫지 않은 기색이라는 것이다.

"굉장히 좋아 보이는 가게였어요. 선배 마음에 들면 좋겠습니다만."

"흣, 그래? 나는 커피에는 꽤 까다로운데?"

"우우우…… 무서워라. 하지만, 힘낼게요!"

"하하핫, 힘내는 건 네가 아니잖아."

이제 두 사람은 이미 별천지의 주민이었다.

"으그그……! 서, 설마, 이게 소문에 듣던 《의식의 장막》……?!"

"그렇군요! 다시 말해서, 저희들은 잊혀진 환상이라는 거군요? 루나, 대단합니다! 1포인트 추가— 앗, 아파요?! 아파요! 죄송합니다!"

루나가 케이 경에게 헤드록을 걸고, 케이 경이 사과했다.

그러는 사이에도, 린타로와 에마는 둘만의 세계를 형성했다.

일단 그 가게에는 다 함께 가기로 했지만, 루나와 케이 경은 처음부터 방해꾼이라는 비참한 운명에 있었다.

루나는 그런 두 사람의 등을, 잠시 동안 노려보다가—.

"우와아아아아아앙! 케, 케이 겨어어어어어어어엉?!"

이윽고 한계에 이르렀는지, 케이 경에게 울며 매달리게 되었다.

"어? 루나…… 으아아아아아아아아아아아아아아아아아아악?!"

루나는 케이 경의 멱살을 잡더니, 질질 끄는 것처럼 맹렬히 대시하여 그 자리를 벗어나 가까운 골목으로 뛰어들었다.

"저, 저, 저건 대체, 어떻게 된 거야?! 뭔데! 이거 뭐야?"

콜록콜록 사레가 들린 케이 경을 골목의 벽에 밀어붙이고, 루나가 케이 경에게 캐물었다.

"어…… 어떻게 된, 거냐고요……?"

"어, 어쩐지, 고작 며칠 만에, 완전히 주변 분위기가, 저 두 사람이 사귀고 있거나 그러기 일보 직전 같은, 우리들 응원하고 있어라거나, 그런 느낌이 되고 있는데?!"

아무래도 위기감을 느꼈는지, 천하의 루나가 전에 없이 여유 없는 표정으로 창백해졌다.

"리, 린타로는 내 가신이잖아?! 나를 제쳐두고서, 그…… 다른 여자애랑 사귄다거나…… 그런 일은 있을 수 없잖아?!"

"……진정하세요, 루나. 언동이 엉망이 되고 있어요."

하아…… 한숨을 쉬고서, 케이 경이 루나를 달랬다.

"……아마도, 이건 라모라크 경이 사주했을 겁니다."

"라모라크 경이……?"

의미를 모르고 고개를 갸웃거리는 루나에게, 케이 경이 담담하게 설명했다.

"네. 린타로가, 당신과 에마, 어느 쪽에 붙을 것인가? 왕으로서의 자질을 묻는 그 승부의 결과를 따지지 않고, 그를 에마 진영에 끌어들이려면 어떻게 하면 좋을까요?"

"서, 설마……?"

"네, 맞습니다. 까놓고 남녀의 관계가 되어 버리는 게 가장 빨라요."

어깨를 으쓱거리며, 케이 경이 말했다.

"장난 같아 보이지만, 뜻밖에 이치에 맞는 방법입니다. 처음 만난 밤의 모습을 보아 하니, 에마가 린타로를 연모하고 있는 것은 명확하니까요……. 동서고금, 누가 뭐래도 남자는 이치를 제쳐두고 사랑하는 여자 옆에 선다. ……그런 법이라고 하니까요."

"무, 무무무, 무슨 그런 비겁한?! 그런 장외 전술을……?"

크윽! 얼굴이 새빨개져서 발을 동동 구르는 루나.

"그, 그러면! 에마가 갑자기 꾸미거나, 기특하게 린타로 곁을 찾아오거나, 반 애들을 아군으로 삼거나 한 것은……?!"

"네, 이것은 라모라크 경의 수법입니다. ……아마도 에마 본인은 라모라크 경의 세세한 지시에 순순히 따르고 있는 것 뿐, 그 자각은 없을 겁니다만."

그러자, 케이 경이 한숨을 섞어 말했다.

"라모라크 경은 연애의 달인입니다. 어린 시절에 마셔 버린 어떤 약 탓에, 라모라크 경의 용모는 보시는 것처럼 어린 그대로죠. 그런 핸디캡을 가지면서도 라모라크 경이 연애에서 백전연마이며 무수한 연인을 갈아치운 것은, 오로지 그녀의 노력과 연구의 성과입니다."

"……용모에 의지하지 않는, 남녀의 줄다리기를 연마했다고?"

"네. 이미 상대에게 연인이 있든, 결혼 상대가 있든, 상관없어요. 라모라크 경이 『마음만 먹으면』, 남자, 부인, 가릴 것 없이, 거의 100퍼센트 함락됩니다. 그리고 그녀는 방중술 또한 신기라고 해서, 그녀에게 함락된 자들은 다들 완전히 그녀에게 빠져 버립니다."

"……어? 잠깐 기다려? 부, 부인……? 지금, 부인이라고 했어?"

뭔가 자연스럽게 나온 부자연스러운 단어에, 루나는 볼이 파르르 떨렸다.

"아아, 그녀는 바이섹슈얼이거든요."

"너무 문란하잖아, 그 여자?!"

머리가 아파지는 루나였다.

"역시, 해치우는 거랑 남녀가 하는 거밖에 오락이 없었던 시대구나……. 기사도라는 게 뭐더라? 용케 그러고서 원탁의 기사로 용납을 받았네? 라모라크 경.”

“그것이 용납될 정도의 무용과 왕에 대한 충성심을 가지고 있었다……. 그뿐입니다.”

케이 경의 엄연한 말에, 루나가 입을 다물었다.

“루나. 에마에게는 그런 라모라크 경이 붙어 있습니다. 이 장의 전술을 가볍게 봐서는 안될지도 몰라요.”

“그, 그런 건…….”

“물론, 에마와 라모라크 경은 달라요. 에마가 라모라크 경처럼 할 수 있을 리도 없죠. 그렇지만…… 이대로는 린타로가 에마에게 기울어질 가능성이 있을지도 몰라요.”

……저는 딱히 그래도 상관없습니다만. 케이 경이 투덜거렸다.

“바, 바보구나?! 리, 린타로가 나를 버리다니, 그런 일이 있을 리가―.”

노골적으로 동요하고, 시선이 흔들리는 루나가 안절부절 반론하지만…….

“네. 분명히 멀린이라면, 아서 왕을 버리는 일은 천지가 뒤집혀도 있을 수 없는 일입니다. 그렇지만…… 지금의 그는 어디까지나 『마가미 린타로』이며, 당신은 『루나 아르투르』입니다. 멀린과 아서 왕이 아니죠.”

“……읏?!”

케이 경의 담담한 말에, 루나는 입을 다물 수밖에 없었다.

이윽고.

"후, 후후후…… 좋아…… 알았어…… 그렇다면……!"

루나가 불길하게 웃고는, 어두운 투지를 활활 태우기 시작했다.

그리고, 가방에서 잡지 한 권을 꺼냈다.

"이런 일도 있을까 해서…… 이런 걸 사둔 게 정답이었어!"

"저, 저기…… 루나……. 그 책은?"

케이 경이 수상한 눈으로 보니, 그 지나치게 화려한 정장의 책에는 『히메보시 키라라의 필살☆스위츠 연애술 ~신경 쓰이는 그를 뇌살 말랑말랑 두근♡~』라는 타이틀이 있었다.

"본래 왕이 가신에게 아양을 떠는 건 언어도단이고! 딱히, 나는 린타로가 뭘 하든 아무렇지도 않지만! 그래도, 여자로서 에마 이하라고 생각되는 건 마음에 안 들어! 두고 보라고…… 이 책의 테크닉을 써서……! 크큭큭……!"

"저기, 루나? 아마, 당신 정도의 용모와 센스를 가진 자라면, 그런 수상한 책에 의지하지 않고, 평범하게 어필하는 게 좋을 텐데요……? 어느 쪽이든 언니는 반대 하지만요."

"좋아 그래! 해주겠어! 왕으로서, 여자로서! 내가 에마보다 몇 단계 위라는 걸 보여주겠어! 각오하도록 해! 린타로오오오오!"

그렇게 콧김을 뿜으며, 루나는 그 자리에서 맹렬하게 달려서 사라져 버렸다.

"……."

케이 경은 그런 자기 주군의 뒷모습을 안타깝게 바라보며…… 이윽고 생각했다.

아아, 이건 아마, 망하는 패턴이다.

아무도 없어진 뒷골목에, 케이 경의 한숨이 쓸쓸하게 울려 퍼졌다.

그리고— 다음날.

오전 수업이 맥없이 끝나고, 점심시간이 되었다.

카멜롯 국제학원 학생들의 점심에는, 몇 가지 패턴이 있었다.

① 학생식당에 간다, ② 매점에서 빵이나 도시락을 산다, ③ 학교 밖에서 외식을 한다.

국제학원이기에 외국 출신 학생도 많은 카멜롯은 생각 이상으로 교풍이 자유로우며, 점심시간에 한정해서 학교 부지 밖으로 나가는 것이 허가된다.

그리하여, 배고픈 학생들이 제각각의 방법으로 식사를 하기 위해 우르르 이동을 시작한다.

그런 가운데 학생들의 흐름을 헤치면서, 에마는 2학년 C반의 교실로 가고 있었다.

목적은 물론, 린타로였다.

'우웅~. 저, 끈질긴 걸까요? 걸핏하면 일일이 찾아가서 스승님한테 달라붙고…… 스승님이 귀찮다고 생각하지 않을까

요……?'

그런 불안을 품으면서도, 걸음은 멈추지 않는다.

'괜찮아……. 왜냐면, 라모라크 경의 말을 지키고 있는걸요…….'

약해지려는 마음을 질타하면서, 에마는 라모라크 경의 강의를 떠올렸다.

~~.

"—알겠어? 몸가짐을 가다듬고, 최대한 꾸미는 것의 중요함."

득의양양하게 가슴을 펴고 설명하는 라모라크 경 앞에 정좌하고 앉아서, 에마는 메모장과 펜을 든 채 끄덕끄덕 고개를 움직였다.

"상대가 겉모습이 귀엽다, 예쁘다, 멋있다고 생각하게 만든다. 어린애 같았다면 어른스럽게 보인다. 늙어 보였다면 젊어 보이게 만든다. 살이 쪘다면 뺀다. 최소한이라도 꼴 보기 싫지 않을 정도로 다듬는다. 이것들은 연애는 물론 대인 관계의 기본 중의 기본이거든? 이것만큼은 남자도 여자도 상관없어. 세상에는 인기가 없다고 떠들어대는 패배자들이 태반이지만, 그건 이미 이 단계에서 발목이 잡힌 거야. 죄다 촌스러운 머리모양에다, 못난 옷을 입고, 늘어진 몸으로, 아~무것도 노력을 안 해. 아무리 못생겨도 진지하게 몸가짐을 다듬으면, 그럭저럭 괜찮은 수준은 되는데 말이야. 그런 녀석들이 꼭 입을 모아서『사람은 겉모습이 아니라 알맹이다~』라고 얼빠진 개소리를 하는 거자. 말해두지만, 몸가짐을 갖추는 것은 다른 사람에 대한 최소한의『배려』거든? 그에 대한 노력을 전혀 하지 않는 녀석에게, 알맹이 따위 있을 리가 없잖아? 일단 입 다물고 자신을 갈고 닦으렴. 그게 연애의 달인으로 가는 첫걸음이야."

"네, 네에! 명심할게요!"

성실한 에마에게, 라모라크 경이 만족스럽게 고개를 끄덕였다.

"좋아. 그러면 복습할까?『가능한 범위에서 꾸민다』. 하지만, 그것은—?"

"그것은『어디까지나 자연스럽게』!『꾸미는 것이 상대에 대한 배려라는 것을 의식해서』!"

아주 좋아
"Bene est! 부자연스럽게 덕지덕지 꾸밀 필요나, 주제에 안 맞는 브랜드 제품, 과도한 성적 어필 같은 건 필요 없어. 그걸로 낚이는 건 어차피 박고 싶은 놈들이야."

"바, 박……?!"

화악! 얼굴이 새빨개진 에마를 제쳐두고, 라모라크 경이 담담하게 말을 이었다.

"그러면, 다음. 상대를 접하는 방식. 캐릭터 만들기."

"캐, 캐릭터 만들기……인가요……?"

캐릭터를 만든다는 말을 듣고, 에마가 조금 난색을 표했다.

"그러니까…… 캐릭터를 만드는 건 조금…… 자연체로 접하는 편이 좋지 않나요?"

"유감이지만, 연애에서 어느 정도의 캐릭터 만들기는 필요해. 지나치면 안 되지만, 자연체가 음침하거나, 과묵하거나, 성격이 못났거나 그러면, 어쩔 수가 없잖아? 그리고 『인기가 많은 캐릭터』, 『인기가 없는 캐릭터』라는 것은 엄연히 존재해. 뭐, 이것도 상대에 대한 일종의 『배려』라고 생각하고 받아들이렴."

"아, 네…… 배려……로군요!"

"하지만…… 당신의 경우는 딱히 문제없을걸? 자연체로도 괜찮아. 오히려 멀린…… 린타로 같은 비뚤어진 녀석에게는 당신의 자연체로 가는 편이 좋아."

"어? 그, 그런가요……?"

"그래. 그 대신, 절대로 해선 안 되는 캐릭터를 가르쳐줄게. 『억지로 착한 아이처럼 굴면 안 돼』. 『무지한 캐릭터나 백치미 캐릭터를 꾸미는 것도 NG』. 특히 린타로 같은, 상대의 생각을 이면의 이면까지 읽으려고 하는 영악한 남자한테는 엄금이야. 한 방에 미움 받으니까."

"한 방에……? 앗, 네…… 알겠습니다……."

"그리고! 가장 중요한 걸 말하는 걸 잊었네! 좋아하는 상대에게 뭔가를 해주고 싶다, 뭔가 봉사하고 싶다, 즐겁게 해주고 싶다……. 이것은 관심 없는 상대를 돌아보게 만들기 위한 기본이지만, 『보답을 바란다』라는 건 완전히 아웃이야!"

"보답을 바라는 건 안 돼요……?"

"그래. 자고로 인간이란 『당신을 위해서 이 정도로 해줬으니까, 나를 좋아해줘도 되잖아』라는 사고에 빠지기 쉬워. 그렇지만, 그것은 그저 호의와 친절함의 강매…… 함정이야. 해주고 싶은 것에 대해, 상대가 기뻐해주거나 감사할지는 알 수 없어. 어쩌면 아무렇지도 않게 생각할지도 모르고, 민폐였을지도 몰라. 귀찮다고 생각할지도 몰라. 그것을 언제나 염두에 두고, 상대에게 계속 액션을 해야 하는 거야. 그리고 누군가에게 액션을 하는 것은 때로는 아픔을 동반하게 돼. 상대에게 거절당하는 일도 있고, 창피를 당하는 일도 있어. 하지만 슬프게도, 뭔가 액션을 하지 않으면, 상대를 돌아보게 만드는 건 절대 할 수 없어. 그저, 사람 좋고 상냥한 것만 장점인 수동적인 캐릭터가, 자신은 아무것도 안 하고 상처 하나 없이 인기만점인 건, 이야기 속에서뿐이야. 알겠어?"

"아, 알겠습니다! 라모라크 선생님!"

"아주 좋아. 그러면, 이제부터 보다 구체적인 연애 전략을 당신에게 전수해줄게—."

~~.

'……응, 괜찮아요. 저는 라모라크 경의 말을 지키고 있어요! 라모라크 경이 말했어요……. 스승님 같은 근본적으로

는 외로움을 타는 타입은, 다소 끈질기게 달라붙어도, 그렇게 간단히 미움 받지 않는다고…….'

좋아. 기합을 다시 넣고, 에마는 2학년 C반의 교실로 가는 발길을 서둘렀다.

에마 미쉐레는…… 진심이었다.

진심으로, 마가미 린타로라는 남자를 사랑을 하고 있으며, 그가 에마 미쉐레를 한 명의 여자로서 봐주기를 바라며, 돌아보길 바라며, 곁에 있어주길 바란다……. 그렇게 생각했다.

'왜냐면……! 드디어…… 드디어 찾았는걸요……!'

문득 돌이켜보면, 뇌리에 떠오르는 것은, 과거 린타로와 보낸 나날이다.

프랑스의 시골구석에서 《킹》으로서 가혹한 수행에 전념하고 있던 무렵의 에마 앞에, 어느 날 보스톤 백을 지고 훌쩍 나타난 마가미 린타로.

좀처럼 실력이 늘지 않아 고민하던 에마의 검도 마법도, 린타로가 조금 가르쳐준 것만으로 지금까지의 수행이 뭐였는지 기가 막힐 정도로 개화했다.

단기간에, 계승전 우승 후보의 한 자리로 꼽힐 정도까지 성장한 것이다.

'그래……. 지금의 제가 있는 건, 스승님의…… 마가미 선배 덕분이에요…….'

계속, 이 사람과 함께 있을 수 있다면—. 계속, 이 사람과 함께 있고 싶다—. 에마가 린타로에게 끌리게 될 때까지, 시간은 걸리지 않았다.

그러나 어느 날. 갑자기 린타로는 에마 앞에서 자취를 감추어 버렸다.

그렇게 잔혹한 한 마디를 남기고—.

'이제…… 싫어요. 소중한 사람이, 그런 식으로 날 두고 가는 건 싫어요…….'

깨닫고 보니, 에마가 굳게 쥔 주먹에 상당히 힘이 들어가 있었다.

'기껏 기적적으로 재회했어요……! 여기서 또 놓치면 저는 평생 후회할 거예요……! 부탁합니다, 예수님…… 저에게 용기를…… 평생에 한 번의 용기를…….'

꾸욱 눈을 감고서, 기도하는 것처럼 가슴 앞에 손을 마주 쥐고.

이윽고 에마는 눈을 단단히 뜨고, 결의가 가득한 표정으로 계속 걸었다.

"……그래서? 이렇게 교실을 나온 건 좋은데…… 어쩔래?"

에마 옆을 걷는 린타로가 물어보았다.

에마는 2학년 C반의 교실로 찾아가, 린타로를 점심 식사에 초대했다.

초대할 때 부끄러움과 긴장으로 안절부절 해버린 에마였지만, 에마의 연모를 응원하는 주변 학생들이 도와주기도 했다.

루나가 있을 경우 한바탕 소동이 있을 법 했지만……. 다행히 루나의 모습은 없었다.

에마는 매끄럽게 린타로를 초대하는데 성공했다.

"학생 식당에 갈까? 매점에서 빵 사서 먹을래? 뭐, 이렇게 너랑 식사를 하는 것도 오랜만이니까……. 기왕이면 조금 밖에 나가서 좋은 거 먹을까?"

"저, 저기……!"

린타로의 제안은 참으로 매력적이었지만, 에마는 에마대로 플랜이 있었다.

서로의 성격적인 부분이 있으니 어쩔 수 없지만, 방심하면 금방 린타로의 페이스가 되어 버린다. 에마는 심호흡하여 그것에 전력으로 저항했다.

"사, 사실은 말이죠! 오, 오늘, 저, 도시락을 만들어 왔어요! 함께 드시지 않을래요?!"

……참으로 정석이고 고전적인 수였다.

그러나 라모라크 경 말로는, 공략 대상에 대한 알기 쉬운 호의를 보여줄 수 있는 이 수는, 다음 연애 전략을 세우는데 중요한 정보원이 된다고 했다.

당연하지만, 아무 조짐 없이 도시락을 만들어 오는 것은 상당히 「무거운」 행위다.

그 탓에 상대가 거절할지, 먹어줄지. 거절한다면 어떤 느낌으로 거절하는지. 먹어준다면 어떤 분위기로 먹어주는지.

현시점에서 자신에 대한 상대의 호의가 어느 정도인지 재고, 다음 수로 이을 수 있다고 한다.

"무…… 물론, 이건 제가 멋대로 한 일이니까요. 스승님이 폐라고 하신다면……."

이 결과는 완전히 신경 쓸 필요 없다고 라모라크 경은 말했다. 거절을 한다면 한대로, 얼마든지 손을 쓸 수 있다고 했다(역시 연애의 백전연마다).

중요한 것은, 어떤 리액션을 하는가를 확실하게 간파하는 것.

그러나, 그래도 순정 소녀인 에마는 거절이 무섭다.

에마가 얼굴이 새빨개진 채 두근두근하면서, 린타로의 판단을 기다리고 있는데…….

"어? 정말? 네가 만들었어?"

싫지 않은 기색으로, 린타로가 씨익 웃었다.

"사실은 요즘 나 외식이나 편의점 도시락 같은 것들밖에 안 먹었거든! 고맙게 먹을게."

"저, 정말인가요?! 고, 고맙습니다!"

곧장, 꽃이 피는 것처럼 활짝 웃는 에마.

"……야야야. 네가 감사를 하면 어떡하냐? 반대잖아?"

"그, 그래도 기뻐요!"

두 사람이 그런 대화를 하고 있는…… 그때였다.
"기다리세요! 거기 있는 머엇진 남성부우우우우운!"
갑자기 등 뒤에서 외치는 소리가 들렸다.
무슨 일이지……? 린타로와 에마가 둘이서 돌아보았다. 그러자.
"흐흥!"
그곳에 소녀 한 명이, 재는 표정으로 가슴을 내밀고 너무나 의도적인 뇌살 포즈를 취하고 있었다.
작위적으로 세로 롤을 말아둔 금발. 과하게 하얗고 두껍게 칠한 화장에, 지나치게 아이섀도로 그린 눈썹, 기분 나쁠 정도로 칠해서 새빨간 루즈. 금, 은, 보석…… 온몸을 잘그락거리며 화려하게 장식하는 각종 액세서리들, 여기까지 풍겨오는 강렬한 향수 냄새…….
어쩐지, 현기증이 날 정도로 변모를 이룬 루나가 그곳에 있었다.
""……우와아.""
그런 루나 앞에서, 눈을 까뒤집은 린타로와 에마의 신음 소리가 싱크로했다.
"흐흥! 어때? 몰라보겠지?! 린타로!"
"……분명히. 몰라보겠다."
일단, 그렇게 말해주는 린타로.
"흐흥, 자 보라고! 내가 진심으로 꾸미면 이렇다니까!"

“저, 저기~ 루나 선배? 꾸미는 건 어디까지나 『자연』스러운 편이…… 그렇게 『부자연』스럽게 꾸미는 건 그만두는 편이…….”

“하아~, 안되겠네? 당신 같은 시골 못난 여자는, 나의 고귀하고 초절적인 꾸미기가 얼마나 좋은지 알 수가 없는 걸까~? 불쌍해라!”

불쌍한 게 어느 쪽인지. 무심코 딴죽을 걸고 싶은 린타로와 에마였다.

“그런데 이거 좀 봐. 이 수많은 브랜드 액세서리들! 멋지지 않아?!”

두 사람이 자신의 아름다움에 압도되었다고 착각한 루나가, 이번에는 온몸을 장식한 액세서리를 잘그락거리며 자랑했다.

대체 어디서 입수한 걸까? 금, 은, 보석으로 만들어진, 목걸이에 팔찌, 귀걸이에 티아라. 반지는 모든 손가락에 두 개씩 끼고 있었다.

그 반짝반짝함, 화려함이 너무 눈부셔서 직시하기만 해도 눈이 아플 정도였다.

‘……아, 이거, 호수의 귀부인에게 받은 의뢰 선금이 전부 날아간 패턴이군.’

그런 식으로 기겁하는 린타로 앞에서.

“역시 나 같이 고귀한 최고의 여자는, 그에 걸맞은 격의 물건을 몸에 지녀야겠지? 왜 그래? 에마도 참. 분하니? 이

액세서리의 격차가?! 당신이 달고 있는 건, 그 볼품없는 은 십자 펜던트 정도니까!"

"……저기, 루나 선배…… 주제에 안 맞는 브랜드 제품은 그만두는 편이……."

"질투 수고요~!"

승리를 뽐내듯 웃는 루나였다.

그리고, 루나의 유감스런 공세는 더욱 이어진다…….

"그건 그렇고 오늘은 덥네?"

엉뚱한 방향을 보면서, 괜히 가슴의 옷깃을 펄럭펄럭 움직이고 스커트 끄트머리를 집는다.

그 가슴팍이 커다랗게 열려 있고, 스커트 자락도 엄청나게 짧다. 팔을 한계까지 들어 올리자, 자락이 짧은 셔츠 탓에 교태로운 배와 배꼽이 다 보인다.

일단, 온갖 의미에서 아슬아슬한 선이었다. 괜히 피부의 노출이 많은 그 모습을, 루나는 린타로에게 보란 듯 어필하고 있었다.

「남자는 이런 야한 거 좋아하지? 자, 얼른 기뻐하라고.」

그런 의도가 빤히 보였다.

"……저, 저기이…… 루나 선배…… 과도한 성적 어필도 그만두는 편이……."

무심코 적에게도 조언을 보내 버리는 사람 좋은 에마의 마음은, 루나에게 닿지 않았다.

"그렇게 됐으니, 린타로 군! 나도 도시락을 만들어 왔어! 우훗, 루나 말야, 루나 말야. 오늘, 태어나서 처음으로 도시락 만들어 왔어♪ 린타로 군을 위해서 열심히 힘을 내서 만들었으니까, 먹어주면 루나, 아주 기쁠 거야!"

"……억지로 착한 아이 어필도 그만두는 편이……."

"에마. 이제 그냥 봐줘라."

혼자 신이 난 루나 앞에서, 무표정해지는 린타로와 에마였다.

그런 루나의 기세에 밀려서.

린타로와 에마와 루나는, 학원 부지의 안뜰에서 도시락을 펼치게 되었다.

에마와 루나가 만들어온 도시락을 비교해서 먹는 승부 같은 흐름이 되었다.

안뜰에는 야외 테라스 구역이 있고, 그곳에는 파라솔과 테이블, 의자가 있었다.

린타로를, 루나와 에마가 좌우에서 끼우듯 테이블에 앉고 점심 식사가 시작됐다.

"어제, 요리하면서 깨달았는데에…… 달걀 말야, 전자레인지에서 띵☆ 하면 안 되는 거였어♪ 루나, 그런 거 전혀, 몰랐거드은, 에헷☆ 실수! 마음의 하드 디스크에 기록 중~♪ 쿵쿵쿵♪"

이제, 린타로는 루나가 뭘 어필하고 있는 건지도 알 수 없었다.

"……루나 선배. 무지 캐릭터나 백치미 캐릭터는, 저기……."

"……너는 참 상냥하구나, 에마."

하염없이 갸륵한 에마에게, 린타로는 뜨뜻미지근한 미소를 보냈다.

그런 루나를 제쳐두고, 에마는 테이블 위에 도시락을 펼쳤다.

"그러니까, 그게…… 스승님. 시시한 거긴 하지만……."

에마가 만들어온 도시락은, 샌드위치였다. 달걀 샌드위치와 햄 샌드위치, 토마토와 치즈 샌드위치……. 아무런 연구도 특색도 없는, 극히 평범한 샌드위치들이었다.

사실 에마는 린타로를 위해 더 정성들인 도시락을 만들어주고 싶었지만, 「갑자기 수고와 정성을 들인 요리를 가져가도, 너무 무거워서 뺄 거야」라는, 라모라크 경의 고마우신 말씀에 따라 선택했다.

그리고 그 선택은 옳은 모양이다.

"오, 좋은데! 점심은 이렇게 가벼운 게 좋지!"

간소한 것이라는 점이, 손을 대는 저항감을 없애는 것일까?

린타로가 사양하지 않고 그것을 집어서, 먹기 시작했다.

"응, 맛있다. 땡큐, 에마."

"스, 스승님…… 변변찮았습니다!"

그런 린타로의 반응에, 에마는 기쁜 기색으로 표정을 풀었다.

그러자 루나가, 에마가 만들어온 샌드위치 상자를 쑤욱 테이블 구석으로 밀어내더니, 이상하게 커다란 바스켓을 터엉! 빈 공간에 올렸다.

"그러니까, 그게…… 린타로 군, 나도 시시한 것을 만들어 왔는데."

"아, 그러고 보니, 루나 선배는 뭘 만들어 오신 건가요?"

에마가 물어보자, 루나는 바쁘게 바스켓을 열고 도시락을 펼치기 시작했다.

"스타게이지 파이랑, 장어 젤리야."

""무거워어어어어어어어어어어어어어어어어어어어어어엇?!""

두둥! 하고.

바스켓에서 갑자기 튀어나온 본격 요리에, 린타로와 에마가 눈이 뒤집혔다.

참고로 스타게이지 파이란 것은 무수한 정어리가 하늘을 향해서 박혀 있는 파이이며, 장어 젤리란 것은 토막 친 장어를 반투명한 젤리 모양으로 굳힌 요리였다.

"우훗♪ 내 고향, 영국이 자랑하는 향토요리야!(처음 만들었지만)"

"어, 어어어…… 알고는 있는데……."

영국의 명예를 위해서 명기하지만, 스타게이저 파이와 장어 젤리의 맛은 결코 나쁘지 않다. 오히려 제대로 요리를 하면 일품이다.

그러나…… 그 모습이 대단히 좋지 못하다. 아무리 옹호를 해줘도 그로테스크하다. 일반적인 일본인의 감각으로 보면, 유감이지만 괴식의 부류에 들어가 버린다.

외국인에게 낫토나 오징어, 문어 같은 것이다.

"저, 저기…… 루나 선배? 이거 조금…… 너무 수고를 들인 게……?"

"린타로 군을 위해서 열심히 만들었어♪ 자아, 먹어봐! 먹어봐! 전부!"

에마를 무시하고, 루나가 린타로의 얼굴 가까이 요리를 들이밀었다.

하늘을 바라보는 무수한 정어리들의 하얗고 탁한 눈이, 린타로의 눈과 마주쳤다. 대단히 기분 나쁘다.

"우…… 우우…… 진짜냐……?"

린타로가 울상을 지으며 파이와 젤리를 먹기 시작했다.

맛있다. 분명히 맛있다. 맛있지만…….

"무, 무거워…… 여러 가지 의미로 무거워……!"

"어머, 린타로! 울 정도로 기뻤어? 그렇지?! 에마가 만든 그런 빈약한 샌드위치보다, 내 요리가 몇 단은 위지?"

그리고—.

그런 카오스 점심 식사도, 이윽고 끝나고.

"……우웨에엑."

"괘, 괜찮으세요? 스승님!"

그 대량의 요리를 억지로 전부 먹게 된 린타로는 구역질을 참고, 그것을 에마가 헌신적으로 보살피고 있는데.

"훗…… 역시 내 마음의 스승, 연애 마이스터 히메보시 키라라…… 완벽해. 감동적이야. 그러면…… 이제 그만 확실하게 승패를 가려볼까?"

루나가 자신만만하게 일어섰다.

"자, 린타로! 이미 결과는 나온 거나 다름없지만! 나랑 에마, 어느 쪽이 여자로서 위인지! 이 자리에서 확실하게 선언하도록 해! 왕명이야!"

척! 린타로에게 루나가 손가락을 들이밀자…….

"……승자, 에마."

"아, 아하하……."

린타로는 망설임 없이, 애매하게 웃을 수밖에 없는 에마의 팔을 붙잡아 들어 올렸다.

"어, 어째서?!"

"아니, 분명히 너는 최고의 여자였어. ……여자라는 것에만 눈을 감는다면."

흠칫하여 눈을 부릅뜨는 루나에게, 린타로가 기가 막힌 기색으로 말했다.

"뭐, 뭔데?! 바보 린타로! 내가 당신을 위해서 이 정도까지 해줬잖아? 조금은 나한테 휘청~해줘도 되잖아! 이 벽창호!"

"저, 저기…… 루나 선배…… 보답을 바라는 건……."

어쩐지, 일부러 이러는 걸까? 라모라크 경이 말했던 연애 NG 행동을 집요할 정도로 모조리 밟고 지나가는 루나가, 조금 가여워진 에마였다.

"아~, 이건, 그거구만? 왕으로서의 승부의 결과를 기다리지 않고, 에마 편을 들어주고 싶어지는걸~? 에마는 상스럽고 멍청한 너랑 다르게, 기특하고 솔직한 착한 아이잖아~? 역시, 이 참에 갈아타 버릴까~?"

"으, 그, 그으으으으으……!"

루나는 얼굴이 새빨개져서, 분노의 표정으로 잠시 린타로를 노려보더니…….

이윽고.

"우와아아아아아아아아앙! 린타로는 바아보오오?!"

그대로 빙글 뒤로 돌아서 달려가 버렸다.

"케이 경! 케이 겨어어어엉! 린타로가?! 린타로가아아아!"

그리고, 아무래도 몰래 상태를 지켜보고 있던 모양인 케이 경에게 울며 매달렸다.

"그래요. 괜찮아요, 루나. 상대가 안 좋았어요……. 루나는 다시 처음부터 여자력과 상식을 갈고 닦는 것부터 시작해요……."

뭐라 말하기 어려운 표정으로, 자신의 주군을 달래는 케이 경.

그 모습을 곁눈질로 바라보면서, 린타로는 한숨을 쉬는 수밖에 없었다.

제4장 왕의 자질

학원의 어수선한 시간은 날듯이 지나가고— 이윽고 해가 저물어, 밤이 된다.

사람들이 잠들고, 그 의식을 안녕한 꿈속으로 매몰시키는 안락한 시간이 된다.

그러나 그와 동시에 수많은 인간이 잠들게 된다. 인류의 집단 무의식에 뿌리 내린《의식의 장막》이 일시적으로 느슨해져, 현실과 환상의 경계가 애매해지는 시간이기도 했다.

각성 상태에서는「귀신 따위 없어, 귀신 따위 거짓말이지」라고 인식해도, 수면 상태에서는 그렇지 않다. 눈을 뜰 때까지 사람은 꿈이라고 깨닫지 못한다. 밤은 사람의 상상 너머에 속한 자들이 제집처럼 발호하기 쉬워지는 위험한 시간이었다.

그러나 램프의 등불을 대신하여 전기의 빛이 대두한 뒤부터, 사람들은 밤에 옛날 정도로 잠들지 않게 됐다. 애당초 과학 기술 문명과 정보화 사회가 성숙한 지금은,《의식의 장막》의「단단함」이 예전 시대와 비교하면 하늘과 땅 차이 정도로 다르다.

이미 사람이 밤에 밖을 돌아 다녀도 오우거(식인귀)에게 습격을 받거나, 흡혈귀(뱀파이어)나 몽마(서큐버스)가 숨어 들어오거나, 우는 요정(밴시)의 울음 소리를 듣게 되는 일도 없어진 것이다.

"……그렇지만, 지금, 이 인공섬의 《의식의 장막》이, 어떤 바보 탓에 꽤 상처가 나서 너덜너덜하지."

린타로가 어깨를 으쓱거리며 말했다.

"그래서, 밤이 되면, 이런 녀석들도 솟아나오는 법이란 거지."

이곳은 아발로니아 교외의 한 구역— 인공섬 개발 초기에 만들어지고, 지금은 파기된 재개발 예정 구역. 좌우를 높은 폐맨션이 둘러싼 골목.

그 안쪽을 보자, 심연의 어둠 속에서 번득이며 빛나는 두 눈이 여러 개 떠올라 있었다.

그 어둠 속에 숨은 자들은, 린타로 일행에게 천천히 다가오고 있었다.

이윽고 린타로 일행 앞에 모습을 드러낸 것은— 기묘한 소인(小人)들이었다.

그들은 마치 작고 뼈만 남은 노인 같았고, 찢어진 입에서 긴 송곳니가 튀어나오고 손톱도 잔혹할 정도로 뾰족했다. 그리고 불처럼 붉은 커다란 눈이 황황하게 빛나며, 머리에는 커다란 빨간 모자. 작은 몸에 안 어울리는 대형 도끼를 지고 있었다.

그런 흉흉한 소인들이, 무수하게 우글우글 등장한 것이다.

"저, 저거 뭐야? 린타로……."

"레드캡. 스코틀랜드나 잉글랜드의 요마구만."

볼을 파르르 떨면서 뒤로 물러나는 루나에게, 린타로가 대답했다.

"폐허 따위에 자리 잡고, 그 폐허에서 하룻밤 보내려는 여행자를 습격하여 죽인다……. 치안이 나쁜 시대, 도적이나 강도에 대한 사람들의 공포에서 태어난 요마다."

그런 레드캡들은, 린타로 일행을 오늘밤의 사냥감으로 정한 모양이다.

전방에서, 등 뒤에서, 좌우의 샛길에서. 차례차례, 우글우글 무수하게 나타나서는 린타로 일행을 둘러싸고 있었다. 이미 린타로 일행은 도망칠 곳이 없었다.

이런 작은 몸집이지만, 그래도 사람들의 공포에서 태어난 존재— 레드캡은 보통 인간이 도저히 대항할 수 있는 요마가 아니다.

그렇다, 「보통 인간」이라면.

"샤아아아아앗!"

레드캡들은 귀에 거슬리는 기성을 내면서, 그 커다란 도끼를 들어 올리며 움직였다.

어떤 자는 땅을 기는 것처럼 달리고, 또 어떤 자는 하늘 높이 도약했다. 어떤 자는 빌딩의 벽을 발판 삼아 달리고, 또 어떤 자는 빌딩과 빌딩 사이를 삼각 점프로 뛰어다니면서 다가온다.

그 가는 체구로는 상상도 하기 힘든, 기발한 육식 짐승 같은 순간적인 움직임.

"샤아아아아아아아아아아아앗!"

전후좌우상하에서, 레드캡들이 휘두르는 무수한 거대 도끼가 린타로 일행에게 진공을 찢으며 육박한다, 육박한다, 육박한다—.

그러나.

"—헷!"

발검, 이섬. 밤의 어둠을 잔혹하게 분단하는 붉은 칼날과 하얀 칼날의 섬광.

린타로가 좌우의 홍백쌍검을 뽑자마자 뿜어낸 참격, 이어지는 찰나의 2단 베기가 여섯 마리 레드캡들을 순식간에 베어냈다.

"하아아아아아아아아아아아아아아앗!"

루나의, 하늘을 춤추는 새처럼 자유롭게 호를 그리는 은의 검섬.

선풍처럼 펄럭이는 검이, 세 마리 레드캡을 양단하고—.

"야아아앗!"

케이 경이 뿜어낸, 검의 견본 같은 검격이 두 마리 레드캡을 가볍게 해치웠다.

"게햐! 게햐햐햐햐햐?!"

레드캡들의 불행은, 오늘밤의 사냥감으로 정한 인간들이 「보통 인간」이 아니었다는 것이다. 동료들을 이토록 간단히 해치우자, 드디어 상대가 자신들 따위가 손을 대서는 안 되는 존재라는 걸 깨달은 모양이다.

레드캡들은 거품을 물고 들떠서, 린타로 일행에게 등을 돌렸다. 뿔뿔이 흩어지며 그 자리에서 도망치기 시작했다.

그러나—.

"놓치지 않아요!"

그 앞에는, 펠리시아와 가웨인 경이 기다리고 있었다.

"—흣!"

펠리시아의 정(靜)에서 동(動)으로 순식간에 변하는, 낭비가 없는 화려한 3단 찌르기.

번갯불로 변한 세검(레이피어)이, 정확하기 짝이 없이 레드캡 세 마리의 심장을 파헤치고—.

"오오오오오오오오오옷!"

가웨인 경의 그것은, 적을 압박하는 압도적인 힘의 검기. 두 번 공격할 필요조차 없는 불 같은 한 수.

폭풍처럼 휘두른 강검(갈라틴)(鋼劍)이, 다섯 마리 레드캡을 산산이 날려 버렸다.

그리고—.

"이이이이야아아아아아아아아아앗!"

청렴한 기백과 함께, 기창형의 검이— 날카롭게 펄럭인다.

기다리고 있던 것처럼 옆으로 휘두르는 일격이 세 마리 레드캡을 베어내고, 그 반동을 이용해 빙글 손잡이를 회전시켜— 온몸의 탄성을 실어 똑바로 찌른다.

공기를 가르며 뻗은 검의 끝이, 돌진해온 한 마리 레드캡의 목을 교차법으로 꿰뚫었다.

에마다. 그 가녀리고 작은 몸집에 어울리지 않는 긴 무기— 그녀 자신의 엑스칼리버를 양손으로 겨누고, 그것을 수족처럼 자유롭게 다룬다.

참으로 훌륭한 검기다. 부드러움이 능히 강함을 제압한다는 것은 그녀를 위한 말이리라.

재빠름이나 반응 속도는 루나나 펠리시아에게 결코 뒤지지 않지만, 그 작은 체격 탓에 아무래도 에마는 힘이 부족하다.

본래 그런 체질인지 《마나 가속(액셀)》으로 강화해도, 더욱이 에마의 힘은 약하다.

그렇기에— 유의 검이리라.

상대의 움직임을 예측하고, 상대의 기세를 이용해서, 후의 선, 선의 선을 자유롭게 취한다.

최소한의 힘으로 최대한의 대미지를 주는 카운터 기술과 대응 기술을 검기의 주축으로 삼는다.

그렇다고, 에마는 결코 기다리기만 하지 않는다. 검의 리치를 살린 견제 공격이나 페인트 따위, 세련된 공격 기술을 이용해 적극적으로 상대를 무너뜨리기도 한다.

농락당한 상대가 견디지 못하고 반격을 하면, 곧장— 카운터 기술의 먹잇감이 된다.

천성의 직감에 의지하여 검을 휘두르고, 검리를 완전히 무시하는 루나. 검속과 공격 횟수에 의지하여 상대를 봉쇄하고, 겉보기의 화려함과 미려함을 고집하는 펠리시아. 그런 그녀들과 비교해서 에마의 검기는 명백하게 두 단계나 세 단계 정도는 고도의 영역에서 완성되어 있었다.

아마도, 검의 승부로 한정하면 에마는 모든 《킹》 중에서도 톱 클래스가 틀림없었다.

"윽…… 괴, 굉장해……."

"저게, 에마 미쉐레……? 계승전의 우승 후보 중 한 명인 《킹》……."

자신들도 검기를 익혔기에, 에마의 아무렇지도 않은 거동 하나하나에 얼마나 고도의 기교가 숨겨져 있는지 알 수 있으리라.

루나와 펠리시아가, 에마의 싸움을 보고 창백해졌다.

"호오? 에마 녀석, 상당히 실력이 올랐는걸? 내 가르침을 훌륭하게 승화시켰구만."

린타로가 레드캡들의 목을 틈틈이 날리면서 웃었다.

"에마 녀석을 가르치고 있던 바보들은 강의 검을 가르치려고 했었지. 체격적으로도 성격적으로도 안 맞는데 말야."

"……그래서, 린타로가 에마에게 유의 검을 가르친 거야?"

"그렇지. 내 취향은 아니지만, 유검의 원리 자체는 알고 있었으니까."

후아아아. 하품을 하면서, 아무것도 아니란 것처럼 말하는 린타로.

"워, 원리는 알고 있다니…… 그것만으로, 저렇게까지 가르칠 수 있는 거야?!"

"그래. 원탁의 유검 사용자라고 하면, 퍼시발이나 베디비어…… 놈들의 기술은 전설 시대에 잔뜩 감상했으니까."

"보, 보기만 했다고요? 다, 당신, 대체 무슨 말을―?!"

볼을 파르르 떨면서, 펠리시아가 외쳤지만,

"뭐? 보통 검기라는 건 한 번 보면 대강 카피할 수 있잖아? 못하냐?"

너네들 뭔 말을 하냐? 같은 표정으로 보는 린타로였다.

"안 되겠어, 이 녀석. 역시 규격이 달라."

"……어쩐지 존재 자체가 짜증나는 남자랍니다."

루나와 펠리시아가, 그런 린타로를 노려보았다.

"―하!"

그런 대화 사이에도, 에마는 유연하게 낭비 없이 계속 검을 휘둘렀다.

참격, 찌르기, 베어 떨치기― 어느 것이 진짜고, 어느 것이 페인트인지도 알 수 없는 수의 신속 공격 앞에서, 레드캡들은 손 쓸 도리도 없이 토벌되어가고—.

"샤, 샤아아아아아앗?!"

최후의 저항을 하려는 듯, 에마의 등 뒤에서 뛰어든 레드캡도—.

"후우우웃!"

보지도 않고 뒤로 뽑어낸, 완전히 노린 카운터, 일섬.

레드캡의 목이, 빌딩 사이의 어둠을 춤추었다.

그리고 주위에 산더미처럼 대량으로 굴러다니는 레드캡의 시체는, 이윽고 마나의 빛 입자가 되어 자잘하게 부서지고 조용히 소멸했다.

환상계의 주민은 개념의 존재다. 현실계에 나타날 때는 마나로 수육하고, 몸을 물질화시킬 필요가 있다. 따라서 죽으면, 그 몸은 마나로 돌아가 아무것도 남지 않는 것이다.

"……아이구야. 끝났구만."

린타로가 홍백의 쌍검을 거두고 중얼거렸다.

그런 린타로 곁으로 에마가 달려왔다.

"스, 스승님! 지금 그거 어땠어요? 저, 잘 하고 있었어요?"

그 모습은 재주를 능숙하게 소화하고, 주인님에게 칭찬을 요구하는 강아지 같았다.

"그래, 잘했다. 너 정말로 강해졌구나! 잘했어."

"고, 고맙습니다! ……에헤헤……."

린타로가 칭찬하고, 머리를 쓰다듬어주자, 기쁘게 미소를 짓는 에마.

“으그그그그…….”

그런 두 사람을 멀찍이서, 이를 갈며 노려보는 루나였다.

그때, 짝짝짝짝…… 머리 위에서 박수 소리가 울려 퍼졌다.

“우리 폐하는 어때? ……굉장하지?”

린타로가 머리 위를 올려다보자.

길가에 접한 건물의 베란다 울타리에 소녀 한 명이 다리를 내던지면서 앉아, 가련한 입가를 흉흉한 웃음의 형태로 일그러뜨리며 이쪽을 내려다보고 있었다. 어두운 어둠 속이라 동공이 열린 그 진홍의 두 눈이, 타오르는 불꽃처럼 활활 빛나고 있었다.

“헷. 천상에서 내려다보듯 구경이라, 팔자 좋으시구만. 라모라크.”

“서(경)를 붙이도록 하려엄? 멀린…… 아니, 마가미 린타로.”

린타로와 소녀— 라모라크 경이, 서로를 물어뜯는 것처럼 웃으며 노려보았다.

“흥, 뭐 좋아. 이야기를 되돌리지. 내가 말하는 것도 그렇지만, 에마는 아직도 발전하는 도중이야. 그녀는 앞으로 더 늘 거야. ……좋은 스승이 옆에 있어준다면.”

“…….”

“다시 말해서, 지금 당신의 주인님보다도 장래성은 에마가 압도적으로 위란 거지. 얼마든지 당신의 색으로 물들일 수 있고, 당신의 이상적인 왕으로 키울 수 있어……. 그 말괄량이하고는 다르게 말야. ……이건 남자의 로망 아냐아?"

"……."

"이쪽 물건은, 대단히 이득이거드은? ……어때? 당신도 루나보다 에마가 섬기는 보람이 있지 않을까? 린타로…… 키득키득키득……."

괜히 자기 주군을 맹렬하게 미는 라모라크 경에게.

"크…… 저 로리, 제멋대로 말하다니……!"

루나가 관자놀이에 핏대를 세우면서 내뱉었다.

그러나 그 이상으로 루나가 짜증나는 것은—.

"……."

'어, 째, 서?! 아무 대답도 안하는 거야!'

린타로가 무슨 말을 듣든, 뭔가 생각에 잠긴 것처럼 입을 다물기만 한다.

이것은 마치, 정말로 루나와 에마를 천칭에 걸고 있는 것 같지 않은가?

'내 아군이 되어 준다고 했으면서! 나를 이기게 만들어준다고 했으면서!'

루나는 이미, 에마의 등장 이후 계속 역정을 내고 있었다.

그렇게 나쁘지 않은 분위기를 쳐부수기 위해서인지, 아니면 분위기를 읽지 못하는 것뿐인지.

"이봐! 라모라크 경! 휴전이라지만, 지금은 일단 협력 관계가 아닌가! 너도 제대로 싸움에 공헌하는 게 어떤가?"

가웨인 경이 머리 위의 라모라크 경을 향해서 소리 높여 외치고 있었다.

"싫어어. 내가 싸우면 에마의 굉장함이 눈에 안 띄게 되잖아."

그런 가웨인 경의 질책을 라모라크 경은 머리칼을 쓸어 올리면서 자연스럽게 흘리고, 밤의 어둠에 붉은 선을 그리듯 웃었다.

"그리고…… 괜찮겠어? 가웨인 경. 내가 검을 뽑으면…… 그만 실수로, 요마랑 같이 당신을 베어 버리는 일이…… 있을지도?"

웃고는 있지만 웃지 않는다. 그런 무서운 미소를 짓고 있는 라모라크 경 앞에서.

"부디, 당신께서는 쉬고 계십시오! 라모라크 겨엉!"

가웨인 경은 창백해져서, 재빨리 물러나 버렸다.

"정말이지. 바보 같은 짓을 할 시간 없거든."

린타로가, 그런 느긋한 분위기를 조이는 것처럼 말했다.

"저기 있는 폐빌딩 지하 주차장…… 저곳에 『틈』의 반응이 있다. 얼른 가자."

이렇게.

린타로 일행은 다 함께, 지하 주차장으로 발길을 옮겼다.

지하로 이어지는 슬로프를 내려가, 일행은 지하 주차장에

도착했다. 콘크리트로 만들어진 새까만 공간이 펼쳐지고 있었다. 자동차는 거의 없었다. 텅 비었다.

린타로 일행은 주위에 주의를 기울이면서, 신중하게 안으로 나아갔다.

……이윽고, 문득 그들의 발소리 반향음이 끊어졌다.

넓은 지하 주차장의 가장 안쪽에…… 그것이 있었다.

땅바닥에 그려진 둔하게 빛나는 트리퀘트라의 마법진—그 위의 공간에 부자연스럽게 퍼지는 검은 얼룩, 혹은 균열 같은 무언가.

"……『틈』이군요. ……지금까지와 비교하면 훨씬 커요."

케이 경이 눈썹을 찌푸리면서 말했다.

"방금 전의 요마…… 레드캡은, 지금까지 마주친 요마와 비교해서 훨씬 위험도가 높았어요……. 이 『틈』에서 나온 것이 틀림없는 것 같아요."

"……그렇군."

수긍하고, 린타로가 마법진 위에 검 끝으로 끄적끄적 문자를 새겼다.

평소처럼 『틈』을 【해주】하려고 한…… 그때였다.

"정말이지, 참…… 당신들은 정말로 괜한 짓밖에 안 한다니까."

문득, 여자의 목소리가 주차장 안에 울려 퍼졌다.

묘하게 잘 울리는 목소리가, 좁은 공간 안을 기분 나쁘게 메아리 쳐서 몇 겹으로 반향되었다—.

"누구냐?!"

일동이 일제히 돌아보았다.

그러자 등 뒤의 공간에, 이 어두운 어둠보다도 어두운 어둠이 응어리졌다.

응어리진 어둠은 검은 안개가 되어 모여들고, 사람 모양을 형성했다.

사람 모양을 얻은 검은 안개의 덩어리는 이윽고, 질량과 질감을 획득하여 한 명의 여자를 현현시켰다.

"기껏 내가 이렇게 열심히, 『틈』을 만들고 있는데…… 이렇게 모조리 막아버리면 못 버티죠……. 후후후후……."

펄럭. 휘날리는 검은 후드에 로브. 로브에서 뻗은 노출이 많은 요염한 몸. 오싹할 정도로 요사스럽고 아름다운 얼굴의 절반을 가리는 레이스. 마치 어둠 그 자체에서 태어난 것처럼, 어슴푸레하게 그늘진 소녀가, 린타로 일행 앞에 모습을 드러냈다.

그리고 그 소녀의 존재가, 이 현실 공간에 확정된 순간.

루나와 펠리시아, 에마의 등줄기에 오싹할 정도로 차가운 것이 흘렀다.

라모라크 경이나 랜슬롯 경, 포모르화한 린타로 같은, 대치하기만 해도 압도되어 버릴 정도의 존재감과 위압감, 공포와는 다르다. 다만 검은 소녀가 뿌리는, 심연을 엿본 것처럼 바닥을 모를 불길함과 요사함이 루나 일행을 후려쳤다—.

마음이 흘리는 식은땀에, 딱딱하게 굳어지면서도 검을 겨누는 소녀들 앞에.

"드디어 나왔냐? 네가 섬 온갖 곳에 『틈』을 만들고 있다는 멍청이지?"

린타로가 쌍검을 어깨에 올리고, 한 걸음 앞으로 나섰다.

"수수하게 없애고 다니면 언젠가 모습을 드러낼 거라고 생각했지."

그러나 그 불손한 말투의 이면에서, 린타로는 신중하게 마녀와 간격을 재고 있었다.

함부로 뛰어들면— 사지(死地).

린타로 정도의 실력자가, 그렇게 생각하게 만드는 무언가가 그 마녀에게 있었다.

"뭐가 목적인지는 모르지만 상관없지. 너는 여기서 퇴장이다."

그러나 섣불리 파고드는 것이 죽음으로 이어진다면, 신중하게 싸우면 되는 것.

터럭만큼도 겁먹지 않고, 린타로가 웃었다.

그러나 그 기괴한 마녀 앞에서…… 린타로는 문득 깨달았다.

"……응? 너…… 어디선가……?"

린타로의 머리 속 기억이, 희미하게 따끔한 자극을 받았다.

그것은…… 대체, 언제였지? 어디였지?

카멜롯 국제학원에서, 였나? 아니면 이 인공섬 뉴 아발론으로 찾아오기 전, 이었나? 혹은, 그 전설 시대에서, 였던가?

"……뭐지? 이 감각은? 너랑 어디서 만난 적이 있나……?"

그러나 어째선지 답이 안 나온다. 소녀의 정체를 파악할 수 없다.

희미하게 뇌리를 흐르는 영상은 틀림없이 관련성이 있는 기억 정보일 텐데, 그것들이 단편적인 상태로 어째선지 결코 눈앞의 소녀와 이어지고자 하지 않는다.

분명히 자신은 이 여자를 알고 있다. 만난 적이 있다. 그렇지만, 누군지 알 수가 없다.

그것이 답답하고, 짜증나서.

린타로가 보기 드물게 기분 틀어진 기색과 곤혹을 드러내면서, 이를 갈고 있자.

"소용없어요, 멀린. 그래요, 소용없어요."

생긋. 검은 소녀가 웃었다.

그것은, 마치 너무나 좋아하는 장난감을 발견한 것처럼 천진한 웃음이었다.

"전설 시대의 당신이라면 모를까. 지금의 열화된 당신은, 내 정체를 파악할 수 없을걸요? 저의 【낯 가리기】 마법은 타파할 수 없어요. 모든 것은 쓸데없고 소용없어요."

그리고 펄럭 로브를 떨치더니, 양손을 커다랗게 벌리고 말했다.

“아아, 이토록 꼴사납다니! 그러고도 세계최강의 마법사인가요?! 멀린, 위대한 포모르족의 계보! 당신은 어서, 진정한 당신 자신을 되찾아 주세요! 그런 꼴사나운 인간의 껍질 따위 내던지고! 아하, 아하하하하하하하핫!”

“……칫.”

짜증스럽게 혀를 차고, 린타로는 위협하듯 검을 한 번 휘둘렀다.

“시끄러, 닥쳐. 네 정체 따위 알 바 아니지……. 《아서 왕 계승전》, 이런 즐거운 유흥(게임)을 방해할 거라면, 이 자리에서 죽여주마.”

“기, 기다려 주세요, 스승님!”

짜증을 숨기지 않는 린타로 앞에, 에마가 검을 겨누며 나섰다.

그리고 마녀를 똑바로 마주보며, 질문을 던졌다.

“거기 당신! 어째서, 《의식의 장막》에 『틈』을 만드는 건가요? 당신은 대체, 뭘 하고 있는지 이해하고 있는 건가요?! 그대로 계속 『틈』을 만들면, 언젠가 정말로 위험한 요마가 이쪽 세계로 찾아와 버릴 겁니다! 그렇게 되면—.”

그러나.

“에마, 아아, 에마. 에마. 참으로, 가엾은 아이…….”

검은 마녀는 질문에 응하지 않고, 에마에게 진심으로 가여워하는 시선과 말을 보냈다.

"자신이 없는 에마. 우스꽝스런 꼭두각시 인형 에마. 텅 빈 에마. ……당신은 언제나 누군가에게 이용당하고, 춤추고, 사용되기만 하는 슬프고 상냥한 게임말."

"무슨……?!"

"아아, 가여워라. 아아, 가여워. 당신은 그렇게, 언제까지나 자신의 의사를, 인생을, 다른 사람에게 맡기기만 할 건가요? 당신은 무엇을 위해 살아가는 건가요? 키득키득키득……."

그 마녀의 말이, 에마의 마음 속 어떤 핵심에 닿았는지—.

"『이제는 싫어. 내가 싸우는 건 뭘 위해서? 왕이 되는 건 뭘 위해서?』 키득키득키득……."

"무, 무슨 말을—?! 자, 장난치지 마세요!"

그 온화한 에마가, 갑자기 격하게 흥분하기 시작했다.

"입 다무세요, 마녀! 우리들은 정의의 이름 아래! 사람들을 위해서! 신의 은총과 덕으로, 사람을 해치는 당신을 처벌합니다! 각오하세요!"

"잠깐…… 에마?! 진정해! 무슨 일이야?"

"그렇답니다! 저런 여자의 싸구려 도발에 넘어가선 안 돼요!"

루나와 펠리시아가 경고했지만, 에마의 귀에는 닿지 않은 모양이다.

"용서 못해! 용서 못해! 나를 인형이라고 부르다니……?!"

그 아름다운 얼굴을 분노로 일그러뜨리고, 당장이라도 마녀에게 뛰어들 참이다. 지금까지 보여준 그녀의 모습으로는 상상할 수 없을 정도의 당황한 모습과 격분이었다.

"……."

그런 에마의 모습을, 린타로만 눈을 가늘게 뜬 채 냉정하게 보고 있었다.

그리고, 마녀가 입으로 자아내는 저주는 멈추지 않는다.

"……신들의 꼭두각시 인형은, 이제 지긋지긋해. 그러니까, 사랑스럽고 사랑스런 스승님에게, 당신은 꼭두각시 실을 쥐어주고 싶어, 목줄을 쥐어주고 싶어, 그렇지? 키득…… 멍멍멍, 당신은 귀엽고 귀여운 강아지♪"

그것이 마무리라는 것처럼, 마녀가 고개를 덜컥 기울이면서 최고로 망가진 웃음을 지었다. 최고의 멸시와 동정을, 에마에게 가차 없이 들이밀었다.

그리고, 그것이— 에마의 임계점이었다.

"입 다물어어어어어어어어어어어어어엇!"

곧장, 포효한 에마가 튕기듯이 검을 겨누고 검은 마녀에게 돌진을 시작했다.

"앗, 바보?! 섣불리 접근하면—."

"칫—."

루나와 린타로가 그것을 따랐다.

"우와아아아아아아아아아아아아아아아아아아아아아앗!"

에마가 마녀에게 육박했다. 하얀 섬광으로 변해서 마녀에게 돌진한다.

그러나, 그 검의 끝이 마녀를 포착하려고 한— 그 순간.

"오오, 가여워라, 가여워."

마녀가 눈앞에 양손을 교차시키고, 가볍게 그것을 펼쳤다.

그 순간 마녀의 눈앞에서부터, 공간에 무시무시하게 커다란 검은 균열이 입을 열었다.

"무슨—?!"

기세가 붙은 에마의 몸은 멈추지 못한다. 손쓸 도리가 없이 눈앞에 열린 공간의 균열 안에 삼켜져서, 떨어졌다.

"뭐야?! 에마가……."

무심코 발을 멈춘 루나 옆으로 린타로가 달려 나갔다.

"……칫. 손이 많이 가네."

그러더니 뭘 어떻게 판단했는지, 린타로는 굳이 스스로 그 균열 안에 뛰어들었다.

"린타로?!"

"너희들은 거기서 얌전히 기다려! 금방 돌아온다!"

경직한 루나에게, 어둠의 균열 안에서 그 외침이 들렸다.

그러나 루나는 주위의 상황과, 균열 안을 번갈아 보고서.

"잠깐! 당신은 내 가신이고 내 거잖아?! 내버려 둘 수 있을 리 없지!"

루나도 결심한 것처럼, 그 균열의 심연 안으로 몸을 던졌다.

"루나?! 린타로?!"

케이 경이 비통한 외침을 지르지만, 이미 늦었다.
마녀가 머리 위에서 팔을 교차시키자, 그 균열은 순식간에 닫히고 형체도 없이 사라져 버렸다.
"그, 그럴 수가…… 루나와 Mr. 마가미, 에마가……."
"……사라졌다……? 사라져 버렸다……?!"
경악으로 굳어진 펠리시아와 가웨인 경, 케이 경.
그런 일동 앞에서, 검은 마녀가 노래하듯 고했다.
"참으로 몽매, 우매, 이제는 끝장. 세계의 틈새에 말려들어서, 안녕……."
그리고 마녀는 우아하게 키득 웃었다.
"자, 다음은 남은 당신들 차례랍니다……?"
유혹하는 것처럼, 천천히 팔을 휘둘렀다.
그 손에 응어리지는, 칠흑의 오라— 어떠한 마법이 태동하는 기척.
"못한다!"
"루나를 돌려받겠어요!"
가웨인 경이, 펠리시아가, 케이 경이, 그것을 막고자 검을 겨누고 마녀에게 질풍처럼 파고들었다.
그러나 그 이변은 한순간에 일어났다.
세 명이 땅을 짓밟은 발치의 감각이 갑자기 변화했다.
깨닫고 보니 단단한 콘크리트였던 땅 모두가, 어느샌가 진흙이나 콜타르 같은 검은 점성의 유동체로 변화했다.

"무슨—?! 이, 이게 뭐야?!"

"바, 발이……?!"

펠리시아 일행의 발이 점성 액체 안으로 쑤욱 가라앉는다. 액체에 발이 붙잡혀 기동력이 죽어버리고, 곧장 움직일 수 없게 되어 버렸다.

게다가 이 검은 늪은 바닥이 없는 것일까? 펠리시아 일행의 몸은 계속해서 제한 없이 가라앉는다. 발목, 정강이, 무릎, 허벅지…… 천천히 가라앉을 때마다, 구역질이 나는 혐오감과 공포가 펠리시아 일행의 마음을 좀먹는다.

"윽…… 으으으윽! 이게—《바람의 무희여—》."

견디지 못하고, 펠리시아가 이 궁지를 타개하고자 뭔가 요정 마법을 읊으려고 했지만.

푸악! 비말이 치솟으며 주위가 터졌다.

무수한 뼈의 손이 늪 안에서 솟아나와, 펠리시아 일행을 붙잡았다.

죽은 나무 같은 뼈의 손이, 펠리시아에게 엉키고 입 안으로 진입한다.

"히— 꺄아아아아아아아아아아아아아아아아아아아아아악?!"

그 역겨움에 펠리시아는 자신을 잊고서 비명을 질렀다.

그러는 사이에도 일동의 몸은 뼈의 손에 끌려들어가듯, 검은 늪 안으로 매몰되어갔다—.

"으, 으아악……?!"

"젠장! 이, 이런 곳에서……!"

케이 경도 가웨인 경도, 이미 손쓸 도리가 없다.

오로지 한 사람, 검은 늪 위에서 체중이 느껴지지 않는 거동으로 떠올라있는 마녀가, 일동을 내려다보며 요사스레 웃었다.

—그때였다.

콰지지직! 큰 소리을 내면서, 검은 늪의 한가운데로 거대한 십자가가 박혔다.

라모라크 경의 십자가 모양의 대검이다.

곧장 주변 일대를 가득 메운 검은 늪이, 마치 유리가 부서지는 것 같은 소리와 함께 산산이 파편으로 변해 허공으로 흩어졌다.

"악—?!"

"……어?!"

깨닫고 보니 이미 그 저항할 수 없는 절망의 검은 늪은 아무데도 없었다. 펠리시아, 가웨인 경, 케이 경 세 사람은 단단한 콘크리트 위에서 거칠게 숨을 쉬며 엎드려 있었다.

"환상……? 환술? 지, 지금 그게……? 거, 거짓말이지……?!"

그런 식으로 어안이 벙벙한 펠리시아 옆을, 한 소녀가 유유히 지나쳤다.

"그런 시시한 촌극은 됐어."

그 소녀— 라모라크 경은 땅바닥에 박혀 있는 대검의 자루에 손을 대고 뽑아서, 그대로 검은 마녀를 향해 달려갔다.

"어머나? 역시 소문이 자자한 라모라크 경……. 지금 그건, 꽤 진심이었는데요?"

라모라크 경은 마녀의 말에 무엇 하나 응하지 않고, 부웅! 대검을 강하게 휘두르며 겨누었다.

"……에마를 내놔. 내 사랑하는 주군을 돌려줘. 안 그러면 죽인다."

그렇잖아도 동공이 열린 기색인 라모라크 경의 가라앉은 진홍의 눈이, 더욱이 부릅뜨고— 그 순간, 주위의 기온이 단숨에 빙점 아래로 내려가 비명을 질렀다.

분노에 타오르는 라모라크 경은 마치 지옥불처럼 뜨겁게 느껴지는데, 펠리시아 일행의 주위는 절망적일 정도로 춥다. 마치 빙결지옥이었다.

"……어머나, 무서워라 무서워……."

그때까지 언제나 여유를 잃지 않은 마녀의 목소리에, 처음으로 딱딱한 것이 섞였다.

"하지만, 돌려달라고 해서 돌려줄 수는 없는데 말이죠?"

"그럼, 죽어."

찰나, 라모라크 경의 모습이 사라졌다.

아니, 사람이 가진 동체시력의 한계를 넘은 속도로 움직였기에, 그렇게 착각한 것뿐.

라모라크 경이 붉은 혜성으로 변해서, 마녀에게 돌진한 것이었다—.

…………

"……야, 루나. 일어나. 얼른 안 일어나면 **끌려들어가 버린다?**"

"……으, ……응?"

옆구리를 찌르는 감각에, 어둠 속을 헤매고 있던 의식이 천천히 부상했다.

어느 정도 자고 있었을까? 엎드려서 쓰러져 있던 루나가, 멍하니 안개가 낀 머리를 흔들어 몸을 일으켰다.

"……린, 타로……?"

"드디어 일어났군. 이 잠꾸러기. 정말이지, 기다리라고 말 안 했냐?"

루나가 눈을 깜박이며 올려다보자, 옆에서 기가 막힌 기색으로 내려다보는 린타로가 서 있었다.

"그렇지…… 우리…… 그 이상한 검은 여자가 만든 틈으로 떨어져서……."

그리고 어쩐지 몽롱한 의식 그대로, 루나는 주위를 둘러보았다.

그곳은, 어딘지 모를 누군가의 방이었다. 판자를 댄 벽과 바닥.

여자애 방일 것이다. 귀여운 무늬의 커튼에 융단, 책상 위에는 봉제인형과 소품. 조금 살풍경하지만, 딱히 아무런 특색도 없는 방이었다.

그러나 **그것**이 눈에 들어왔을 때, 루나는 무심코 눈을 부릅떴다.

"……저건, 뭐야?!"

방에는 몇 개의 창이 있지만, 모두 튼튼해 보이는 쇠창살이 끼워져 있었다.

무심코, 루나는 등 뒤를 돌아보았다.

그러자 그곳의 벽 한 면에 쇠창살이 있고, 문에는 사슬이 칭칭 감겨 있으며— 그 너머에 펼쳐진 것은 돌 회랑과 무한의 어둠이었다.

언뜻 극히 평범한 여자애의 방인데, 사실은 너무나도 이상하고 일그러졌다.

새장, 지하 감옥…… 그런 말이 딱 어울린다.

"……이계다."

"이계? 여기도……?"

린타로의 중얼거림에, 루나가 앵무새처럼 반복했다.

"그래. 매번 익숙한, 현실계와 환상계를 견고하게 가르는 《의식의 장막》을, 일시적으로 애매하게 만들어 만들어낸, 어느 곳도(네버 웨어) 아닌 장소……. 그 검은 마녀 짓이야."

"……."

"아마도, 이 기묘한 『이계』는, 이계 안으로 끌어들인 『누군가』의 심층 의식을 반영하는 세계인 거겠지."

"……누군가를 ……끌어들여?"

그 말을 듣고, 루나는 주위를 둘러보았다.

그러고 보니, 여기에 떨어졌을 또 한 명의 모습이 보이지 않았다.

"그래. 여기는 현실과 환상의 경계가 상당히 애매해. 『그대 심연을 들여다볼 때, 심연 또한 그대를 들여다 본다』. ……너도 조심해라 루나. 방심하면 순식간에 이 세계에 끌려들어가서, 이 『이계』의 일부가 되어버릴걸?"

무심코 숨을 삼키는 루나를 제쳐두고, 린타로가 고개를 갸웃거렸다.

"그런데…… 그 여자, 정체가 뭐지? 현실의 인간을 끌어들여 버릴 정도로, 환상계 측으로 기울어진 이계…… 이 정도로 레벨이 높은 이계를 만들 수 있는 건, 전설 시대의 마법사도 그렇게 많이는……."

린타로가 검은 마녀의 정체에 대해서 생각하고 있는데.

히윽…… 훌쩍…… 우우…… 히윽…… 훌쩍…….

누군가가 희미하게 흐느껴 우는 소리가, 두 사람의 귀에 닿았다.

아무래도, 쇠창살 너머에서 들리는 것 같았다.

"……누구?"

"……."

루나의 물음에 답하지 않고, 린타로는 쇠창살 문 앞에 섰다.

뭘 할 셈? 루나가 물어보려고 한 그 순간.

발검, 이섬. 린타로의 쌍검이 쇠창살과 사슬을 마치 종잇장처럼 베어냈다.

"에에에에에에에엑?! 린타로, 좀 너무 괴물 같지 않은가요!"

"헷. 여기는 환상계에 가까운 이계. 마음 속에서 자신이 『할 수 있다』, 『할 수 없다』의 벽을 만드는 건 자기 자신이거든? 루나."

"마, 말하는 의미를 이해 못하겠는데……?"

"여기서는 무의 강함보다도, 마음의 강함이 중요하다는 거야."

당황하는 루나를 내버려두고, 린타로는 베어낸 쇠창살 너머로 가버렸다.

아무래도 우는 소리가 들리는 방향으로 가는 모양이다.

"앗…… 잠깐, 기다려봐?!"

그런 린타로의 뒷모습을 당황해서 따라가는 루나였다.

쇠창살의 방을 빠져나가서.

린타로와 루나가 잠시 어두운 돌의 통로를 걸어가자, 문득 두 사람의 시야가 확 트였다.

주변에 나무들이 듬성듬성한 숲이다. 내리쬐는 태양, 온화한 바람. 나뭇잎의 융단.

멀리에, 도시가 있는 모양이다. 고풍스런 성채 같은 것과 도시가 작게 보였다.

"……점점 더 어디야? 여기."

루나가 표정을 찌푸리고 조용히 중얼거리자.

"……프랑스 중부, 상트르발드루아르 지방도시 오를레앙 교외. ……성 잔느 수도회의 부지 안이야."

린타로가 딱 잘라 말했다.

"뭐? 어쩐지 엄청 구체적이네?"

"……."

대답하지 않고, 린타로는 말없이 숲 안으로 나아갔다.

"정말로 뭐야……."

루나는 한숨을 쉬으며 그를 따라가는 수밖에 없었다.

그렇게, 두 사람은 햇빛이 온화한 숲 속을 나아갔다.

어디선가 들려오는 소녀의 흐느껴 우는 소리를 의지해서, 나아갔다.

주변은 점점 울창하고 어두워지며, 문명과 멀리 떨어지게 된다.

이윽고 숲 안에 트인 공간이 나타나고, 낡은 수도원이 우뚝 선 것이 보였다.

그리고 그 수도원 앞의 광장에는— 기이할 정도로 역겨운 광경이 펼쳐지고 있었다.

사제복을 입은 얼굴이 텅 빈 사제들이 한 명의 수도복 소녀를 둘러싸고, 더욱이 얼굴 없는 천사들이 그 소녀의 머리 위를 날고 있었다.

그 소녀는—.

"에마?! 아니, 달라……. 어쩐지, 묘하게 어린 것 같은데……?"

"에마 녀석…… 끌려들어갔군."

"……어떻게 된 거야?"

의미심장하게 말하는 린타로에게, 루나가 되물었다.

"히윽…… 훌쩍…… 우극…… 우우우우……."

한편 수도복 차림의 어린 에마는, 사제들과 천사들에게 둘러싸인 가운데 울먹이고 있었다.

그 목에는 목걸이, 손발에는 족쇄를 차고 있고…… 거기서 무수한 사슬이 뻗어 있었다.

그 사슬은 주위의 사제들과 천사들의 손으로 뻗어 있고, 단단히 쥐어져 있었다.

이미 도망치는 것도 움직이는 것도 못하는 상태다.

"오오, 에마! 오오, 에마! 위대한 주의 종! 참으로 한심하구나!"

"아직 이 정도도 못하는 건가요?! 당신은!"

"당신은 세계를 구할 것이 아닌가요?! 구세의 처녀(라 퓌셀)가 될 것이 아닌가요?!"

얼굴 없는 사제와 천사들이 울고 있는 에마를 둘러싸고, 제멋대로 말을 던진다.

"죄송합니다…… 죄송합니다……! 더 힘낼게요…… 힘낼 테니까요……! 그러니까, 버리지 마세요, 예수님……. 저를 버리지 마세요……!"

어린 에마가 울고 있었다.

눈앞에 박혀 있는 엑스칼리버 앞에서, 에마는 그저 우는 수밖에 없었다.

"위대한 그리스도교의 수호자이자, 신앙의 영웅 아서 왕. 그 성스러운 피를 지금까지 이어받은 당신. 당신에게는 세계를 구하고, 민중을 이끌 사명과 운명이 있습니다."

"자, 보세요, 에마. 구원을 바라는 민중의 목소리를! 기대의 소리를!"

술렁, 주위에 무수한 사람들의 기척이 끓어 올랐다.

어디서 나타났는지, 대량의 민중들이 어느샌가 에마를 둘러싸고 있었다.

""""""구세주님! 구세주님! 영웅님!""""""

""""""구세의 처녀! 구세의 처녀!""""""

"""""""와아아아아아아아아아아아아아아아아아아아아앗!"""""""

"히, 히익……?!"

그 노호 같은 기세에, 에마는 완전히 겁을 먹은 것처럼 표정을 찡그리고 몸을 움츠렸다.

어디선지 찬미가가 드높이 흐르고, 어디선가 새로운 사슬이 뻗어와 에마에게 휘감기고 조인다.

"카, 하…… 괴, 괴로워…… 무거워……?! 아아……."

"당신이 싸우는 것은 신의 은총! 모든 것의 구원을 바라는 무고한 백성의 요구입니다!"

"자, 에마여. 검을 잡으세요! 신의 적을 치는 겁니다…… 정의를 위해서!"

그러자, 에마의 눈앞에서 올려다보는 것처럼 거대한 산 같은 「무언가」가 나타났다.

그 「무언가」는…… 한 마디로는 형용할 수 없다.

무시무시한 괴물의 무리를, 쌓이고 겹친 망자의 무리를, 선혈과 어둠보다 어두운 어둠으로 졸인 것 같은— 혼돈과도 같은 「무언가」. 악마로도 보이고, 신으로도 보이고, 괴물로도 보인다. 그것 말고 무시무시하고 역겨운 무언가로도 보인다. 온갖 갖가지 모든 빛을 집어 삼키는 허공 같은 그 혼돈에는 특히 짙은 어둠이 응어리지고, 그저 죽음과 공포라는 이름의 절망을 주위에 흩뿌리며, 세계에서 열을 약탈하는 지옥 같았다.

"윽……. 뭐, 뭐야…… 저거……?!"

두근. 그 「무언가」를 직시한 루나가 새파래져서 신음했다.

기분이 나쁘다. 머리가 어질어질하고 구역질이 난다. 보고 있기만 해도 고동이 격렬해지고, 온몸에서 대량의 땀이 솟아 나와 오감이 사라진다.

마음 속 깊은 곳에서 독처럼 스며 나오는 그 감정은, 이미 얼버무릴 수가 없었다.

—무섭다. 나는 저 검은 혼돈이 무섭다. 직시는 견딜 수 없다.

저 검은 혼돈 앞에서, 지금 나는, 어두운 심해보다 깊게 절망하고 있다—.

"하— 하아……! 헉…… 히윽……!"

과호흡의 기색을 보이면서, 루나는 덜컥, 그 자리에서 무릎을 짚었다.

"야, 무리하지마. ……저건 『세계의 멸망과 죽음의 이미지』다."

검은 혼돈을 흘겨보는 린타로가, 시시하다는 기색으로 말했다.

"『세계의 멸망과 죽음의 이미지』……?! 그, 그게 뭐야……?!"

"세계의 종언이라는 건 말이지. 모든 인류의 집단 무의식 안에 있는 공통 개념이야. 그것에 대한 공포나 절망도 마찬가지고……. 저건, 그게 에마의 이미지를 형태로 삼아서 나타난 거다. 『세계의 멸망과 죽음의 이미지』 앞에서 태연하게 있을 수 있는 녀석은 머리가 이상한 인간뿐이야."

그렇게 태연하게 말한 린타로가, 즐거운 기색으로 어깨를 으쓱거렸다.

"이미지?! 저게?! 이미지를 직시하기만 했는데도, 이렇게 공포와 절망으로 일어설 수 없게 되는 거야?! 나, 아까부터 자살하고 싶어서 버티기 어려운데?!"

"여기는 환상계에 가까운 이계……. 이른바 정신 세계야. 현실계의 상식에 사로잡혀 있으면 발목 잡힐걸?"

린타로와 루나가 그런 대화를 하는 사이에.

그 검은 혼돈이 뿜어내는 독기를 쬐어, 주변의 민중이 점점 미라화된다.

그러나 그래도 백골로 변한 민중은 에마에게 구원을 바라는 소리를 멈추지 않는다.

드높은 찬미가 또한 미칠 듯 울려 퍼지고, 일그러져서 메아리치며 불협화음을 연주한다.

마치 지옥불 바닥 같은, 보기만 해도 역겨운 그 광경.

"자, 싸우는 겁니다, 에마!"

"세계를 구하는 겁니다! 사람들을 구하는 겁니다! 신의를 위해서! 정의를 위해서!"

"그것이 당신이 짊어진 역할인 겁니다! 당신에겐 그것 말고 존재 가치 따위 없어!"

"우아…… 아아…… 훌쩍…… 싫어……?!"

미라화된 사제와 천사들이 사슬을 당기자, 에마는 떨리는 손으로 발치의 엑스칼리버를 잡았다. 묵직한 사슬을 끌면서, 부들부들 떨면서, 괴물에게 비틀비틀 다가간다.

그러나 그 걸음은 혼돈의 괴물에게 닿지 않는다.

"싫어…… 이제 싫어…… 누가 구해줘…… 누군가 구해줘……!"

에마는 혼돈의 괴물에게 한 칼도 휘두르지 못하고, 포기한 기색으로 검을 떨어뜨리고…… 몸의 무게를 견디지 못한 것처럼 무릎을 꿇고…… 또 다시 칭얼거리며 울먹였다.

그리고 그런 에마에게 주위의 녀석들이 제멋대로 말을 던져 때린다—.

구해주세요! 살려주세요, 부탁드립니다! 구세주님!

어째서 싸워주지 않는 건가요?! 우리들을 구해주지 않는 건가요?!

—그것들은 모조리, 어린 에마의 의사를 짓밟는 것처럼 무시한 일방통행의 기도하는 말이었다. 약함을 면죄부로 삼은 일방적인 약탈자였다.

"이게 뭐야……?! 너무 지독해……!"

온몸을 태우는 분노에 이끌려, 루나는 떨리는 몸을 채찍질하여 일어섰다.

"장난치지마……! 장난치지 말란 말야……! 한 사람한테 모든 것을 떠넘기고…… 짊어지게 만들고……! 당신들은 대체, 뭐 하는 작자들이야?!"

"……진정해."

검을 뽑아 들고 달려가려는 루나의 어깨를 린타로가 붙잡아 말렸다.

"말했지? 여기는 에마의 심상 풍경을 투영한 이계야. 저 민중도, 신의 사자도, 멸망의 괴물도, 에마의 내면에 있는 이미지에 지나지 않아. ……진짜로 흥분할 거 없어."

"하, 하지만!"

힐끔. 루나가 에마를 보았다.

에마는 울고 있었다. 사슬의 무게에, 공포와 절망에 견디지 못하고 울고 있었다.

"내버려둘 수 있을 리 없잖아?!"

"……!"

루나가 린타로의 손을 떨쳐내고— 땅을 박찼다.

"아아아아아아아아아아아아아아아아아아아아아아아아아아아앗!"

검을 어깨에 짊어지듯 치켜들고, 맹렬한 속도로 「죽음과 멸망의 이미지」에 돌진한다.

"호오?"

린타로가 얄궂은 기색으로 입가를 일그러뜨리고, 그런 루나의 뒷모습을 배웅했다.

루나가 돌진하는 기세는, 이미 아무도 말릴 수 없다— 그런 기세였다.

그러나.

"아아아아아아아아— 으—윽?!"

두근. 한 걸음, 또 한 걸음 검은 혼돈에 다가갈 때마다— 짙은 공포와 절망이, 루나의 마음 속을 유린한다. 두근, 짓뭉개진다. 두근, 덧칠된다.

두근. 두근. 두근. 두근—.

심장이 지르는 공포의 비명은, 당장이라도 파열 직전까지 높아지고.

"—아—아, 아아……악?!"

뇌에 도달하지 않은 산소가 사고를 표백시키고, 점점 팔다리에 힘이 안 들어가게 되고, 돌진의 속도가 느슨해지고, 몸에 올라타는 절망적인 중압에, 그 자리에서 쓰러질 것 같았다.

—대체, 나는 어째서, 이런 절망적인 것에 맞서야 하는 걸까?

그런 자조적인 의문만, 루나의 머릿속을 지배하고.

—죽으면 편해질 텐데.

그런 파멸적인 충동만, 루나의 심장을 미쳐 날뛰게 만든다.

사신이, 루나의 귓가에 감미로운 초대의 선율을 연주한다—.

그러나.

"—아—으—으, 아아아아아아아아아아아아아아아아아아아악!"

그런 감미로운 검은 충동을 모두 떨쳐내고, 루나가 목이 찢어져라 외쳤다.

이를 악물고 그 눈동자와 영혼을 불태우며, 혼돈의 괴물을 날카롭게 노려보았다.

또 다시, 다리에 온 힘을 모두 짜내어 넣고— 대지를 힘차게 차고— 괴물에게 육박하여—.

"질 것 같냐아아아아아아아아아아아아아아아아아아아아아아앗!"

온 힘을 다해서, 혼돈의 괴물에게 검을 휘둘렀다.

파악. 루나의 엑스칼리버가, 혼돈의 괴물에 박혔다.

"—윽?!"

그러나 아무 손맛이 없었다.

죽음의 혼돈이, 루나의 엑스칼리버의 검신을 삼키고…… 그저, 그뿐이었다.

"젠장……! 으으으으으으으윽!"

당황해서 루나가 검을 뽑아내 떨어지려 하지만, 꼼짝도 안 한다.

어째선지 검이 손에 달라붙어서 이미 놓을 수도 없었다.

쑤우욱…… 쑤우욱……. 검이 혼돈에 빨려 들어가고, 그것에 이끌려 루나의 몸이 끌려간다. 루나의 마음을, 곧장 절망이 덧칠해 버린다.

'린타로는 말했어……. 『여기서는, 무의 강함보다도 마음의 강함이 문제다』라고!'

으득. 루나는 이를 갈았다.

'이건 이미지…… 그저 이미지야! 진짜 세계의 종언 같은 것도 아닌, 이미지! 그렇다면, 내 마음이 강하면 이길 수 있어! 이길 수 있을 거야……! 그런데, 어째서…… 나는 이길 수 없지?! 나는 안 된다는 거야?!'

필사적으로 검을 뽑고자 하지만, 모든 것이 소용없었다. 저항할 수 없다.

'이길 수 없다는 건…… 내가 정신적으로 지고 있다는 거

야?! 내가 세계의 멸망이라는 공포에 굴복했다는 거야……? 그런 거야……!'

루나가 자신의 약함과 한심함에 한탄하고 있자.

"야야야, 무리하지 말라고."

린타로가 천천히 걸어오며 말했다.

"……**너로는 무리야.**"

푹. 루나의 가슴을, 뭔가 날카로운 나이프로 파헤친 것 같은 통증이 흘렀다.

너의 그릇은 그 정도…… 어쩐지, 그런 식으로 말한 것 같았다.

"큭…… 그, 그러면 린타로! 와, 왕명이야! 어떻게든 하도록 해!"

그러자.

"오냐."

린타로가 씨익 웃고서— 움직였다.

"하하, 하하하하하하하하하하하하하하하하하하하하하하핫!"

높은 웃음 소리를 내면서, 검을 뽑아 그 자리에서 달려가는 린타로.

린타로가 간 곳은— 검은 혼돈의 멸망이 아니었다.

에마를 사슬로 매어 둘러싼…… **민중**이었다.

"……어?"

어안이 벙벙한 루나 앞에서 전개된 광경은— 처참한 학살이었다.

린타로가 질풍처럼 달리며, 오른손의 검을 휘두른다, 왼손의 검을 휘두른다, 쌍검을 휘두른다, 거친 선풍처럼 휘둘러댄다.

한 칼마다, 무수한 민중이 산산이 고기와 뼈의 파편으로 변해 날아갔다. 하늘을 날았다.

에마에게 매달리는 원령 같은 민초를, 베고, 베고, 베어 쓰러뜨리고, 모조리 베어버린다.

빙글 원을 그리듯 달려서, 에마를 둘러싼 민중을 죽이고, 죽이고, 한 사람도 남김없이 죽이고— 하늘 높이, 도약.

"오오, 이럴 수가! 악마여! 물러가라—."

"주의 분노를 알라—."

에마의 사슬을 쥐고 있는 사제들의 목을, 쌍검의 일섬으로 차례차례 날려버리고— 천사들을 땅에 떨어뜨린다.

그러자 에마를 옭아매고 있던 사슬이 모두 소리를 내면서 산산이 부서지고.

"하하하하하하하하하하하하하하하하하하하하하하하하하핫!"

좌아아아. 새빨간 피의 호우가 쏟아져 내리는 가운데, 린타로가 그저 웃었다.

"자기들은 아무것도 안하고! 바라기만 한다! 기도만 한다! 그런 살아갈 의미가 없는 티끌 놈들은 죽어라! 하하하하하하하하하하하하하하하하하하하하하하하하하하하하핫!"

"……"

루나는 그런 악귀 그 자체인 린타로의 모습에, 아연해지는 수밖에 없었고.

"……스승님."

어린 에마는 쏟아져 내리는 피의 비를 온몸으로 맞으면서, 린타로를 올려다보았다.

그리고.

"스승님…… 스승님……."

생긋.

처참한 시산혈해 안에서, 에마는 행복한 기색으로, 꽃을 피우듯이 웃었다.

"……윽?!"

오싹. 루나는 날뛰는 악마 같은 린타로보다, 그런 에마의 미소에 등줄기가 얼어붙는 공포를 느꼈다.

'웃었어……? 이런 상황에서……? 어째서 그런 식으로 웃을 수 있어……?'

그리고 다음 순간, 더욱 큰 충격이 루나를 덮쳤다.

"……괜찮아, 에마. 내가 여기 있다."

놀랍게도, 린타로가 정면에서 에마를 끌어안고, 상냥한 말을 건 것이다.

"……어?"

멍한 소리를 내며, 그것을 멍하니 바라보는 수밖에 없는 루나.

"……스승님……."

"너는 계속 열심히 했어. 세계를 구하기 위해서 혼자 힘냈다. 괴로웠지, 쓸쓸했지…… 앞으로는 내가 너를 봐줄게. 곁에 있어줄게. 지켜줄게. 그러니까…… 안심해라. 이제 너는 혼자가 아냐."

그러자. 촤르륵. 에마는 자신의 목걸이에 유일하게 남은 하나의 사슬을 잡아, 그것을 린타로에게 말없이 내밀었다. 바다보다도 깊은 친애와 정애가 담긴 눈동자로 린타로를 바라보면서.

그야말로, 구세주를 기다리던 민중 같은 눈동자로.

"……."

린타로는 잠시 동안, 그 사슬을 내려다보고…… 이윽고, 그것을 단단히 쥐었다.

곧장, 에마는 행복한 기색으로 웃었다.

린타로는 어쩐지 온화한 표정으로, 그런 에마의 머리를 쓰다듬었다.

"리, 린타로……."

그런 린타로와 에마의 모습에, 루나는 어쩐지 마음이 아픈 것을 느꼈다.

그리고, 린타로가 사슬을 쥐어준 것으로 뭔가 안도한 것일까? 에마는 결심한 것처럼 린타로에게서 떨어져…… 검을 주웠다.

천천히, 그러나 단단히 검은 혼돈의 멸망을 바라보고 걸어갔다.

"바, 바보! 안 돼, 이쪽으로 오면?! 도망—."

혼돈에 끌려들어가고 있던 루나가, 황급히 제지하는 소리를 외쳤다.

그러나.

어린 에마는, 천천히 검을 들어 올렸다…….

그 눈동자에, 표정에, 방금 전의 나약함은 전혀 없었다.

천천히 혼돈의 괴물에게 다가가…… 검의 간격에 그 혼돈을 두고서.

그리고 한 호흡 뒤에, 똑바로 검을 휘둘러 내렸다.

그 순간, 믿을 수 없는 일이 일어났다.

그 강대하고 압도적인 검은 혼돈이, 좌우 둘로 양단되어 버린 것이다.

전 세계의 인간이 지르는 비명을 뒤섞어서 농축시킨 것 같은 기괴한 단말마가 오르고, 좌우로 갈라진 혼돈이 곧장 검은 안개 같은 것으로 기화해서 급속하게 무산되었다.

깨닫고 보니— 검은 혼돈은 형체도 없이 소멸해 버렸다.

"굉, 굉장해……."

루나는 멍하니, 어린 에마를 바라보았다.

자신은 전혀 상대도 못 됐는데…… 저 어린 에마는 아주 간단하게 「세계의 멸망과 죽음의 이미지」를 쓰러뜨려 버렸다.

이것이, 자신과 에마의 근본적인 격의 차이란 것일까?

"아이구. 루나와 에마…… 이건 승부가 났군. ……뭐, 처음부터 알고 있었다만."

조용히 중얼거리는 린타로의 목소리가, 루나의 귓가를 살짝 때렸다.

그것은, 대체, 어떤 의미? ……무서워서 루나는 물어볼 수 없었다.

루나가 뭐라 말하기 어려운 공허감과 패배감을 품고서, 멍하니 서 있는데…….

"야, 루나? 왜 그래?"

어느샌가 린타로가, 어린 에마와 함께 루나 앞으로 다가왔다.

……어린 에마의 목걸이에서 뻗은 사슬을 쥐고.

"최, 최악의 그림이잖아?!"

제정신을 차린 루나가, 기겁하고 질색하며 말했다.

"아무리 그래도 정도가 있어야지?! 놔줘!"

루나가 짜증을 내며 린타로에게서 에마에게 이어진 사슬을 빼앗으려고 했지만.

"—윽!"

어린 에마가 그런 루나의 손을 격하게 떨쳐냈다.

"아야! 뭐 하는 거야?!"

"우우~~~우! 흐우~~~으!"

그러자 어린 에마는 격렬한 적의를 담은 눈으로 루나를 노려보며 린타로에게 매달렸다.

"야…… 루나. 말하지 않아도 알 거라 생각하지만, 이 녀석은 엄밀하게는 에마가 아니거든? 에마가 만들어낸 자신의 내면 이미지…… 정신의 핵 같은 거거든?"

"아, 알고 있거든! 내가 말한 건 도덕의 문제야!"

"그래, 그러셔."

린타로는 그런 루나를 가볍게 흘려내고, 에마의 사슬을 잡은 채 걷기 시작했다.

"……어디 갈 셈이야?"

"빤하잖아? 에마의 정신의 핵을 발견했으니까…… 얼른 이 세계랑 작별하는 거야."

그렇게 말하고.

린타로를 선두로, 일동은 수도원 안에 발을 들였다.

"아마, 이 근처가 이 이계 형성의 중심기점이야. 그렇다면, 입구는 이쯤에……."

수도원의 정면 문으로 들어가서 금방인 그곳은, 예배당이었다.

그 예배당 안에— 찾고 있던 소녀가 있었다.

"에마?!"

또 한 명의 에마다. 이번에는 어리지 않다. 백은의 갑옷에 호화로운 왕관, 신부 의상 같은 화사한 하얀 서코트. 그런 차림을 두른 에마가 엑스칼리버를 차고, 기묘한 돌 받침대 위에서 기도를 바치는 자세로 올라가 조용히 잠든 것처럼 눈을 감고 있었다.

그리고 무수한 사슬이 잠든 에마에게 엉켜서 받침대에 묶고 있었다.

"……왕……? 왕의 모습……?"

그 에마의 장엄한 모습에, 루나는 무심코 중얼거리는 소리를 흘렸다.

"그래. 우리랑 같이 이쪽으로 온 에마…… 본체다."

"리, 린타로, 저거……?!"

그리고 루나는 깨달았다.

잠든 것처럼 보이는 에마의 발치가, 손끝이…… 변색되어 있었다.

빠직빠직 소리를 내면서, 질감을 바꾸어 에마의 몸을 아래에서 위로 침식하고 있었다.

석화다. 에마의 몸이 서서히 석화되고 있는 것이다.

그런 에마의 모습 앞에서, 린타로가 한숨을 쉬며 말했다.

"저게 바로 이계의 일부가 된다는 거야. 이거야 원, 위험했잖아. 이런 식으로 완전히 이계에 동화되어 버리면 본래대로 돌아갈 수가 없으니까. 이 정도면 아직 안 늦었어."

그리고 린타로는 옆에서 매달리는 어린 에마의 목줄을 당졌다.

“자, 에마, 본체로 돌아가. 있어야 할 장소에 돌아가라.”

“…….”

“이 세계는 너를 기점으로 만들어져서 너의 내면을 비추는 이계다. 네가 본체로 돌아가면…… 요컨대 꿈에서 깨면 붕괴할 거야. 현실에 돌아갈 수 있다.”

그러자.

어린 에마는 잠시 동안 가만히 린타로를 바라보고…… 혀 짧은 소리로 말했다.

“……저기, 스승님…… 계속 에마 곁에 있어줄 거야?”

“……?!”

그렇게 호소하는 에마를 보며, 린타로는 눈을 가늘게 뜨고, 루나가 눈을 부릅떴다.

“……훌쩍…… 에마…… 계속…… 계속 혼자였어…….”

우두커니 선 린타로와 루나를 제쳐두고, 에마가 칭얼거리기 시작했다.

“으응……. 주위에 사람은 잔뜩 있었어…… 하지만, 다들, 나한테 기도하고, 숭배하고, 찬양하고…… 나는 혼자였어…… 나한테 세계를 구하라고 부탁하고…… 나는 혼자였어…… 계속, 계속 혼자였어…… 태어났을 때부터 혼자였어…….”

“…….”

“에마는, 왕이 돼서 세계를 구하기 위해서 태어났대……

그게 에마가 태어난 의미라고…… 존재 이유라고…… 다들, 다들, 그렇게 말했어…… 세계를 구하지 않는 에마는…… 왕이 될 수 없는 에마는…… 존재가치가 없댔어…… 훌쩍…… 다들, 다들, 에마를 사슬로 묶고 억지로 끌고 다녔어……."

"……."

"하지만, 나…… 모두 좋아하니까…… 모두 구하고 싶으니까…… 성녀가 돼야 해…… 세계를 구해야 해…… 나아가야 해…… 걸어가야 해……. 그런데 몸이 사슬로 무거워서, 무거워서, 이제 움직일 수 없어…… 걸어가기 싫어…… 하지만 걸어가야 해…… 걷지 않으면, 나…… 뭘 위해서 태어난 건지 모르니까……!"

그리고 어린 에마는 매달리는 눈으로 린타로를 보았다.

"나 혼자서는 모두를 구할 수 없어…… 세계를 구할 수 없어……! 부탁해…… 나를 이끌어줘, 주인님…… 모두를 구하기 위해서…… 세계를 구하기 위해서…… 내 옆에서, 내 사슬을 상냥하게 끌어줘. 뭐든지 할 테니까…… 그러면 분명히 걸어갈 수 있으니까…… 훌륭한 왕이 될 수 있으니까…… 세계를 구할 수 있으니까…… 히윽…… 훌쩍…… 그러니까…… 부탁해……."

"에마, 당신……."

루나가 울고 있는, 어린아이 모습의 에마를 내려다보았다.

아마도, 에마는 루나가 상상도 못하는 처절한 인생을 걸어왔을 것이다.

내면의 나약함을 품고서, 그래도 성녀가 되고자, 왕이 되고자 긴장하며 살아왔을 것이다.

사리사욕으로 왕을 목표로 하는 자신과는— 다르다.

약하다. 분명히 에마는 마음의 약함을 품고 있었다.

그러나 그것이 어쨌다는 건가?

왕이라고 해도 인간이다. 남들만큼 약함도 있다. 누군가가 지탱해주는 일도 있다. 왕이라고 해서, 홀로 고고하게 최강일 필요 따위 전혀 없었다.

그야말로 아서 왕에게 케이 경이나 멀린처럼.

자신의 【서로 의지하는 유대의 강철(엑스칼리버)】처럼.

약함을 서로 보충하고, 서로 지탱하는 강함도 있다.

중요한 것은, 무엇을 이루고자 하는가, 이다.

그런 약함을 안고서, 그래도 앞을 향하는 사람들을 위해 걷고자 하는 에마는.

사람들을 구하기 위해, 싸우고자 하고 있었다. 아픔을 안고 걸어가고자 하는 에마는.

분명, 이 세계의 누구보다도 숭고한 성녀이며, 왕에 걸맞은 인물일 것이다.

그런 루나의 사고를 뒷받침하는 것처럼…….

"그렇지……. 너는 계속 열심히 했어…… 이제 그만 어깨의 짐을 내려도 될 거다."

린타로가 전에 없이, 온화하게 말했다.
"안심해라. 내가 너를 **구해주마.**"
그 순간. 루나는 눈앞이 새까매지는 기분에 빠졌다.
……졌다.
루나가 무언가를 통렬하게 깨달은 순간이었다.
"……고맙습니다, 스승님……."
어린 에마가 그렇게 행복하게 미소를 짓자.
그 모습이 희박해지고, 무수한 빛의 입자가 되었다.
허공을 떠도는 그 빛의 입자들이, 조용히 잠든 에마에게 쏟아져 들어갔다.
그러자 반쯤 석화되어 있던 부위가 눈앞에서 본래의 질감을 되찾았다. ……이윽고, 에마가 올라가 있던 받침대와 에마를 옭아매고 있던 사슬이 소리를 내며 깨져 부서졌다.
"……."
그대로 에마는 둥실 깃털처럼 체중이 느껴지지 않은 채, 천천히 바닥에 내려섰다.
그리고 살며시 눈을 떴다.
"……죄송합니다, 스승님. 수고를 끼쳐버렸어요."
"여전히 손이 가는 녀석이구나."
에마가 눈을 뜨는 것과 함께, 이계 공간 안의 여기저기에 균열이 생기고 붕괴가 시작됐다.
그런 가운데 에마와 린타로가 마주보았다.

"저기…… 그, 그게…… 스승님……."

어린 에마였던 무렵의 기억이 있는 걸까?

에마가 부끄러운 기색으로 얼굴을 붉히면서, 뭔가 말하고자 하다가.

"……됐어, 아무 말 마라."

"네, 네에……."

린타로가 에마를 끌어안고, 에마는 린타로에게 몸을 맡겼다.

"……."

루나는 그런 두 사람을, 멍하니 바라보는 수밖에 없었고.

이윽고, 세계에 생긴 균열이 공간을 가득 메우고 와르르 무너지기 시작했다.

모든 것이 암흑 속으로 떨어진다—.

——.

그곳은 지옥 같은 극한 공간이었다. 지배자는 한 명의 가련한 수라(修羅)였다.

"아하하하하하하하하하하하하하하하핫!"

라모라크 경이 홍소를 올리며, 휘몰아치는 폭풍처럼 대검을 선회시켰다. 휩쓴다.

한 호흡에 휘두르는 무수한 참격. 무수한 돌격.

일격마다 생기는 진공, 찌그러지는 대기. 도망칠 길을 찾아 미쳐 날뛰는 검압.

그것들이 검은 마녀의 전후좌우상하를, 빠짐없이 때리고 있었다.

"—큭?!"

검은 마녀가 간신히, 한손검(숏 소드)으로 그것들을 받아 흘린다, 받아 흘린다, 받아 흘린다—.

한 칼을 받아낼 때마다 처절한 검격음과 불똥을 튀기면서.

"치—."

마녀는 짜증스럽게 혀를 차면서, 라모라크 경의 가로 베기 일격을 받아내며 재빨리 후퇴.

그대로 빈 왼손을 들어, 뭔가 마법을 읊으려 했지만—.

"느려어어어!"

마치 순간이동처럼, 마녀의 눈과 코앞에 나타난 라모라크 경이 활 같은 체구에서 번개 같은 참격을 마녀에게 쏟아냈다.

"—큭?!"

간신히 받아낸다— 그러나 온몸을 훑고 지나가는 충격에 마녀는 무심코 무릎을 짚었다.

순간, 반대로 베는 라모라크 경.

대검이 격렬하게 춤추고, 세로 끝에서 가로 시작으로 전광석화의 이행.

번개처럼 달리는 가로 일섬.

마녀가 훌쩍 라모라크 경의 머리 위로 날아서, 그것을 회피.

라모라크 경이 다시 반응, 용오름 같은 베어 올리기가 초승달을 그리고.

공기가 부서지는 큰 소리. 위아래 거꾸로 된 상태로 그것을 받아 흘린 마녀의 몸이, 강속구처럼 수평으로 날아갔다.

"아직 멀었어어어어어어어엇!"

그야말로 쏘아낸 총탄 같은 속도로, 마녀를 따라가는 라모라크 경.

라모라크 경은— 검은 마녀를 완전히 압도하고 있었다.

"너, 너무나 굉장해요……."

펠리시아도.

"여, 역시, 라모라크 경……."

케이 경도.

"……원탁 최강 클래스의 이름은 멋이 아니란 거군(어? 저게 나, 노리고 있는 거야?)."

가웨인 경도.

그런 라모라크 경의 자연재해 같은 전투에 끼어들지도 못하고, 그저 우두커니 선 채 싸움의 행방을 지켜보는 수밖에 없었다.

자칫 끼어들었다간, 라모라크 경의 격검의 여파에 말려들어서 안녕이다.

물론, 저 마녀도 상당히 「하는」 편이리라.

저 마녀가 라모라크 경과 맞서 싸우고자 검을 꺼냈을 때, 그 표정에는 자신과 여유가 있었다. 마녀는 검보다 마법이

특기인 모양이지만, 그 검만 해도 펠리시아, 케이 경, 가웨인 경 세 사람이 덤벼도 미치지 못할 실력자였다.

그러나 그런 마녀에게 지금은 여유가 전혀 없었다.

마녀를, 저 라모라크 경은 검의 승부에서 압도하고 있었다.

그렇다면 마녀는 특기인 마법으로 싸우고 싶겠지만, 라모라크 경은 마녀가 마법을 읊을 틈을 전혀 주지 않는다.

그런 데다가, 라모라크 경은 여력을 남기고 있는 낌새가 있었다.

그야말로 원탁 최강 클래스— 역시 모든 것이 차원이 달랐다.

"어머나아?! 어쩐 일이야아! 조금 후회하기 시작했어어!"

"~~~윽!"

격렬하게 맞서 베는 라모라크 경과 마녀.

노골적으로 마녀의 표정에 초조함이 떠오르기 시작했다.

"자아자아, 얼른 에마를 돌려줄래애? 돌려주고 싶어졌지?! 작작하지 않으면, 이제 그만 팔 하나는 받을 거야아!"

"이, 광기사……?!"

칼날과 칼날이 충격과 불똥을 튀겼다— 그때였다.

문득 유리가 깨지는 것 같은 소리가 그 자리에 울렸다.

그 소리에 펠리시아 일행이 퍼뜩 돌아보았다.

돌아보니, 천장 부근의 공간에 커다란 검은 균열이 입을 벌리고— 그 안에서 세 명의 모습이 날아 내려왔다.

“다, 당신들은—!”

펠리시아가 환희의 표정으로 외쳤다.

“그래, 기다렸지!”

“다녀왔어!”

“……수고를 끼쳐서, 죄송합니다.”

린타로, 루나, 에마다.

갇혀 있던 이계에서, 이 현실계로 귀환한 것이다.

“마, 말도 안 돼……?!”

귀환한 세 사람의 모습에, 마녀는 동요를 감추지 못했다.

“어, 어떻게?! 완전히 경계 안에 가뒀을 텐데—!”

“어~머나, 어머나. 아무래도 자력으로 무사히 돌아와 버린 모양이네에?”

키득.

“……그렇다면…….”

라모라크 경이 최상급의 웃음을 지으며, 대검을 치켜 들고…….

“살짝 진심. ……얼른, 죽어버려.”

조용히 냉혹하게 중얼거리고, 충혈된 두 눈을 크게 부릅떴다— 그 순간.

마녀의 목이— 날아갔다.

“……마, 말도 안 돼……?”

몸통에서 떨어진 마녀의 머리가 공중에서 신음했다. 라모라크 경이 새침한 표정으로 대검을 한 번 휘둘러 피를 떨쳐내는 모습을, 그 눈이 포착했다.

마녀에게는 라모라크 경이 간격에 파고드는 순간도, 검을 휘두르는 순간마저도 보이지 않았고, 반응조차 하지 못했다.

그 사실에, 마녀의 머리가 하늘을 날면서 표정이 경악으로 굳어지고…….

이윽고 마녀의 머리는, 땅바닥에 떨어져 굴러갔다. 일동이 보는 앞에서 그 모습은 검은 안개 같은 것으로 분해되어……완전히 소멸했다.

이 인공섬을, 계승전을 소란스럽게 만들었던 마녀는— 죽은 것이다.

재는 재로, 먼지는 먼지로 에이멘
“Cinis ut cinis, pulvis ut pulvis…… Amen.”

라모라크 경은 검으로 십자를 그리고, 기도와 묵도를 바친 뒤에 검을 거두었다.

그리고 린타로 일행을 돌아보았다.

“아이구야. 벌써 끝나 버렸어?”

“당신들이 꾸물거리니 그렇지.”

그러자 라모라크 경이 린타로 옆에 바짝 붙어선 자기 주군을 보고, 문득 깨달았다.

“어머? 에마…… 당신……?”

어쩐지 시원스런 에마의 모습에, 라모라크 경이 즐거운 기색으로 음흉하게 웃었다.

"대체 무슨 일이 있었는지는 모르겠지만…… 뭔가 하나 떨쳐낸 모양이네?"

"네?"

"어쩐지 대단히 멋진 표정이야."

"그, 그러니까…… 그, 그럴까요?"

"그래. 평소보다 더 귀여워, 에마."

"귀, 귀엽다니…… 그런……."

힐끔.

에마가 린타로의 옆모습을 올려다보고, 쑥스러운 기색으로 고개를 숙여버렸다.

한편으로, 루나는 어쩐지 쓸쓸한 기색으로 린타로와 떨어져서…… 눈길을 돌리고 있었다.

그런 뭐라 말하기 어려운 분위기에 펠리시아 일행이 당황하고, 입을 다물고 있는데.

"그런데, 그 승부. 이미 결판이 났다고 생각하는데?"

그런 가운데, 라모라크 경이 재촉하듯 말했다.

"『틈』을 만들고 있던 범인은 이렇게, 라모라크 드 게일이 수급을 취했어. 가신의 공적은 왕의 공적……이라고 말하고 싶은데."

라모라크 경이 린타로를 보았다.

"어때? 마가미 린타로. 당신의 판정은 어떻지? 당신은, 에마, 그리고 루나…… 어느 쪽에 붙을 거야?"

펠리시아가, 가웨인 경이, 케이 경이, 마른 침을 삼키며 린타로를 주시했다.

"……."

잠시 동안, 린타로는 무언을 유지하고…….

이윽고.

뚜벅. 구두 소리를 내면서 걸어…… 에마 옆에 서서, 일동을 돌아보았다.

"뭐, 이렇게 됐어."

"스, 스승님……?!"

담담하게 선언하는 린타로에게, 펠리시아와 가웨인 경이 당황했다.

"Mr. 마가미……?! 당신, 진심인가요……?"

"네놈…… 주군을 배신할 셈인가?!"

"뭐야? 배신? 바보 같은 소리 한다. 본래 나는 선의의 협력자였지, 딱히 루나의 가신 같은 게 아니잖아? 어디서 자원봉사를 하든 자유 아냐?"

그러나 린타로에게는 전혀 통하지 않았다.

"그건 그럴지도 모릅니다만, 그래도……! 루, 루나! 대체 무슨 일인가요?! 대체 무슨 일이 있었나요? 당신은 정말로 이거면 되는 건가요! 이 결과에 납득하는 건가요!"

케이 경이, 떨어진 장소에서 고개를 돌리고 있는 루나에게 매달리는 눈길을 보냈다.

그러나.

"……나는 린타로의 눈에 차지 않았어. ……그것뿐이야."

그렇게 쓸쓸한 기색으로 중얼거릴 뿐이었다.

"우후후훗! 어쨌든지 일이 원만하게 수습돼서 참 다행이야!"

그리고, 라모라크 경이 즐겁게 웃었다.

"일단 이걸로, 뜻밖에 짧은 시간이었지만, 휴전 상태는 해제된 거지? 나로서는 이 자리에서 당신들과 싸워도 좋지만 말야?"

"라모라크 경……. 하다못해 오늘 밤은, 그런 못난 짓은 하지 마세요."

"알고 있어어. 다음에 만나면, 그때……라는 거지?"

기가 막혀서 에마가 질책하자, 농담처럼 응답하는 라모라크 경.

"그러면, 루나 선배…… 저희들은 이만 실례합니다.

"……"

"부디 나쁘게 생각하지 말아주세요. 이것이, 왕으로서 저와 당신이 가진 그릇의 차이였다……. 그런 거니까요."

"……"

에마의 말에, 루나는 반응하지 않았다. 아무 말도 하지 않았다.

"자, 얼른 돌아가자, 에마."

"네! 스승님!"

린타로가 재촉하자, 에마가 기쁜 기색으로 린타로의 팔을 끌어안았다.

그리고, 마지막에, 린타로가 루나를 돌아보며 말했다.

"잘 있어. 건강하고, 루나…… 아니, 폐하."

"어? ……린타로?"

그 소리에, 루나가 눈을 부릅뜨고 린타로를 바라보았다.

그리고 린타로와 에마와 라모라크 경은 그 자리에서 물러났다.

루나는 그런 린타로의 뒷모습을 배웅하는 수밖에 없었다.

묵묵히 배웅하는 수밖에 없었다—.

제5장 진의(眞意)

전기의 등불을 얻은 사람은, 해가 저물어도 잠들지 않게 되었다.

밤은 반드시 안녕과 침묵이 지배하는 어둠의 시간이 아니게 되었다.

―그렇지만 아무래도 심야가 이 정도로 지나면, 도시는 완전히 잠들기 시작한다.

이미 건물의 불빛도 대부분 사라지고, 인기척도 도로를 오가는 자동차의 모습도 없다.

"……훗훗훗…… 큭큭큭……."

그런 조용히 잠든 정적의 어둠 속을, 루나가 싱글싱글 웃으며 걷고 있었다.

어깨를 떨면서. 우스워서 도무지 견딜 수가 없다는…… 그런 분위기였다.

"……루, 루나……?"

그 뒤를 따르는 케이 경이, 뭔가 말을 걸려고 하지만…… 뭐라고 말을 해야 좋을지 알 수 없어서, 이름을 부르기만 하고 멈추어 버린다.

"자, 잠, 잠깐 케이 경…… 루나는 괜찮은 건가요?"

"그, 그래! 어, 어쩐지 그녀, 아까부터 상태가 이상하지 않은가?!"

그보다 조금 떨어진 뒤쪽에, 펠리시아와 가웨인 경이 루나를 배려하듯 힐끔힐끔 루나의 등을 보면서 그렇게 말하고 있었다.

"서, 설마 하는 생각이지만…… 린타로에게 버려진 쇼크로……?"

펠리시아의 그 지적에, 케이 경이 안타까운 표정으로 주군의 옆모습을 보았다.

'역시…… 쇼크였겠죠…….'

케이 경은, 루나에게 마가미 린타로가 얼마나 특별한 존재인지를 알고 있었다.

루나는 기본적으로 천재파이며, 다른 사람의 힘을 필요로 하지 않는다. 주위 사람들은 그녀를 따르지만, 근본적으로는 생각보다 고고(孤高)하다고 할 수 있었다. 그런 루나가 그 정도로 억지를 부리거나, 휘두르거나, 어리광을 부리는 상대는 케이 경이 아는 한 린타로 뿐이다.

케이 경은 어째서 루나가 그 정도로 마가미 린타로에게 고집하는지 알 수 없지만…… 적어도 루나에게 린타로가 진심으로 신뢰하고 의지할 수 있는 존재인 것은 틀림없다.

그런데…… 버려졌다. 배신 당했다.

아무리 루나라도 정신적 충격이 큰 것은 어쩔 수 없다.

케이 경이 한숨을 쉬었다. ……그때였다.

"훗훗훗……. 정말이지, 뭔데. 린타로 녀석…… 잘 알고 있잖아…… 그 녀석도 참, 정말이지…… 아핫…… 아하하하하하하!"

문득 루나가 의미불명의 큰 소리로 웃기 시작했다.

펠리시아와 가웨인 경이, 볼을 파르르 떨며 뒤로 물러났다.

"저, 저기…… 루나……?"

케이 경이 조심조심 루나에게 물었다.

"바, 방금 전부터, 무슨 일인가요? 어쩐지 당신 상태가……."

"아하하하핫! 어? 아, 미안, 미안! 역시, 린타로의 주군이 될 수 있는 건 나밖에 없는 거구나 싶어서! 그렇게 생각해서!"

그러자 루나는 그렇게, 대단히 우습다는 듯 웃으면서 말했다.

"'안 돼. 망가졌어…….'"

그 순간 머리를 감싸 쥐는 케이 경, 펠리시아, 가웨인 경.

세 명의 마음은 완전히 일치하고 있었다.

"훌쩍……. 루나…… 당신, 그 정도로 Mr. 마가미를……? 용서 못해요……. 저의 소중한 친구에게 이런 처사를…… 절대 용서 못해요, Mr. 마가미……!"

펠리시아가 분에 겨운 눈물을 삼키며 격분하고.

"여성을 이 정도까지 궁지에 몰다니, 기사, 아니, 남자의 자격이 없는 놈! 마가미 린타로는 이 남자 중의 남자, 가웨인이 토벌한다고 약속하지! 루나 공!"

가웨인 경도 그 의분을 검에 맹세했다.

"우, 우우~~, 루, 루나아~~앗! 히윽, 괴로웠군요. 린타로에게 버림받아서 슬픈 거군요……. 괜찮아요, 괜찮답니다! 언니가 옆에 있어요! 루나에겐 언니가 있으니까요! 훌쩍!"

그리고 케이 경이 오열하며 루나를 끌어안았다.

"그런 지독하고 최악인 남자 따위 얼른 잊어요! 루나에게는 더 걸맞은, 근사한 남성이 있을 테니까요! 뭣하면, 언니가 남편 후보를 찾아서— 아파?!"

루나는 매달리는 케이 경의 머리에 아이언 클로를 먹이면서, 캬악! 하고 고양이가 위협하는 것처럼 외쳤다.

"있지?! 당신들, 어쩐지 엄청 실례되는 생각하고 있지 않아?! 내가, 엄청 가여운 애라고 생각하지 않아?! 응?!"

"아뇨…… 그야……."

"그렇지요?"

"거기! 만담 주종! 노골적으로 얼굴을 마주보지 마! 한숨 쉬지 마! 있잖아. 나는 딱히, 옛날에 사귀던 남자를 잊지 못해서 정신 나간 스토커 여자 같은 거 아냐! 왜냐면, 애당초, 린타로는 나를 배신하지 않았으니까! 배신할 리도 없고!"

"루나……. 스토커는 다들 그렇게 말한답니다."

"……이건 중증이군. 버려진 심리적 외상(트라우마)이 상당한 모양이다."

"아아아아아아아아앗! 저엉마아아아아아아아아아아아아아알!"

점점 더 연민의 눈길을 보내는 펠리시아와 가웨인 경을, 루나는 맹렬한 대시에서 이어지는 드롭킥으로 날려버렸다.

"어쨌든지! 아마, 이제부터 상황이 움직일 거야!"

"아야야야…… 소중한 옷이 더러워지잖…… 네?"

루나의 갑작스런 선언에, 펠리시아가 눈을 깜박였다.

"상황이 움직여요? 무슨…… 뜻인가요?"

"설명은 나중에! 그런 것보다, 펠리시아! 당신한테 부탁이 있어!"

의미를 몰라서 멍하니 서 있는 펠리시아에게, 루나가 지시를 내렸다.

그 내용은—.

——.

—루나 일행과 헤어져서, 잠시 지난 다음.

"그러면. 나는 아지트 주위를 평소처럼 순찰하고 올 테니까, 뒷일은 잘 부탁해? 마가미 린타로. ……아아, 에마. 무슨 일 있으면 곧장 나를 소환하려엄?"

문득 라모라크 경이 그런 말을 남기고, 밤거리에 홀로 사라졌다.

"이봐, 【기사의 소환】으로 순식간에 부를 수 있다지만, 어제까지 적이었던 녀석이랑 주군을 같이 두고 가냐? 보통……."

기가 막혀서 중얼거리고, 그 뒷모습을 배웅하는 린타로.

"분명히…… 저를 배려해준 거라고 생각해요."

"뭐라고?"

"아, 아, 아무것도 아니에요! 자, 이, 이쪽이요!"

이 어둠 속에서도 알 수 있을 정도로 얼굴이 빨개진 에마의 인도에 따라, 두 사람은 밤거리를 걸었다.

이윽고 두 사람은 아발로니아 제3에리어, 헤일로 7번가로 찾아왔다.

주거지도 듬성듬성하고 고층 빌딩도 없다. 빈터가 눈에 띄는 교외 지구의 한 구역인 그곳에, 에마가 거점으로 삼고 있는 교회 시설이 있었다.

"묘한 곳에 살고 있구만? 너."

"……여기는, 저희들, 성 잔느 수도회가 소유한 건물이에요. 이렇게 보여도 꽤나, 마법적인 결계 같은 것도 쳐놔서, 방위 거점으로서는 굉장하거든요?"

앞뜰의 한복판에서 교회를 올려다보는 린타로에게 에마가 웃었다.

"……아무도 없는 모양인데?"

교회 안의 기척을 초감각으로 살핀 린타로가 중얼거렸다.

"네. 지금, 이 교회에 사는 건 저와 라모라크 경뿐이에요."

"……일반인이 이 싸움에서 도움이 안 된다지만. ……그건 아니지 않냐? 성 잔느 수도회 여러분?"

"괜찮아요. 하늘에 계시는 주께서 저에게 내려주신 이 시련은, 저 자신이 극복해야 하는 시련이니까요. 왕이 되는 것은…… 세계를 구하는 것은 저의 사명이니까요."

생긋, 에마는 구김살 없이 웃었다.

"……."

"자, 스승님, 안으로 들어가죠. 오늘 밤은 여러 가지 일을 겪어서 지쳤어요. 한숨 돌려요."

그런 에마의 재촉을 받아, 린타로는 말없이 교회 안으로 발을 들였다.

정면 현관으로 들어가자 곧장 예배당이었다.

그 안으로, 교회의 거주 구역이 이어진다.

린타로는 에마에게 이끌리는 그대로 거주구역의 어느 방에 안내를 받았다.

"여기가 제 방이에요, 스승님."

"호오?"

"이제 밤이 늦었지만요……. 조금만 더, 말상대가 되어 주실래요?"

"……그래. 네가 좋다면, 나는 상관없다."

"후훗, 고맙습니다……. 아, 하지만 잠깐…… 차를 내올게요?"

린타로가 승낙하자, 에마는 기쁜 기색으로 웃고 방을 나섰다.

"……."

린타로는 주위를 둘러보았다. 본 적 있는 방이었다.

쇠창살은 없지만…… 에마의 이계에서 처음에 본 그 방과 아주 닮았다.

창으로 보이는 것은 깊은 밤의 어둠. 도시 중추의 희미한 빛만, 점점이 들어와 있었다.

그리고 잠시 동안 린타로가 말없이 창 밖을 바라보고 있자.

"죄송합니다, 기다리셨죠."

에마가 트레이를 손에 들고 돌아왔다. 트레이에는 티컵 두 개와, 방금 탄 티포트가 따스한 김을 올리고 있었다.

그리고 단둘이 즐기는 심야의 다과회가 시작됐다.

에마가 책상의 의자에 앉고, 린타로가 침대 위에 앉았다.

둘이서 티컵을 기울이면서, 별다를 것 없는 대화에 잠시 시간을 보낸다.

주로 대화의 주도권을 쥐고서, 이야기를 계속하는 것은 에마다.

1년 전, 전 세계를 방랑하고 있던 린타로와 에마의 만남에 대해.

에마에게 수행을 시키고 있던 사제들을, 린타로가 어쩌다 보니 엉망으로 두들겨 패버린 일.

그 인연으로, 잠시 동안 린타로가 수도회에 머무르며 에마의 수행을 봐주게 된 일.

이윽고, 린타로가 에마 곁을 떠나 버린 다음의 일…….

에마는 린타로를 상대로 계속 이야기했다. 지금까지 가슴 속에 품고 있던 것을 모두 토해내는 것처럼. 린타로와의 공백의 시간을 메우는 것처럼.

"훗……. 어쩐지 즐거워 보이는구나. 에마."

린타로가 에마의 말상대가 되어 주면서, 문득 입가에 웃음을 지었다.

"네? 아…… 네…… 그게, 스승님이 이렇게 제 곁에 있어주는 게 기뻐서."

햇살처럼 에마가 웃었다.

그러나 다음 순간, 에마는 문득 제정신을 차린 것처럼 표정이 흐려졌다.

"……루나 선배한테는…… 미안한 일을 해버렸다고 생각해요……."

"……."

에마가 그렇게 말하자마자, 그때까지 화기애애하고 즐거운 분위기였던 방이, 단숨에 묵직한 것으로 가득 채워졌다.

"루나 선배는, 보신을 위해 스승님을 팔려고 했어요. 그걸 용서할 수 없었다는 것도 있어요. 그래도, 저는 선배한테서 스승님을 빼앗아 버렸어요……."

"……."

"죄송해요, 스승님. ……저, 세계를 구하는 왕이…… 성녀가 되어야 하는데…… 굉장히 나쁘고 싫은 아이에요……. 하지만, 그래도…… 그래도 저는, 스승님하고—?!"

에마가 감격에 겨운 것처럼, 그렇게 필사적으로 린타로에게 호소하려 하자.

"……신경 쓰지마."

린타로가 에마를 똑바로 바라보며, 말했다.

"말했지? 『내가 너를 구해준다고』."

"스, 스승님……?"

"이제 네가 혼자서 괴로워할 필요는 없어. 그런 무거운 짐을 질 필요도 없어. 너는 열심히 해왔잖아……. 계속 열심히 힘냈어……. 이제 그만 보답을 받아도 좋을 무렵이지."

그러자.

에마는 아주 약간 촉촉해진 눈동자로, 린타로를 바라보고…… 말했다.

"고맙습니다…… 스승님…… 너무 좋아해요."

"……."

"처음 만난 그날부터, 계속…… 계속, 당신을 좋아했어요……. 누구보다도 강하고 자유로운 당신이라면…… 분명히 저를 자유롭게 해줄 거라고…… 그렇게 믿고 있었어요……."

그러자 에마가 자리에서 일어나, 린타로가 앉은 침대로 걸어와…… 그 옆에 앉았다.

그리고, 린타로의 어깨에 의지하는 것처럼 몸을 기댔다.

"그러니까, 이제 저한테서 떨어지지 마세요……. 계속 옆에 있어 주세요…….”

“……에마.”

잠시 동안, 린타로는 에마가 체중을 기대는 것을 가만 두었다.

그리고…… 이윽고, 무슨 생각을 했는지.

“……스승님……? ……아…….”

린타로가 살짝 손을 돌려서, 에마의 어깨를 잡았다…….

풀썩. 그대로 에마의 가녀린 몸을 침대 위로 밀어 넘어뜨렸다.

에마의 작고 가녀린 사지가 침대 위에 퍼지고, 린타로가 그런 에마를 위에서 뒤덮은 채 내려다보고 있었다.

딱. 린타로가 손가락을 튕기자…….

방의 조명이 저절로 꺼지고, 실내는 달빛만 비추는 어둠의 공간이 되었다.

“기다, 스……승……님?!”

이렇게 갑작스런 상황에, 에마의 심장이 격렬하게 맥동했다.

이것이 어떤 상황인지— 모를 정도로, 에마는 어린애가 아니었다.

“……어……어어…… 윽?!”

곧장, 에마의 볼이 불타는 것처럼 뜨거워지고, 온몸에서 힘이 빠져나갔다. 높이 뛰는 심장 소리가 이상하게 시끄럽고, 차츰 가빠지는 호흡은 불꽃처럼 열을 띠기 시작했다. 머리가 새하얘지고, 마치 열병에 걸린 것처럼 머리가 꾸물꾸물 녹아내리고, 제대로 된 사고를 형성하지 못한다.

"……에마."

린타로가 그런 에마를, 서로 숨결이 느껴질 정도의 거리에서 바라보았다.

그 두 눈은, 대단히 진지하고…… 그리고 한없이 고혹적이며 요사했다.

그런 린타로의 눈동자가 바라보자, 에마의 몸과 마음이 점점 뭔가에 묶여간다…… 린타로라는 존재에 사로잡혀간다.

"……그 ……그런…… 아, 안 돼……요…… 이런……거……."

토해 내도, 토해 내도, 끝이 없는 한숨에 살며시 싣는 것처럼, 에마는 가늘게 속삭였다.

마지막 저항을 하듯, 에마가 몸을 틀어서 몸을 일으키려 했지만…….

"……괜찮잖아?"

린타로의 속삭이는 웃음이, 달콤한 말이, 에마의 저항의사를 산산조각으로 부수었다.

에마의 몸은 린타로의 손에 상냥하게 밀려서, 깊고 부드러운 침대에 가라앉았다.

"……아……아……아……."

이윽고 린타로는 오른손으로 에마의 좌우 손목을 한꺼번에 에마의 머리 위로 올리고…… 베개 위에 억눌렀다. 에마의 양손이 묶여서, 움직일 수 없게 되어 버렸다.

아니, 저항하고자 하면 얼마든지 저항할 수 있었다.

그러나 에마의 몸 어디에도, 이미 저항하려는 의사나 힘이 없었다.

"……아……아……."

찔끔. 에마의 눈꼬리에 눈물이 고였다.

그러나 알 수 있다. 그것은 슬픔의 눈물이 아니다.

"스승님…… 스승님…… 린타……로!"

숨이 가빠지면서, 똑바로 자신을 뒤덮은 린타로를 바라보면서…… 에마가 애절하게 린타로의 이름을 불렀다.

린타로는 에마의 양손을 속박한 채 남은 왼손을 움직였다. 침착한 손놀림으로 에마의 가슴팍 리본을 풀고…… 블라우스의 단추를 차근차근 하나씩 풀었다.

"……핫 ……하아 ……하악……."

이윽고, 스르륵 희미하게 천이 스치는 소리와 함께…… 에마의 피부가 드러났다.

창문에서 들어오는 달빛이, 에마의 피부와 청순한 속옷이 감싼 가슴을 뽀얗고 하얗게 빛냈다. 그 작고 가녀린 몸에서 상상할 수 있듯이, 에마의 몸은 완만한 곡선을 청초하게 그리고 있었다. 요염함이나 고혹적인 것하고는 인연이 없는, 마치 순결한 새로운 눈 같았다.

그러나 그것은 반대로 터무니없이 신성하고 불가침한 것처럼 느껴졌다.

그때 잠시 린타로는 손을 멈추고, 가만히 고귀한 것을 보는 것처럼 내려다보았다.

"……저, 저기……. 스…… 스승니임……."

수치와 열을 느끼며, 몽롱한 의식 그대로, 에마는 쥐어짜낸 것처럼 중얼거렸다.

"……저, 저…… 이……런 거……는, 처음이라……서……."

마치, 모깃소리 같은 가는 목소리.

"……살살…… 그게…… 살살…… 해주……세요……."

마지막은 이미, 말도 제대로 못한다.

그러나 에마의 사랑하는 스승님에게는 모두 전해진 모양이다.

"괜찮아, 안심해라. ……나한테 전부, 맡겨둬."

그렇게 상냥하게 속삭인 말이, 에마의 마지막 마음의 벽을 상냥하게 녹여버렸다.

어쩐지 굳어 있던 마지막 힘이, 에마의 몸에서 빠져나갔다.

그런 에마의 모습을 본 린타로가, 왼손을 천천히 에마의 가슴으로 뻗었다.

"……스승, 님……."

온몸이 열로 녹아내릴 것 같은 행복감 속에서.

지금, 자신의 모든 것을 린타로에게 맡기고, 에마는 조용히 눈을 감았다.

그 눈꼬리에서, 반짝 아름다운 눈물이, 볼을 따라서—.

따끔.

—그런 에마의 행복감을 송두리째 날려버린 것은.

갑자기, 가슴에 흐른 전류 같은 날카로운 아픔이었다.

"……아얏?!"

에마가 무심코 눈을 뜨자…… 믿을 수 없는 광경이 눈에 들어왔다.

놀랍게도 린타로가 자신의 가슴…… 심장 부근에 왼손의 손가락으로 피 문자를 새기고 있는 것이다.

"스, 스승님?! 대체, 무슨?!"

"포모르족의 권속 마법……【지배각인(블러드 소서리)】이야."

"지, 지배……?! 그, 그것은 상대의 자유를 빼앗아, 자기 뜻대로 조종한다는……?"

"안심해. 나는 딱히 너를 노예로 삼으려는 게 아니니까. 이【지배각인】으로, 너한테 어떤 일을 시키는 것뿐이지. 그래—."

냉혹함과, 어쩐지 동정하는 표정으로.

린타로는 담담하게 말했다.

"『원탁의 파편(라운드 프래그먼트)과 엑스칼리버의 파기』. 다시 말해서, 너는 아서 왕 계승전을 사퇴해줘야겠다……. 그것뿐이야."

"무슨……."

말을 잃은 에마.

그러는 사이에도, 린타로는 담담하게 에마에게 각인 작업을 계속했다.

이미 그 주법이 어느 정도 효력을 발휘하고 있는지, 에마의 몸은 마치 석상처럼 움직이지 않았다.

"어……째서…… 왜……? 스승님……."

"말했지? 『너를 구해주마』라고. 너를 구하려면 이제 이것밖에 없어."

그리고, 린타로는 내치는 것처럼 말했다.

"너 자신도 이미 진작에 알고 있잖아? 『너에게는 무리야』."

욱신. 마음 속 깊은 곳을 파헤치는 아픔이, 에마에게 흘렀다.

너에게는 무리야.

그 말은…… 과거, 에마가 린타로에게 수행을 받고 있을 때.

저는 세계를 구할 거예요……. 그렇게 신이 나서 말한 에마에게, 린타로가 한 말이며…… 두 사람의 사제 관계와 수행의 끝을 고한 마지막 말이었다.

"너한테는 사과를 해야겠다. ……미안하다. 완전히 내 잘못이야."

보기 드물게 린타로가 사과했다.

"그때 나는, 네가 이런 가혹한 길을 매진하고 있다는 걸 몰랐어. 아서 왕 계승전의 존재 자체를 몰랐고 말이지. 그러니까, 그 열 받는 사제들이, 너한테 비아냥대는 걸 보고, 단순하게 네가 그 멍청이들을 다시 보게 만들고 싶었다. 너를 쓸모없는 쓰레기 취급하고 있던 쓰레기 놈들이 찍소리도 못하게 하고 싶었지. 그저 그런 이유로, 나는 너에게 반쯤 재미 삼아서 전설 시대의 전투법을 가르쳐 버렸다. 그 재능을 개화시켜버렸어."

"……."

"내 탓에 너는 물러날 수 없게 되어 버렸어. 이런 싸움에 말려들었다. ……지금, 그 책임을 지는 거야."

"그만 하세요!"

에마가 날카로운 비명을 질렀다.

"저한테서 구세주의 역할을 빼앗지 말아주세요! 그치만, 저에게는 아무것도 없는걸요? 그것마저 잃으면 저는 어떻게 살아가야 하는 건가요?!"

"그 정도는 스스로 생각해. 아무 생각이 없었으니까, 남들이 하는 말만 듣고 살아왔으니까, 지금 네가 이렇게 벼랑 끝에 서 있는 거잖아? 나도 쓰레기지만, 너도 자업자득이야."

"아니야?! 아니야아니야아니야아니야앗! 저는 세계를 구할 거예요! 그것이 바로 제 마음 속에 있는 바람이에요! 아무리 스승님이라도, 그걸 부정하는 건 절대 용서 못해요! 저는 왕이 될 거예요! 왕이 되어서, 구세주가 되어서, 이 세계를—."

그런 식으로 필사적으로 호소하는 에마에게.

린타로는 잔혹한 말을 고했다.

"너…… **웃고 있었거든?**"

"……네?"

갈라진 목소리로, 에마가 고개를 갸웃거렸다.

"네 마음을 비추는 너의 이계에서. 내가, 너에게 구원을 바라는 민중을 모조리 죽여버렸을 때…… 그걸 보고, 너 웃었거든? ……진심으로."

"……아."

뭔가에 얻어맞은 것처럼, 에마는 눈을 부릅떴다.

"자신을 반영한 이계 안에서, 사람은 자신에게 거짓말을 할 수 없다. 그야 그렇지. 자기 마음을 비추는 거울이니까. 너는 웃었어. 알고 있지? 딱히 너는 세계가 어떻게 되든, 사람들이 어떻게 되든, **아무래도 좋은 거야.** 오히려, 미워할 정도지. 그게 너한테 주어진 역할이니까…… 자신에게는 그것밖에 가치가 없다고 생각하니까…… 그러니까 왕이 되려고, 구세주가 되려고, 성녀가 되려고 하는 것뿐이지. 이런 텅 빈 왕이 어디 있어? 자기 자신이 없는 왕이, 있지도 않은 이상을 치켜들고 돌진하면 그 앞에 뭐가 있지? ……대답은 『파멸』이다. 이것만큼은 동서고금 예외가 없어. 사람을 사랑할 수 없으면서 의무감만으로 사람과 세계를 구하려고 한 너는, 틀림없이 불행해진다. 이윽고, 세계를 한탄하고, 자신을 한탄하고, 절망 속에서 이 세상 모든 것을 저주하며, 원망하며, 비참하게, 가엾게, 고독하게 죽는다. 그게 네 운명이야."

"아……아아……아아……."

"그 점에서, 루나 녀석은…… 왕의 그릇은…… 구세주로서의 너에게 **압승이었지**. 그때, 왕의 그릇 승부는…… 명확하게 **승부가 났어**. 어쨌든, 그 녀석은…… 세계의 멸망과 죽음의 이미지에 자기 의지로 맞섰으니까."

"자, 자기 의지로……?"

"그래. 그 세계는 너의 세계야. 멸망을 만들어낸 것은 너의 마음이야. 그러니까, 그 세계에서 멸망의 이미지를 이길 수 있는 건 너뿐이야. 그런데, 너는 싸우려 하지 않고…… 루나 녀석은 맞섰다…… **자기 의지**로. 그게 얼마나 굉장한 일인지 아냐? 그 녀석은 증명한 거야. 막상 이 세계가 멸망에 처했을 때, 공포에 떨면서도 자신의 의지로 맞설 수 있는…… 그런 강함을 말야. 입만 산 천치 같은 여자라고 생각하기도 했었지만…… 내 왕은, 역시 그 녀석인 거겠지."

"그런, 스승님?! 저도 자신의 의지로, 멸망을 쓰러뜨려……."

말하다가, 에마는 말문이 막혔다.

그때, 자신은 무엇을 했던가?

분명히, 자신의 목에 이어진 사슬을 린타로에게 건네고…… 이끌어주는 대로…….

그것은 다시 말해서, 정말로 자기 의지로 싸웠다고 할 수 있는 것일까?

"이해되지? 에마. 너에게는 무리야…… 무리란 말이다. 너는, 조금 싸움의 재능이 뛰어난…… 평범한 여자였어."

"……."

"너는, 루나와 펠리시아, 쿠죠처럼, 명확한 자신의 의지로, 자기 나름의 왕을 목표하는『강한』녀석들과는 달라……. 너는『약하다고』."

"……."

"돌아가. 지금은 아직 돌아갈 수 있다. 너는 **이쪽**에 있을 인간이 아냐."

그렇게 내치는 것처럼 말하고, 린타로는 각인 작업을 담담하게 가차 없이 이어나갔다.

"……싫어……."

이윽고 마지막 저항을 하듯, 에마가 애원했다.

"싫어…… 싫어…… 그만하세요……! 저한테서, 왕을 빼앗지 말아주세요……!"

"못 들어준다."

"싫어어어어어어어어어어어어어어어어어엇!"

담담하게 각인을 계속하는 린타로에게, 에마가 어린애처럼 울부짖었다.

"라모라크 경?! 구해줘요! 구해주세요! 서,《성기광이여

내 기사를 이끌어라 원탁의 제4석에서—》."

"소용없어. 여기는 이미 내가 결계로 몰래 단절했다. 라모라크 경은 소환에 응하지 않아."

"싫어싫어싫어싫어! 왕이 아니게 되면…… 구세주가 아니게 되면, 저는, 어떻게 살아가면 되는 건가요?! 이제부터 어떡하면 되는 건가요?!"

"그건 이제부터 생각해야지. ……안심해. 굳이 따지자면 나도 그쪽이거든. 같이 생각해줄 테니까……."

"거짓말! 있을 수 없어! 저한테 다른 삶의 방식 따위 없어요! 왜냐면, 다들 그렇게 말했어요! 저는 그걸 위해서 태어났다고! 그러니까, 저는 구세의 왕이 되는 수밖에 없어요! 왕이 되지 않으면, 저한테 아무런 가치도 없어요! 그러니까 그만두세요! 저의 존재 이유를 빼앗지 마세요! 이제 채찍질은 싫어요! 새까만 지하 감옥에 며칠이나 갇히는 것도, 이상한 철 바구니에 들어가서 며칠이나 움직이지 못한 채 매달리는 것도 싫어! 아사 직전까지 먹을 것을 못 받는 것도, 며칠이나 잠들지도 못하게 하면서 성서를 읊는 것도 싫어요! 그러니까, 그러니까, 부탁드려요, 스승님?!"

울부짖는 에마. 아연해지는 린타로.

"……진짜냐? ……성 잔느 수도회…… 그 쓰레기 놈들! 그때 몰살해둘걸 그랬구만!"

이미 이것은, 완전히 「세뇌」다.

에마라는 가엾고 약한 소녀를 옭아매는 「저주」다.

아서 왕의 핏줄을 확보하여, 세계의 구제를 교의로 내세우는 성 잔느 수도회…… 그들이 대체, 어린 에마에게 어떤 교육을 해왔는지. 자신이 지독한 놈이며 윤리관이 박살 난 것을 자각하고 있는 린타로마저도, 구역질이 날 정도의 분노를 느꼈다.

"……너는. ……역시 구원받아야 해. 이제 해방돼야 해. 악당인 나조차, 진심으로 그렇게 생각한다."

"배신자…… 용서 못해…… 마가미 린타로…… 용서 못해……?! 나한테서 역할을 빼앗다니…… 절대로…… 절대로……!"

에마의 원망스런 말을, 가볍게 흘리는 린타로.

역시 에마를 주박에서 구하려면 이것밖에 없다고 확신하면서.

린타로가, 에마의 가슴 부분에 새긴 【지배각인】을 완성하려고 한— 그때였다.

—갑자기 그 방이 위아래로 갈라지고, 싱부가 날아갔다.

"크윽—?!"

반사적으로 창을 깨고 바깥에 뛰쳐나간 린타로가, 교회 부지 안의 뜰을 굴렀다.

뛰쳐나가지 않았다면, 몸이 위아래로 양단되어 내장을 흘릴 참이었다.

린타로가 구르는 기세를 이용해 자세를 바로잡고, 등 뒤를 올려다보자.

"이건 대체, 무슨 일일까아? ……멀린."

2층 부분이 소실된 교회 벽 위에, 어린 소녀 한 명이 서 있었다.

대검을 어깨에 지고, 황황한 광기의 눈동자로 린타로를 내려다보고 있었다—.

"라모라크, 이 자식—?!"

린타로가 그렇게 외친, 순간.

린타로의 등 뒤에 교회 2층 부분이 낙하하여, 산산이 흩어지며 큰 소리가 났다.

"사람을 잘못 봤는거얼? 불길한 예감이 들어서 서둘러 돌아왔더니, 내 사랑하는 주군에게 그러한 무례를…… 용서하기 어려운거얼?"

말과 달리, 라모라크 경은 「기다리고 있었다」라고 말하듯 웃고 있었다.

"젠장……."

린타로가, 보기 드물게 여유를 잃고 이를 갈았다.

'어째서지? 어째서 라모라크가 여기 있지?! 내가 몰래 친 단절 결계는 완벽했다! 전설 시대의 마법사라면 모를까, 일개 기사에 지나지 않는 라모라크가 깰 수 있을 리 없어! 그런데, 어째서 놈은 여기 있지? 어떻게 결계를 깬 거지?'

그런 것을 린타로가 이를 갈면서 생각하고 있는데.

"……라모라크 경…… 덕분에…… 살았어요……."

의복을 정돈하면서, 에마가 라모라크 경 곁으로 와서…… 그 옆에 섰다.

시술이 중간에 중단된 탓인지, 에마의 지배각인은 사라져 버렸다.

"어머나. 무서웠지, 에마……. 미안해, 내가 방심한 탓에……."

라모라크 경이 배려하듯 말하지만, 어쩐지 뻔뻔스럽다.

"마가미 린타로라면 당신을 맡길 수 있다……. 나는 그렇게 생각했어. 그런데…… 설마, 설마, 당신의 마음을 희롱하고, 배신하다니…… 나는, 상상도 못했어어! 정말로 미안해, 에마……. 나는 기사 실격입니다."

그야말로 자신의 실수에 분을 삭이는 회한의 말. 그러나 역시나 뻔뻔스럽다.

하지만 에마가 그것을 깨닫는 일은 없이—.

"……괜찮아……. 저는 괜찮으……니까요……."

눈물로 젖은 눈동자를, 서서히 격렬한 증오와 분노로 불태운다.

"내 사랑하는 주군이여. 오명을 씻어낼 기회를 저에게 주시옵소서. 이 실수는 내 창으로 돌려드리겠나이다. 그래서……

어쩔래? 에마. 저 최악의 저열한 쓰레기 배신자인 지독한 남자를?"

라모라크 경이, 뻔뻔스럽게 물어보자.

"……죽여…… 주세요……."

오싹.

에마의 몸에서, 뭔가 검은 망령 같은 것이 피어오르고…….

"저를 배신한 마가미 린타로……! 용서 못해…… 용서 못해……?! 왕명입니다……! 저 추악한 배신자를…… 마가미 린타로를 죽이세요! 마가미 린타로를 죽여라아아아아아아아아아앗?!"

에마가 너무나도 짙은 원한과 증오를 토해낸 그 순간, 라모라크 경은—.

"알았어~, 나의 사랑스런 주군— 아핫, 아하하하하하하하핫!"

더할 나위 없는 최상의 환희와 지상(至上)의 축복이 가득한, 퇴폐적이며 병적이고 광기서린 웃음을, 린타로에게 향하는 것이었다.

자신의 비원이 여기서 성취되었노라— 그야말로 그런 분위기였다.

'그렇군. 의문이 아직 몇 가지 남아 있지만……. 이번 이 촌극의 구조가 보이는군.'

린타로가 힐끔 라모라크 경 옆의 에마를 보았다.

에마는 영적인 시각이 아니면 판별할 수 없는 기묘한 오라를 희미하게 두르고 있었다.

사람의 악의를 졸인 것처럼 검붉은, 구역질이 나는 오라다.

'……저건……【마음 돌리기의 저주】인가…….'

예를 들어 굳은 인연과 우정으로 맺어진 왕과 기사나, 깊은 애정으로 맺어진 남녀. 그 무엇과도 바꿀 수 없는 인연을 무참하게 찢어버리는, 최악의 저주다.

효과는 단순하다. 지정한 인물 사이에서 무언가 「배신」이 발생하면, 그때 그 인물에 대해 발생하는 증오와 혐오와 분노를 보통의 수십 배로 증폭시킨다.

완전히 아무런 배신도 거짓도 없는 인간관계 따위, 이 세상에 있을 리 없다.

특히 상대를 위해 거짓말을 하는 일이나, 뭔가를 숨기는 일도 있는 법이다.

그러나 【마음 돌리기의 저주】는 그런 사소한 것마저 용서하지 못하고 파멸시킨다—.

'마법에는 서투른 라모라크 경의 짓이 아니군. 누가 한 건지는 모르지만, 에마 녀석, 미리 저주를 아주 제대로 걸려 있었던 모양인데. 어디 보자, 전설 시대에 그 저주를 써서 원탁이나 주변 국가들을 제멋대로 휘저었던, 성질 더러운 마녀가 한 명 있었지……?'

그러나 지금은 그런 것을 느긋하게 고찰할 때가 아니었다.

린타로 앞에, 완전무장한 라모라크 경이 2층에서 뛰어내려 섰다.

"—그렇게, 됐거든은? 싸우렴, 멀린. 나하고."

"이 자식. 역시…… 처음부터 그걸 노린 거냐?"

"어머나아? 무슨 말일까아?"

역시 뻔뻔스레 말하고…… 라모라크 경이 대검을 뽑아서, 유유히 린타로를 향해 걸었다.

그리고, 그 주위에 전개되는 세 장의 《로스차일드》—.

'하핫. 이거 위험한데. ……도무지 이길 것 같지 않아!'

린타로는 무심코 웃어버렸다.

라모라크 경의 모습, 패기, 오라를 보면, 영혼으로 이해할 수 있다.

요전에, 랜슬롯 경이나 쿠죠와 대치했을 때와 완전히 같다.

전설 시대의 멀린이라면 모를까, 지금의 마가미 린타로는 아직 도무지 따라잡지 못한다.

로스차일드의 라모라크— 라모라크 드 게일 경.

이것이 바로 전설 시대에 그 용맹한 이름을 떨친, 원탁의 기사 최강 중 한 명인 것이다—.

"자아…… 얼른 그 힘을 꺼내봐……."

한 걸음, 한 걸음. 린타로와 거리를 좁히면서, 라모라크 경이 말했다.

그 힘— 아마도, 린타로의 【포모르화】를 말하는 것이리라.

"멀린, 당신은, 정말로 좋은 걸 가지고 있지? 아직 제대로 구사하지는 못하는 모양이지만…… 괜찮아, 풋풋한 동자의 첫경험을 치르는 것처럼, 내가 상냥하게 가르쳐줄게. 그러니까, 최고로 듬직한 당신을 나에게 보여줘…… 응?"

'젠장, 어떡하지?'

이 긴박감을 즐기면서도, 린타로는 필사적으로 살아남을 방도를 생각한다.

라모라크 경과 싸운다면 【포모르화】는 필수지만, 그래도 한참 부족하다.

이 상황에서 【포모르화】를 써서 싸워도, 점점 몰리다가 지게 된다.

'……어떡하지?'

여기서 싸우는 것은, 아무리 생각해봐도 좋은 수가 아니다. 전략적 후퇴를 선택하고 싶지만, 이 라모라크 경이 그렇게 쉽사리 린타로를 놓칠 리 없었다.

그렇다면 싸우면서 후퇴할 틈을 찾고 싶지만— 그러기 위해서는 【포모르화】가 필수다.

그러나 린타로의 【포모르화】는 린타로의 몸에 절대적인 부담을 건다.

쿠죠전의 반동 대미지도 아직 남아 있는 지금, 【포모르화】를 사용하면 이 자리를 넘길 수 있어도, 이제 뒤가 없어진다.

"어머? 안 꺼내? 딱히 상관없지만……."

린타로가 써야 할 수를 생각해낼 틈도 없이—.

"……당신, 가버린다?"

터엉! 대기를 꿰뚫어버리는 충격음.

라모라크 경이 대지를 차고, 대검을 겨누며 린타로에게 돌격을 개시한 것이다.

이제, 여유가 없다.

'헷! 하는 수밖에 없나!'

각오를 굳히고, 린타로가 【포모르화】를 발동하려고 한— 그때였다.

파라라라라라락!

갑자기, 린타로의 몸이 흩날리는 나뭇잎에 휩싸였다.

"무슨—?!"

놀라움은, 린타로, 라모라크 경, 에마 3인분이었다.

눈앞에 휘몰아치고, 눈을 뒤덮는 나뭇잎의 난무.

그러나, 라모라크 경은 물러서지 않는다. 찰나에 베어 들어가는 대검의 신속 일섬.

그것은 확실하게 린타로를 포착했을 텐데— 그 순간 린타로의 모습이 흩날리는 나뭇잎에 뒤섞이듯 안개처럼 사라졌다.

라모라크 경의 대검은 성대하게 허공을 베고, 그 여파로 발생한 검압의 충격파가 교회를 둘러싼 울타리를 모조리 날려버렸다.

그리고, 잠시 침묵한 다음…….

"……도망쳤군."

라모라크 경이 짜증을 내며 내뱉고 대검을 거두고, 《로스차일드》를 물렸다.

"지금 그건, 요정족(엘핀)의 권속 마법(블러드 소서리)인【요정의 비밀통로】지? 그러면, 그 펠리시아라는 계집애 짓일까? 흐흥……. 보잘것없는 잔챙이라고 생각했는데, 제법인걸? 나한테 한 방 먹이다니."

성찬을, 바로 눈앞에서 놓치고 말았다……. 그런 표정으로 이를 가는 라모라크 경 옆으로,

"……라모라크 경!"

에마가 엑스칼리버를 들고 내려섰다.

"추적합니다.【요정의 비밀통로】는, 길잡이(가이드 픽시)이 요정을 붙인 대상을, 술자에게 인도하는 마법입니다만…… 사정거리는 그리 길지 않아요. 반드시 근처에 있을 겁니다. 오라의 잔재를 따라가면 반드시 따라잡을 수 있어요."

"어머, 에마. 갈 거야?"

"네. 오늘 밤 안으로 저를 기망하고 배신한 마가미 린타로에게 그 응보를 내리겠어요!"

라모라크 경은 에마를 보았다.

에마는— 울고 있었다. 분노의 형상으로, 비애의 눈물을 흘리고 있었다.

“좋아했는데……. 저는 이렇게 사랑하고 있는데……! 하지만, 마가미 린타로는 저를 부정했어요……! 루나 선배를 선택했어……! 용서 못해……! 제가, 루나 선배보다 훨씬 위인데……! 여자로서도, 왕으로서도……! 마가미 린타로가 사랑해야 할 사람은, 옆에 있어야 할 사람은, 저일 텐데……?! 그런데……! 이제, 아무것도 용서 못해요……!”

린타로를 타오르는 지옥불처럼 격렬하게 증오한다.

하지만 동시에 바다보다도 깊게 사랑한다.

애증의 불꽃이 에마의 몸을 태웠다. 태어나서 처음으로 느낀, 강한 충동.

그 상반되는 애증이 지금, 얄궂게도 처음으로, 명확한 「싸우는 이유」를 에마에게 주었다.

“이제 세계의 구제 따위 몰라! 나를 사랑해주지 않는 세계 따위 몰라! 아무도 나를 봐주지 않고, 상냥하게 대해주지 않는 세계 따위 몰라! 그런 것보다도 부숴주겠어……. 마가미 린타로와 루나 선배의 모든 것을 부숴주겠어……! 나를 고르지 않은 것을 지옥의 밑바닥에서 후회하게 해주겠어……! 그걸 위해서 나는 왕이 되겠어! 『그 두 사람의 왕도를 파괴하기 위해서』, 왕이 되겠어!”

그런, 어두운 정념의 불꽃에 타오르는 에마를 보고.

“하아…… 좋아아……. 에마…… 지금의 당신…… 너무나, 좋아.”

라모라크 경은 황홀한 표정으로 중얼거렸다.

"그래……. 그래야 내가 신명을 바쳐 섬기기에 걸맞은, 지고의 왕…… 에마 미쉐레, 내 검을, 영혼을, 신명을, 그 모든 것을 당신에게 바치겠어! 죽음이 서로를 갈라놓을 때까지 내 몸은 그대 곁에! ……우후……후후후, 아하하하하하하하하하하하하하하핫!"

그렇게 말하면서, 에마에게 절대적인 충성을 맹세하고.

라모라크 경의 환희가 가득한 홍소가, 마치 주의 탄생을 노래하는 찬미가처럼, 밤의 어둠에 울려 퍼졌다—.

제6장 피에 젖은 성녀(루쥬 라 퓌셀)와 붉은 방패의 기사(로스차일드 나이트)

에마가 새로운 자신의 왕도에 눈을 뜬 시점에서, 시간을 조금 거슬러 올라가—.

국제도시 아발로니아 제3에리어의 어떤 장소.

어느 서양관의, 품격 있는 가재도구가 늘어선 응접실에서.

"정말이지……. 춘극이라지만, 조금 더 봐줬으면 좋았을 텐데요."

검은 로브를 입은 소녀— 방금 전에 지하 주차장에서 라모라크 경이 목을 날려버린 소녀가, 어째선지 멀쩡한 모습으로 방의 구석에 서 있었다.

"하마터면 정말로 죽는 줄 알았어요. ……뭐, 그 정도가 아니면, 마가미 린타로의 눈을 속일 수 없었겠지만요."

그러자.

"있지, 모르간. ……술을 맛있게 마시는 법 알아?"

호화로운 소파에 깊이 앉은 라모라크 경이, 그런 소녀의 불만스런 항의를 완전히 무시하고 와인 글래스를 기울이며 말했다.

라모라크 경은 글래스에 따른 붉은 액체를 흐릿한 샹들리에의 불빛에 비추며 즐기고, 그 가련한 입술을 살며시 글래스에 맞추었다.

"……의미를 모르겠어요. 그 질문은 대체, 어떤 의도가 있는 건가요?"

모르간이라고 불린 그 검은 소녀가, 되물었다.

"후후…… 샤토 라투르 1950년산, 이구나……. 마음에 들었어."

라모라크 경이 유리제 로우 테이블에 놓인 와인 보틀을 손에 집고, 그 라벨을 바라보며 속삭이듯 혼잣말…… 말을 이었다.

"그러면, 이야기를 계속하는데. 대답은 『파멸』이야. 사람이 멸망해가는 모습이야말로, 이 세상에서 가장 아름답고, 사랑스러워. 그것을 보면서 마시는 술이, 신화시대의 신주[넥타르](神酒)에 필적하는 천상의 맛을 연주하는 거야. ……나는 그런 결론에 이르렀어."

"……그래서, 인가요? 그래서, 당신은 에마 미쉐레의 소환에 응했어요."

모르간의 기가 막힌다는 말에, 라모라크 경이 씨익 웃었다.

"그래, 맞아. 자신이 바라지 않는, 주제에 안 맞는 이상을 품은 에마는, 최후에 반드시 성대하게 『파멸』할 거야. 마음씨 상냥한 그녀가 필사적으로 품고 있는 그 거짓된 이상은, 결코 성취되지 않아. 나 정도의 《잭》이 아무리 몸과 마음을 다 바쳐 지탱해도, 말야. 이윽고 그녀는 그 사실 앞에서 실추하고, 그렇지만 그녀는 그것을 받아들이지 못하고, 실의와 비애와 절망 앞에 울며 무너지겠지. 그 눈물의 맛이 얼마나 감미로울지…… 상상만 해도, 술이 땡기네.”

벌컥. 라모라크 경은 황홀하게 그리 말하고, 와인 글래스를 들이켰다.

꿀꺽꿀꺽. 그 교태로운 목이 움직였다.

“후우…… 그래, 따라서 에마는, 내가 모든 것을 바쳐 섬기기에 걸맞은 최고의 주군이야. 나는 온 힘을 다해 섬긴 아서 왕의 파멸은 지켜보지 못했어……. 그래서, 『이번에야말로, 내 눈에 왕의 파멸을 새긴다…… 지켜본다.』……그것이 내가 싸우는 이유.”

“후후후…… 미쳤군요, 당신.”

모르간이 즐거운 기색으로 매도하듯 말했다.

“전설 시대의 흐트러진 방탕한 생활도 그렇고, 그 일그러진 충성심도 그렇고, 파멸을 사랑하는 그 방식도 그렇고, 신앙의 수호자인 원탁의 기사란 이름이 아까워요. 당신, 그래도 그리스도교도잖아요? 하나님 아버지의 분노가 무섭지 않은가요?”

“무서워? 어째서?”

라모라크 경이 갸우뚱거리며 응답했다.

“왜냐면, **나는 신에게 사랑 받고 있어. 이 세계의 누구보**

다도."

사뭇 당연하다는 것처럼. 아무런 주저도 의문도 없이, 잘라 말했다.

"나는 최강의 기사야. 일대일 싸움에서는 진 적이 없어. 알잖아? 기사의 일대일 결투는 위대한 신의 의지를 받드는 신성한 의식. 만약 신이 나를 꺼리고, 천벌을 내리신다면, 나는 진작 옛날에 최강의 자리에서 내려왔을 거야. 그렇지?"

"……."

"그래. 수천을 거듭한 승리 탓에, 나는 신에게 사랑 받고 있어. 사랑 받고 있기에, 신은 승리를 나에게 약속하고 있어. 내가 승리를 하는 것으로, 신은 나의 죄를 사하고 있어. 내 일그러진 방식을 긍정하고 있어. 따라서, 나는 이 검으로, 이 목숨이 다할 때까지, 신의 사랑을 계속 증명한다. 내가 나이기에, 나는 안녕과 평화의 나뭇가지에 머무는 것 따위 용납되지 않아. 파멸을 사랑하고, 향락을 즐긴다. 하염없이 무한하게 펼쳐진 전투와 시산혈해를 나아간다. 그것이 나, 라모라크 드 게일의 기사도야."

터럭만큼의 망설임도, 흔들림도 없이, 라모라크 경은 엄연하게 잘라 말했다.

"후후, 후후후후후…… 마가미 린타로…… 아니, 멀린. 세계최강의 마법사이자 무쌍의 무인. 늘 싸우고 싶었지만, 결국 싸울 기회가 없었던 나의 사랑스런, 사랑스런 멀린. 그를 쓰러뜨리면, 나는 더욱이 지고한 신의 사랑을 증명할 수 있어. 이 시대에서 그를 만난 것은 이미, 신의 은총 말고는 그 무엇도 아냐! 아아, 멋진 일이야! 참으로 아름다운 세계야! 주의 사랑이 이토록이나 가득하고, 넘치고, 신성하게 빛나고 있다니!"

그리고 마치 때묻지 않은 어린아이처럼 웃으며.

라모라크 경은 왼손으로 십자를 그리고, 기도하듯 손을 마주잡았다.

"그러니까, 당신은, 몰래 당신과 접촉한 내 거래에 응한 거군요."

그런 라모라크 경에게, 모르간이 반쯤 질린 기색으로 말했다.

"나에게, 에마에게 【마음 돌리기의 저주】를 걸도록 하고, 당신은 에마가 품은 사랑의 불꽃을 부추긴다……. 언젠가, 에마와 마가미 린타로를 결렬시키고, 당신이 진심으로 마가미 린타로와 서로 죽일 대의명분을 얻기 위해서. 기사인 당신의 도리를 지키기 위해서. 에마를 보다 깊이 파멸시키기 위해서."

"그래, 맞아."

"하아…… 이런 잡스런 계획, 그렇게 쉽게 될까요? 내가 보기에, 에마는 마가미 린타로를 진심으로 사랑하고 있어요. 그렇게 쉽사리, 그녀가 린타로를 미워하게 될까요?"

"괜찮아. 분명히 잘 될 거야."

확신이 가득한 표정으로 라모라크 경이 말했다.

"마가미 린타로는, 반드시 에마를 거절하고…… 배신 당한 에마는 애증의 불꽃으로 몸을 태울 거야. 그것은, 마가미 린타로가 주군으로 고를 상대가, 루나 아르투르라는, 그 아서의 재래 같은 왕 말고는 있을 수 없다는 확신도 있지만…… 무엇보다."

한 호흡 쉬고서.

"내가 신에게 사랑 받고 있으니까."

라모라크 경의 확신이 가득한 단언에, 모르간도 한숨을 쉬는 수밖에 없었다.

"이해할 수 없어요. 당신은, 주군으로서 에마를 진심으로 사랑하고 있죠?"

"그래, 사랑하고 있어. 그녀를 위해서, 이 몸과 영혼을 모두 바칠 수 있어."

"그러면, 어째서, 그녀에게 그런 무도한 처사를 하는 건가요?"

"그거야, 나는…… 이런 식으로 사람을 사랑하는 것밖에 못하는걸."

그때, 아주 약간, 라모라크 경의 목소리 톤이 떨어졌다.

"나면서부터, 나는 미쳐 있었던 거겠지. 사랑하는 사람일수록 파멸시키고 싶어. 함께 파멸하여, 끝도 없이 추락하고 싶어. 하지만, 아주 조금은 몽상한 적도 있어…… 내가 남들만큼의 사랑을, 남들만큼 사랑하는 사람에게 줄 수 있는 인간이었다면……."

쓸데없는 일이지만. 라모라크 경은 작고 쓸쓸하게 웃었다.

"라모라크 경. 역시, 나, 당신과 마음이 맞을 것 같지 않아요."

"그렇네에. 뜻밖에, 당신은 일편단심으로 자신을 바치는 기특한 여자니까?"

그렇게 부추기는 것 같은 의미심장한 말에, 한순간 모르간이 눈썹 끝을 끌어올렸다.

"어머나아? 기분 상했어? 우후후, 미안해애. 농담이야, 모르간."

"……딱히. 무슨 말인지 이해 못하겠는걸요?"

"그렇네. 후후후. 당신은, 수많은 남자를 유혹하고 미치게 만드는 희대의 악녀이자 마녀님이니까……. 그러면, 서론은 이 정도로 하고…… 이제 그만 움직이겠어."

라모라크 경이, 불쾌한 기색의 모르간을 한 번 보더니 글래스를 놓고 일어섰다.

"아마, 이제 마가미 린타로가, 에마에게 뭔가 행동을 취하기 시작할 무렵이라고 생각해. 일단 그 현장을 확보해야지."

"참으로 촌극. ……뭐, 좋아요. 라모라크 경, 당신이 마가미 린타로와 싸워준다면, 그걸로. 나와 당신은 이해가 일치하니까요."

그런 대화를 하고서. 라모라크 경과 모르간은, 린타로와 에마가 단 둘이 있을 교외의 교회를 향해 밤의 어둠을 달리기 시작했다—.

—그리고, 린타로가 에마를 배신하고, 라모라크 경의 참견에 가로막혀서.

에마가 분노하고, 죽기 직전에 구출되어—.

"꼴 좋은거얼!"

린타로와 재회한 루나의 맨 처음 말이 그것이었다.

"……시꺼."

그에 비해 린타로는 팔짱을 끼고 다리를 틀고서, 땅바닥에 앉아 토라져 있었다.

그곳은 아발로니아 제3에리어, 교외지구의 어느 건축 현장.

트인 광장이었다. 중간에 건축을 포기한 건물의 잔해나 콘크리트에서 튀어나온 지주와 철근, 재목의 산더미가 사방팔방에 있었다.

루나, 펠리시아, 케이 경, 가웨인 경이, 토라진 린타로를 둘러싸고 있었다.

"푸후후! 혼자서 멋대로 튀어나가서, 멋대로 결판을 내려고 한 결과가 이거! 당신, 너무 우쭐해진 결과거든?"

"시꺼, 시꺼, 시꺼."

"당신 주머니에 길잡이 요정을 숨겨준 펠리시아에게 감사하도록 해!"

"아아 정말, 알았어 알았다고! 내가 잘못했습니다요! 고맙습니다요, 펠리시아 씨! 이거면 되냐?! 젠장할!"

머리를 벅벅 긁어대면서 린타로가 떠들어댔다. 그 머리 위에 아까부터 작은 요정이 빙글빙글 날고 있었고…… 이윽고, 허공으로 녹는 것처럼 모습이 사라졌다.

"정말이지 참…… 정말로 무리를 하는 분이군요."

시트를 덮어둔 자재 위에 예의 바르게 앉아 있던 펠리시아가, 기가 막힌 기색으로 말했다.

"Mr. 마가미…… 당신, 처음부터 에마 쪽에 붙을 생각 따위, 전혀 없었던 거군요."

"……그렇지."

체념한 것처럼 린타로는 자백했다.

"나랑 에마는…… 과거에 조금 인연이 있거든. 에마는 내 탓에 바라지 않는 싸움에 도전하게 되는 꼴이 된 모양이야. 그러니까, 어떻게든 온건하게 퇴장시키고 싶었지.

루나의 『나를 판다는 발언』도, 『왕의 그릇 승부를 받은 의도』도 알고 있었어. 그건 그 자리에서 나랑 라모라크의 전투를 피하기 위한 방편이었지? 루나가 그렇게 말하면, 에마의 충실한 기사인 라모라크는 에마의 판단과 지시를 기다려야 하니까. 라모라크는 그런 녀석이야. 그래 봬도 왕에 대한 충성심은 어쨌거나 두텁지."

"그래, 맞아. 당신의 【포모르화】…… 그거, 사실은 좋지 않은 힘이잖아? 수명이나, 영혼이나, 제정신이나…… 그런 돌이킬 수 없는 뭔가를 깎아내는 타입의."

루나의 진지한 눈동자에서 도망치듯, 린타로가 고개를 홱 돌렸다.

"……뭐, 어쨌든지. 운 좋게 휴전 상태가 된 이 상황을 이용해서, 어떻게든 에마의 품으로 파고들 수 없을까 나는 생각했다. 다행히 에마 녀석은 나한테 완전히 반해 있었고. 이걸 어떻게 이용할 수 없을까 생각했지."

""인성이 최악인 것도 정도가 있어야지.""

가웨인 경과 케이 경은 입을 모아 기겁했다.

"부정할 생각 없어. 그러나, 에마는 그래 봬도 완고하거든. 말을 해서 들을 녀석이 아냐. 에마는 말이지, 루나나 펠리시아, 쿠죠처럼, 진짜배기 왕의 그릇을 가진 녀석하고는 달라. 그 녀석은 텅 비었지. 솔직히 누구보다도 왕에는 안 맞아. 고통이나 원한을 각오하고 누군가가 막아주지 않으면 틀림없이 불행한 말로에 이른다. 에마한테는 전에 신세를 지기도 했고, 무엇보다도 나 같은 인간 쓰레기하고는 달라. 그런 착한 아이가 그런 말로를 맞이하게 두면 안 되지. ……수단을 고를 때가 아니라고."

그리고, 린타로는 지긋지긋한 기색으로 한숨을 쉬었다.

"그런데…… 앞으로 조금만 더 하면 【지배각인】을 써서 에마를 탈락시킬 수 있었는데, 라모라크가 끼어들어서 방해했어.

……아니, 이번 일련의 소동은 묘한 제3자가 뒤에서 조종하고 있어. 나쯤 되는 녀석이, 완전히 한 방 먹었단 거지. ……젠장."

그러자 린타로는 문득 깨달은 것처럼 루나를 보았다.

"그러고 보니, 루나……. 너, 용케 깨달았네?"

"뭐가?"

"뭐가라니……. 내가 너를 배신하지 않았다는 거 말야. 뭐, 덕분에 나는 간발의 차이로 살았다만."

"어머, 그거? 간단하잖아?"

루나가 가슴을 내밀며 재는 표정으로 말했다.

"왜냐면 당신. 결국 에마를 한 번도 『왕』으로 안 불렀는걸!"

"……!"

"전에 쿠죠 선생님 때, 나랑 당신이 결별했을 때, 당신, 이렇게 말했었지? 『잘 있어, 폐하…… 아니, **루나.**』 하지만…… 아까 헤어질 때 뭐라고 했었지?"

—잘 있어. 건강하고, 루나…… 아니, **폐하**.

"그러니까 어쩐지 모르게 알았단 거지. 이유는 잘 모르겠지만, 나, 에마랑 왕의 그릇 승부에서 이겼다고. 분명히 당신이 금방 돌아올 거라고."

"……."

그러자 린타로가 어쩐지 어색한 기색으로 씁쓸한 표정이

되어 엉뚱한 방향을 보고…… 루나는 그런 린타로 앞으로 가서 얼굴을 들여다보더니 잘난 척하며 웃었다.

"왜? 당신 역시, 그렇게 내가 좋아? 나를 가신으로 섬기고 싶어? 아하하! 정말~, 어쩔 수 없네~~? 이 츤데레!"

"으그그그그그그그그그그그……?! 귀찮구만……."

이미, 무슨 반론을 해도 창피를 당하는 상태다. 린타로는 얼굴이 새빨개져서 입을 다무는 수밖에 없다.

"하아. 바보 커플 주종은, 이제 그 정도로 해두세요."

그러자 더 봐줄 수가 없다고 말하듯 펠리시아가 찬물을 끼얹었다.

"그래서, 어쩔 건가요? 틀림없이 이제 곧 에마 진영의 추적이 있을 텐데요?"

"여기까지 온 이상, 이제 격돌은 피할 수 없지. ……요격한다."

"린타로가 일어서서 선언했다.

"다만, 이번 일은 완전히 나 개인의 사적인 투쟁이고 자기 책임이다. ……내가 혼자서 정리를 할 테니까, 너희들은 얼른 꺼져—."

"바보구나! 가신을 버리는 왕이 어디 있어?!"

루나는 망설임 없이 잘라 말했다.

"루, 루나…… 너……?"

"그리고? 린타로, 내가 따라와주면 좋겠지? 그치? 그치? 그렇지? 정말~, 어쩔 수가 없네? 가신의 실수를 수습하는 건 주군의 역할이고~~?"

어안이 벙벙한 린타로의 볼을, 즐거운 기색으로 콕콕 찌르는 루나.

"루나가 물러서지 않고 싸운다면 다른 길은 없어요. 당연히, 저도 싸웁니다."

케이 경도 그에 응해서 고개를 끄덕였다.

그러자.

"일시적이라지만, 동맹자를 버리는 일 따위, 왕으로서 언어도단! 저도 참전하겠답니다! 저는 이 싸움에 도전하는 이상, 이미 『각오』를 하고 있어요!"

펠리시아도 당당하게 말했다.

"뭐, Mr. 마가미? 당신에게는 일단, 목숨을 구해준 은혜도 있으니까요……. 그래도, 착각은 하지 말도록 하세요! 저는 당신을 위해 검을 휘두르는 게 아니랍니다! 내 벗, 루나를 위해서랍니다?! 루나를 위해서!"

"훗. 당연히 내 검은 주군 펠리시아와 함께 한다. 솔직히 라모라크 경 상대는 버거운 짐이지만, 나도 원탁의 기사 나부랭이…… 오기를 보여주도록 하지."

어째선지 당황하여 빠르게 말하는 펠리시아에게 응답하여, 가웨인 경도 힘차게 웃고 말했다.

"……너, 너희들."

린타로는 아주 약간 기가 막힌다는 표정으로, 자신을 주시하고 있는 주위 사람들을 둘러보고…… 이윽고 흥, 멋대로 하라며 코웃음을 치면서 고개를 홱 돌렸다.

"그래서? 린타로. 구체적으로 어떡하지? 에마의 엑스칼리버가 가진 능력은 불명…… 그리고, 라모라크 경은 말도 안 되게 강하잖아?"

"덤으로, 라모라크 경의 《로스차일드》가 성가시군요……. 전개하고 있으면, 『라모라크 경의 기량으로 자동 방어』였던가요? 뭔가요, 이 밸런스 망한 게임은……?"

"솔직히, 우리들 다섯 명 전원이 라모라크 경을 둘러싸도 이길 것 같지가 않군! 아하핫!"

이 너무나 절망적인 상황에서, 모두 메마른 웃음을 짓는 수밖에 없었다.

"라모라크 경에 대해서는, 우리들 중에서 최강 전력인 린타로를 앞세워서 맞서는 것이 최선이겠습니다만…… 솔직히, 이 두 사람은 차원이 다릅니다."

케이 경도 아쉬운 기색으로 말했다.

"기껏, 이쪽이 수에서는 우위에 서 있는데, 막상 린타로와 라모라크 경 두 사람이 싸우기 시작하면, 아무도 린타로에게 유효한 가세를 못해."

"랜슬롯 경 때도…… 저희들, 아슬아슬하게 발을 묶는 것뿐이었으니까요……."

"그러면, 라모라크 경을 린타로에게 맡기고 다 함께 에마를 칠까? 조금 비겁하지만."

"그것을 라모라크 경이 용납할 거라 생각하나? 그녀에게는 《로스차일드》가 있다. 한 장이라도 에마의 수호에 쓰면, 우리들은 손쓸 도리가 없어."

가웨인 경의 발언에 루나가 흠칫했다.

"어?! 그, 그런 것도 가능해? 치사하지 않아? 그거?!"

"아아, 할 수 있다. 라모라크 경이 그 진가를 발휘하는 것은, 사실 대단히 뜻밖이지만…… 『누군가를 지키는 싸움』이지."

루나가 기가 막힌 기색으로 묻자, 가웨인 경이 씁쓸하게 응답했다.

"어, 어째서 그런 것만, 기사 같은 건데…… 일단, 라모라크 경의 《로스차일드》를 어떻게든 해야 하는데……."

루나를 필두로, 일동이 끙끙거리며 고민하고 있는데.

"아마, 있다. 《로스차일드》의 돌파 방법."

린타로가 가볍게 말했다.

"""""……어?"""""

일동의 동그래진 눈이 린타로에게 모였다.

"이봐, 가웨인…… 뭘 놀라고 있어? 너 라모라크의 《로스차일드》를 돌파한 적 있잖아? 설루스의 마상창 시합에서 돌아가는 길에."

기가 막힌 것처럼 가웨인 경을 흘겨 보는 린타로.

"아니…… 그러나, 그것은, 라모라크 경이 대단한 실력의 기사들과 수십 시합이나 하고서, 완전히 지쳤을 때, 기습으로 습격했기 때문이지……. 이쪽은 네 명이었고…….”

“하! 바보구나. 너희들 풋내기 사인조(쿼테트)가 모여 봐야, 아무리 지쳤다고 해도 《로스차일드》를 든 라모라크에게 이길 수 있을 리 없잖아?”

“마가미 린타로, 열받는구우우우우운?!”

가차 없는 린타로의 지적에, 가웨인 경이 얼굴이 새빨개져서 발을 동동 굴렀다.

“다시 말해서…… 무슨 뜻인가요? 린타로.”

“딱 한 가지, 《로스차일드》를 돌파하는 방법으로 짚이는 게 있어. 그러나, 솔직히, 도박이다. 그게 맞는지 아닌지도 몰라. 왜냐하면, 라모라크랑 제대로 싸워서 이긴 녀석 따위, 결국 한 명도 없으니까. 랜슬롯이라면…… 어떨까 몰라?”

라모라크 경 vs 랜슬롯 경. 그 전설 시대에 기어이 실현되지 않은 대전 카드를 떠올리면서, 린타로가 진지하게 응답했다.

“그러나 에마 진영과 싸워 이기려면, 그것에 거는 수밖에 없어.”

“해보자.”

그러자, 루나가 망설임 없이 말했다.

“다름 아닌 린타로의 분석인걸. 왕으로서는 가신을 믿을 뿐이야.”

"어쩔 수 없네요…… 저도 하겠어요."

그에 이어서 펠리시아도.

"그래서, 구체적으로, 우리는 뭘 하면 되는 거지?"

가웨인 경도.

다들, 린타로를 믿고서, 고개를 끄덕였다.

"펠리시아…… 가웨인…… 너희들……."

린타로는 그런 일동의 시선을 받으며, 눈을 깜박였다.

"후후, 저희들…… 지금은『동료』니까요."

그런 식으로 쑥스러워 하는 펠리시아에게…… 린타로는 참으로 멋진 미소를 지으며 말했다.

"아니, 일단 아무것도 안 해도 돼, 너희들. 아니지. 오히려 뭔가 하면 곤란하다."

"……어?"

의미를 몰라서, 펠리시아가 얼빠진 중얼거림을 흘렸다.

"힘을 빌려준다고 분발하고 있는 참에 미안하지만…… 너희들, 방해돼."

"에에에에?! 이 흐름에서 전력 부족 통보! 무, 무무무, 무슨 뜻인가요?"

쇼크로 눈을 까뒤집은 펠리시아와 가웨인 경에게, 린타로가 말을 이었다.

"일대일이다."

"네에?"

"모르겠냐? 라모라크 경과 싸우는 건 말이지…… 놈이 이상하게 고집하는 『일대일 결투』에, 활로가 있는 거야. 놈에게 『일대일 결투』는 신성불가침한 것이며, 동시에 기사로서의 긍지 그 자체란 거지. 그러니까—."

그러자 린타로는 이제 옹호가 불가능한 악당의 표정으로 사악하게 웃었다.

"—사양 않고, 그걸 찔러주지. ……철저하게."

—달린다. 달린다. 달린다.

에마와 라모라크 경 두 사람이, 아발로니아 제3에리어의 교외를 질풍처럼 달렸다.

드문드문 서 있는 건물 지붕에서 지붕으로 하늘을 난다. 때로는 도로에 내려서서, 질주하고, 더욱이 비상한다. 건물의 벽을 딛고 달리며, 더욱이 도약, 밤의 어둠을 춤춘다—.

"……가깝네요."

길잡이 요정이 남긴 오라의 잔재를 따라가면서, 에마가 중얼거렸다.

"그래, 그렇네. 그건 그렇고, 에마…… 정말로 괜찮아? 멀린을…… 마가미 린타로를 나한테 양보해주는 거야?"

지붕 위를 질주하면서 라모라크 경이 뻔뻔스레 물었다.

"상관없어요. 제가 처치하든, 당신이 토벌하든 마찬가지입니다."

에마가 다음 지붕을 향해서, 하늘 높이 도약했다.

"하지만…… 당신은 마가미 린타로를 사랑하고 있잖아?"

"사랑하기 때문에…… 용서할 수 없어요…… 미워요……!"

그렇게 짜낸 것처럼 말하는 에마의 눈은 【마음 돌리기의 저주】로 완전히 흐려져 있었다.

신은 하늘에 있고, 세상은 그저 평온하다— 라모라크 경이 남몰래 음흉하게 웃었다.

이윽고, 그런 대화를 하면서, 두 사람이 아발로니아의 어둠을 달리고 있을 때.

그것은— 갑작스런 일이었다.

주변 풍경이 문득 더욱 어둠에 휩싸인 것 같더니, 일그러지고—.

심야의 어둠에서 일변, 주변이 갑자기 **찬란한 햇빛이 내리쬐는 빛의 세계로 변모**했다.

와아아아아아아아아아아아아아아아아아아아아아아아앗!

곧장, 주위에서 오르는 귀를 때리는 것 같은 환성과 열광.

"이것은?!"

상황이 급변하자, 라모라크 경과 에마가 무심코 발을 멈추었다.

그곳은 이미, 밤의 국제도시 아발로니아가 아니었다.

시야에 가득 드넓게 펼쳐진 평야. 천상에 타오르며 빛나는 태양. 주위에는 화려한 무장을 갖춘 무수한 기사들이 말을 타고 있었다.

자신들이나 그런 기사들을 빙 둘러싼 것처럼 관객석이 있고, 그곳에 모인 무수한 귀족, 귀부인, 민중들이 환성을 지르고 성원을 보내며 들뜨고 있었다.

주위에 선 기사들의 막사나, 몇 개나 사납게 하늘에 우뚝 선 깃발.

그리고 하늘에서 터지는 불꽃은, 그야말로 끊어질 줄을 몰랐다—.

"……뭘까요? 여기는. 대체, 무슨 일이 일어난 거죠?"

에마가 주위를 방심하지 않고 둘러보았다.

"아, 아아…… 아아! 여기는……?!"

그런데 라모라크 경이 황홀한 듯, 그리운 것처럼, 그 광경을 바라보고—.

"마음에 들었어?"

"……에마. 왔구나."

그런 두 사람 앞에, 린타로와 루나가 모습을 드러냈다.

"……여기는 당신이 만들어낸 이계인가요? 린타로."

에마의 탓하는 것 같은 말에, 린타로가 씨익 웃으며 응답했다.

"헷. 너희들 같은 무서운 녀석들이 노려보고 있으니까. 이제, 잔재주는 빼자고. ……여기서, 우리들끼리 결판을 내지 않겠어?"

"……우리들끼리?"

"아아, 그래. 케이 경은…… 까놓고 전력이 안 되고. 펠리시아 일행은 이번 일에 관해서 말하자면 외부인이지. 루나랑 나, 너랑 라모라크 경이 완전히 결판을 내는 편이, 네 속도 좀 풀리지 않아? 이 이계는, 그걸 위해서 준비했지."

"흥…… 믿을 수 없네요."

에마가 가라앉은 눈으로 린타로를 노려보았다.

"당신은 비겁한 배신자니까요. 어차피 이 이계 안의 어딘가에, 펠리시아 씨, 케이 경, 가웨인 경이…… 복병으로 숨어 있는 거겠죠?"

"없다니까. 지금, 이 세계에 놈들은 없어. 너도 《킹》이니까 알잖아? 이 이계가 어떤 것인지…… 잘 보라고!"

그렇게 도발하자, 에마는 자신의 영적인 감각을 이계 안으로 뻗었다.

현실계와 환상계를 나누는 《의식의 장막》, 그것을 **일시적으로 애매하게 해서**, 지금, 여기와 다른 이세계를 만들어내는 일종의 결계 마법 【이계화(異界化)】.

그 이계 형성에는 《융계(融界) 단계》라는 규칙이 있다. 그것은 그 이계가 현실계에 가깝게 만들어졌는지, 환상계에 가깝게 만들어졌는지 나타내는 지표다.

융계 단계는, 물질위(物質位)[아시야], 형성위(形成位)[예치라], 창조위(創造位)[브리아], 근원위(根源位)[아칠루트]의 4단계로 나타내며, 그 순서로 이계는 환상계에 가까워지고 견고한 것이 되어 간다. 현실계에 가까운 이계라면 물리법칙과 육체적인 강함이 지배적이 되고, 환상계에 가까운 이계라면 물리법칙이나 육체적인 강함보다 정신적, 영적인 강함이 지배적이 된다.

어쨌거나 아무런 페널티도 없이 이계의 안팎으로 자유롭게 드나들 수 있는 것은 그 이계를 만들어낸 술자뿐. 또한 술자가 쓰러지면 이계는 즉시 소멸된다.

그리고 이계는 영원히 유지할 수 없다. 세계는 모순을 용납하지 않는다.

그것들이 【이계화】의 절대적인 룰이다.

"……무슨?!"

이러한 이계 형성의 기초와 대조해보면서, 이 이계를 살핀 에마는 경악했다.

"이 이계는, 융계 단계: 형성위?! 역시 스승님…… 설마, 형성위의 【이계화】를 해내다니! 물질위를 만들 수만 있어도 일류의 마법사인데……!"

형성위…… 이 융계 단계가 되면 이계의 안팎을 오가는 것은 완전히 단절되어, 거의 불가능해진다. 물질위의 이계 안에서 할 수 있는 【기사의 소환】마저도 불가능하다.

다시 말해서 안의 사람은 이계 밖으로 도망칠 수 없고, 밖에 있는 사람은 안에 침입할 수 없다.

그리고 무엇보다도 에마가 놀란 것은…….

"그리고…… 정말로 아무도 없어……? 여기 있는 우리들 말고는…… 아무도……!"

수많은 관객과 기사가 있는 것처럼 보이지만, 그것은 실체가 없는 풍경에 지나지 않는다.

따라서— 지금 이 세계에 있는 것은, 린타로, 루나, 에마, 라모라크 경 네 사람뿐.

"어때? 이 배수의 진. 이게 우리들의 각오란 거다. 이해하겠어?"

"진심으로…… 당신들 두 사람이, 저희들과 결판을 낼 생각인가요……?"

"아아, 그래. 에마, 미안하지만 너랑 결판은 루나가 일대일로 낸다. 그리고—."

그리고 린타로는 쌍검을 뽑아, 라모라크 경을 겨누었다.

"네놈 상대는 바로 나다, 라모라크! 네가 바라는 일대일 결투야! 그렇다면— 이런 장소에서 결판을 내는 게, 너에게는 흥취가 있지 않겠어?"

"……마음에 들었어."

라모라크 경이 두른 어둠이, 눈동자에 타오르는 광기가— 깊어진다.

하늘을 찌를 듯 어두운 최고의 환희가 라모라크 경의 온몸을 지배하고, 절정과 비슷한 충격이 그녀의 몸을 번개처럼 달려나갔다.

"잊을 수 없지! 잊어선 안 되지! 여기는! 여기가 바로! 설루스의 마상창 시합 회장! 신의 사랑을 입은 내 영광의 절정이며— 돌아가는 길에 그 악랄한 가웨인 경 사인조의 손으로, 땅에 떨어진 인연의 땅!"

정신이 나갈 것 같은 빛나는 미소는 이미, 사나운 맹수의 위협이었다.

"그래! 여기야! 여기야말로 내가 모든 것을 되찾기에 걸맞아! 멀린을 타도하고, 내가 새로운 신의 사랑을 증명하고, 최강의 영광을 되찾는다! 아하, 아하하하하하하하하하하하하하핫! 감사할게, 멀린! 사랑할 정도야! 좋아해, 좋아한다고! 견딜 수 없을 만큼 너무 좋아! 죽이고 싶을 정도로 사랑스러워! 아아! 멀린! 당신의 피도 살도 머리칼도 내장도 뼈 한 조각까지, 전부, 전부, 내 거야! 앗하하하하하하하하하하하하하하하하하하하하하하핫!"

이제 더 기다릴 수가 없다는 듯 라모라크 경은 십자가 모양의 대검을 땅에 박아 세우고, 그것을 성인(聖印) 삼아 손을 마주잡고 무릎을 꿇어 경건한 처녀처럼 기도를 바쳤다.

주를 찬양하라 주를 칭송하라 주를 두려워하라
"Laudamus te. Benedicimus te. Adoramus te.
주를 숭배하라 주의 커다란 영광 앞에
Glorificamus te. Gratias agimus tibi propter magnam
감사를 바치라 성령과 함께, 아버지 하나님의 영광과 함께
gloriam tuam. Cum Sancto spritu, in gloria dei

에이멘
patris. ……Amen!"

그리고 라모라크 경이 일어서서, 대검을 뽑아내고 겨누었다.

린타로를 바라보는 그 열띠고 순수한 눈은, 마치 첫사랑에 빠진 처녀 같았다.

"대단한 열애잖아……. 당신, 정말로 인기 많네."

"진짜 진심으로, 누가 좀 바꿔줘라……. 빈말이 아니야."

기가 막힌 기색으로 검을 겨누는 루나에게, 린타로는 지긋지긋한 기색으로 미묘하게 눈을 뜨고 말했다.

"뭐…… 어쨌든지, 간다, 루나!"

"그래~. 에마는 맡겨둬!"

린타로가 【포모르화】를 발동하고, 루나가 엑스칼리버를 겨누며 앞으로 한 걸음 나섰다.

"흥, 바라는 바입니다. 격의 차이라는 것을 보여드리겠어요, 루나 선배."

"그렇지, 멀린. 이 이계의 주인이라고 해서, 위험해 진다고 혼자 도망치면 안 돼애? 뭐, 그때는 나중에 루나의 목을 전해줄 거지마안?"

그에 응하여, 에마와 라모라크 경이, 서로의 상대와 대치했다.

그리고—.

"루나!"

린타로가 옆에 있는 루나에게 소리쳤다.

"분명히 전사로서는, 너보다 에마가 위다! 그러나— 왕으로서는, 네가 절대로 위다! 압도적으로!"

"……?!"

루나가 눈을 깜박이고, 에마가 불쾌한 기색으로 눈썹을 찌푸렸다.

"너라면 틀림없이 이길 수 있어! 질 리가 없다! 이겨라!"

"훗…… 당신이야말로."

서로를 보지도 않고, 그렇게 후려치는 것처럼 말하고.

린타로와 루나 두 사람이, 땅을 박차고 질풍처럼 달렸다.

린타로는 라모라크 경을 목표로. 루나는 에마를 목표로.

각자 자신의 표적으로 정한 자를 상대로, 맞선다.

그것에, 라모라크 경과 에마가 검을 겨누고 응하여— 격돌.

지금, 여기까지 이어진 소동의, 마지막 싸움에 불이 붙었다.

오오오오오오오오오오오오오오오오오오오오오오옷!

환성이 오른다. 큰 환성이 오른다. 린타로와 라모라크 경의 격렬한 격돌과 격검, 베기와 죽이기에, 관객석이 모두 함께 환성을 보냈다.

"다아아아아아아아아아아아아아아아아아앗!"

"아하하하하하하하하하하하하하하하하하하하하하하하핫!"

포모르화한 린타로가 휘두르는 좌우의 쌍검이, 선풍처럼 춤추고 선회하는 라모라크 경의 대검과 무한하게 부딪혀,

서로를 물어뜯는다.

물어뜯을 때마다, 폭풍 같은 검압이 휘몰아치고, 주위를 파헤치고 날려 버린다.

"후—."

신속 일섬. 라모라크 경의 대상단 참격이, 린타로를 좌우로 양단한다.

그러나— 그것은 잔상. 두 번, 세 번, 지면을 터뜨리듯 차고 예각으로 이동하여, 돌아가서, 린타로가 라모라크 경의 등 뒤를 잡고—.

"치이이잇!"

그 목을 수확하고자, 서릿발 같은 칼날을 선물한다.

파문처럼 퍼지는 수평 베기는 그러나—.

"—우훗."

가아앙! 대기가 뒤틀리는 것 같은 충격음과, 격렬하게 오르는 불똥.

읽고 있었다고 말하듯 라모라크 경이 등 뒤에 돌린 대검으로 그것을 막아냈다.

"치—."

린타로가 혀를 차는 것도 한순간.

라모라크 경은, 온몸의 탄력을 사용해 그대로 대검을 정면으로 휘둘렀다.

"—오오오오오오옷!"

대체 얼마나 장렬한 힘인가?

기세에 밀린 린타로가 수평 후방으로, 투석기가 쏘아낸 것처럼 날아갔다.

순간, 파고드는 발에 흙기둥을 피우는 대지.

라모라크 경이, 날아가는 린타로를 따라 탄환처럼 돌진했다.

"젠장하아알?!"

좌아아아. 린타로가 대지를 구르면서 간신히 자세를 바로 잡고—.

그 순간.

"앗하하하하하하하하하하하하하하하하하하핫!"

공간을 생략한 것처럼 따라잡은 라모라크 경이, 가차 없이 대검을 내리쳤다.

반사적으로 땅을 차고, 오른쪽으로 뛰는 린타로.

폭렬. 터져 오르는 흙기둥, 대검이 대지를 파헤쳐 생기는 거대한 크레이터.

또 그 순간, 라모라크 경은 이미 린타로를 따라잡았고—.

반사적으로 왼쪽으로 구르는 린타로.

폭쇄. 솟아 오르는 흙기둥, 대검이 대지를 파헤쳐 생기는 거대한 구멍.

더욱이 다음 순간, 라모라크 경은 이미 린타로를 따라잡았고—.

"크—."

회피는 이미 늦어서, 린타로가 쌍검을 머리 위로 교차시켜 방어 자세를 취하지만.

"앗하하하하하하하하하하하하하하하하핫하하하하하하핫!"

그 위력은 마치 폭약의 작렬. 라모라크 경이 내리친 대검은 그 쌍검의 방어를 밀어내고, 파괴하고— 그대로 린타로의 육체를 산산이 흩어 버린다.

그러나— 그 흩어진 육체는, 문득 허공으로 녹아 사라졌다.

"얕보지 마라—."

부서진 육체는【그림자】. 그것을 미끼 삼아 머리 위에서 고속으로 내려온 린타로가, 라모라크 경의 정수리에 필살의 참격을 때려 넣었다.

그러나, 충격음. 터지는 불똥, 떨리는 대기.

라모라크 경의 머리 위에 전개된《로스차일드》가, 린타로의 검을 받아냈다.

"치이…… 젠장! 하아……! 하아……!"

재빨리 뛰어 라모라크 경에게서 떨어지며, 거리를 벌리는 린타로.

전투 개시부터 아직 그다지 시간이 지난 것도 아닌데, 이미 린타로의 숨이 가빠지기 시작했다.

"좋아. ……좋아아, 당신."

그에 비해 라모라크 경은 여유작작하게 대검의 검신을 쓰다듬었다.

“너무나 좋아, 린타로. 당신의 검. 일격마다 강하고 듬직해지고 있어…… 내 몸이, 점점 뜨거워지고 있어……. 나랑 당신, 역시 궁합이 최고구나.”

그리고 정열적으로 대검의 검신에 입을 맞추고, 요염하고 정열적인 눈길을 린타로에게 보냈다.

“하지만…… 아직 더 좋아질 거지? 당신.”

“…….”

“아직도, 첫 방사(房事)에 당황하는 아가 같은 움직임인거얼? 당신은 그런 정도가 아니지? 전력을 다하면, 나를 더욱 높은 곳까지 데리고 가줄 거야……. 최상의 쾌락을, 나에게 느끼게 해줄 거야……. 그렇지?”

키득. 라모라크 경이 상냥하게 미소 지었다.

“괜찮아, 괜찮아아? 조바심 내지마. 당신이 익숙해질 때까지…… 더욱 힘을 발휘할 수 있을 때까지…… 누나가 상냥하고 정성 들여 가르쳐줄 테니까아. 키득키득키득…….”

“그건…… 고맙구만…… 콜록…….”

린타로가 숨을 정돈하면서 쌍검을 겨누었다.

“솔직히, 이쪽은 아직 멀린의 힘을 좀처럼 끌어내지 못하고 있거든……. 기다려 준다면 대환영이지. ……나중에 딴소리 하지 마라?”

문득, 린타로의 온몸에서 검은 오라가 솟아오르고— 그 모습이 안개처럼 사라졌다.

다음 순간, 갑자기 린타로가 오른쪽에서 가로로 라모라크 경에게 쌍검을 때려 박고 있었다— 피아의 간격을 한순간에 지워버리고.

그러나 그런 사람의 반사한계를 넘은 무박자의 일격마저—.

라모라크 경이 오른쪽에 전개한 《로스차일드》와 대검이 어려울 것 없이 받아낸다.

"……또, 조금 좋아졌어."

라모라크 경이 만족스럽게 웃고, 교차하는 검 너머로 린타로를 보았다.

"후후, 잘했어, 잘했어. 그래, 그렇게 하는 거야—."

"시, 끄, 러워어어어어어어어어어어어어어어어어어어어어어엇!"

린타로가 검을 되돌리고, 온몸의 탄력을 쥐어짠다— 폭풍 같은 참격을 난무시킨다.

찰나에 휘몰아친 수십의 검섬이 라모라크 경을 분쇄하고자 미쳐 날뛰고, 춤추듯이 미친다.

보통 사람이 상대라면, 1초만에 다진 고기가 되어 버릴 칼날의 감옥이었지만—.

"그래, 거기야, 거기. 거기를 더 강하게 공격해— 거기가 내 좋은 부분이니까. 응, 그래…… 하아…… 좋아아♪"

그것마저도, 라모라크 경은 여유로운 미소를 지은 채, 대검과 《로스차일드》로 처리해낸다.

검격과 검극이 격돌 교차하고 포효할 때마다, 찢어질 것 같은 환성이 관객석에서 오르고 그 자리를 열광이 지배했다.

"하아아아아아아아아앗!"

"—흥!"

루나와 에마가, 서로에게 검을 겨누고 육박했다.

"치이이잇!"

루나가 먼저 공격한다. 은의 섬광이 원과 호를 그리고 휘몰아친다.

상단에서 베어 내리고, 몸통을 휩쓸고, 그대로 회전해서 발치를 쓸어낸다.

춤추는 뜨겁고 날카로운 그 검무는 형태가 없고, 천부적인 재능에 의지하는 천의무봉의 검이다.

그러나, 그것을—.

"—후!"

에마가 검을 정중선으로 겨눈 채 상중하— 필요 최소한의 동작으로 차례차례 받아 흘린다.

그 검 놀림은 이미, 화려함을 넘어서 예술적이기까지 했다.

"으으으윽?!"

가앙! 에마는 루나의 마지막 일격을 검의 옆면으로 받아냈다. 그 기세를 이용해 검 끝을 후방으로 깔끔하게 돌려, 검의 자루 물미 부분을 루나에게 향하더니—.

터엉! 동시에 날카롭게 앞으로 파고들었다.

에마의 작은 몸이 잔영을 남기며 앞으로 뛰쳐나가고, 그 물미가 루나의 복부에 파고든다.

"콜록!"

그 맹렬한 카운터를 받고, 루나의 몸이 후방으로 날아갔다.

데굴데굴 대지를 꼴사납게 굴러간다.

"……아앙 진짜! 뭐 이렇게 징그러운 검이 있어?!"

"흥…… 그런 어수선하고 꼴사나운 검의 루나 선배에게 듣고 싶지 않아요."

땅을 기면서 매도하는 루나를, 에마가 얼어붙은 눈으로 내려다보았다.

"제 기술은, 스승님에게 배운 기술이거든요? 당신 따위가 어떻게 할 수 있을 리 없잖아요?"

"입 다물어!"

그리고, 루나가 다시 일어나, 에마를 맹렬하게 공격한다—.

루나와 에마의 싸움은, 방금 전부터 이런 전개의 반복이었다.

루나가 용맹하게 공격하지만, 에마가 그것을 모두 처리한다.

그리고 그 공격 끝에, 가차 없는 카운터.

교차법으로 날카롭게 공격해오는 그것을, 루나는 타고난 동물적 직감으로 치명상을 피하고 있지만— 무사하지는 못하고, 상처가 늘기만 했다.

"크으으윽?!"

다시 에마의 카운터 앞에서 쓰러지고, 후방으로 굴러가는 루나.

"……몇 번을 해야 이해하는 건가요? 머리가 나쁘네요, 선배는."

그것을 경멸하는 눈으로 보면서 잔심하는 에마.

"아직이야—."

바보처럼 하나밖에 모르는 루나가 뛰어 일어나, 다시 에마를 향해 질주했다.

몇 번을 해도 소용없다는 것처럼, 에마가 기다리는 자세로 검을 겨누고—.

"—핫!"

서로 한 칼의 간격에 파고든다— 그 순간.

이번에는 전개가 달랐다. 루나의 파고드는 발이 땅을 격렬하게 깎아내고, 모래먼지를 에마를 향해 성대하게 차올린 것이다.

"—윽?!"

그 한순간, 날아오는 모래먼지에서 눈을 지키고자 에마는 살짝 왼쪽으로 고개를 돌렸다.

"잡았다아앗!"

그 한순간, 루나는 에마에게 발생한 사각인 오른쪽으로 돌아가서— 검을 날카롭게 찔렀다.

—그러나.

가아앙! 금속이 올리는 비명과 충격이 터졌다.

루나의 검을, 에마의 오른쪽에 부유하는 《로스차일드》가 막아냈다.

"또, 그 방패—?!"

휘오! 에마가 반격하는 가로 일섬이 으르렁대고, 루나가 황급히 뒤로 뛰었다.

예상대로, 에마는 라모라크 경에게 《로스차일드》 한 장을 받은 모양이다.

이렇게 가끔 루나가 에마의 의표를 찔러도, 《로스차일드》가 그것을 모조리 막아 버린다. 전황은 압도적으로 루나가 불리했다.

"그러니까, 소용없다고 몇 번이나 말했어요. 어쩌다 제 틈을 찔렀다고 해도, 저에게는 라모라크 경의 《로스차일드》가 있어요. 당신에게 승산은 없어요."

"시, 시끄럽거든! 뭔데, 빌린 물건의 힘으로 잘난 척이야?!"

"무슨 말을 하는 건가요? 가신의 힘은 주군의 힘…… 그것은 즉 왕의 그릇의 차이…… 그렇죠?"

초조한 기색으로 짖는 루나를, 에마가 싸늘한 눈으로 보았다.

"정말이지…… 정말로 그 정도 인가요? 루나 선배……."

"……?!"

"그 정도의 힘으로…… 어째서, 당신은 마가미 린타로에게 선택받은 건가요……?! 이상해요…… 확실히 이상하잖아요, 이런 거……!"

참을 수 없다. 그렇게 말하듯 에마가 검을 쥔 손에 힘이 들어갔다.

"제가 당신보다 분명히 강해요! 전사로서도, 왕으로서의 그릇도, 분명히 제가 더 위라고요! 그런데…… 그런데, 어째서—?!"

"……종알종알 시끄럽네……."

입가에 흐르는 피를 손등으로 닦고, 루나가 내뱉었다.

"정말로 자기가 강하다면, 왕에 걸맞다면, 얼른 나를 쓰러뜨려 보란 말야……. 보라고? 나는 살아 있거든? 그렇게 당신의 검을 맞고도, 아직 사지 멀쩡하고 팔팔하거든! 당신이야말로 대단할 것 없지 않아?! 린타로에게 사사를 하고서 그 정도인 거야? 응?!"

"무슨……?!"

"아아~~! 그건 그렇고! 당신에게 《로스차일드》만 없었다면 말야! 내 승리가 확정적이고 명확했을 텐데~? 뭐, 그쪽은 린타로가 조만간 어떻게든 해주겠지! 내 가신은 굉장한 녀석이니까!"

그렇게 에마를 부추기고, 루나가 대상단에 검을 겨누었다.

그 몸은 이미 걸레짝이다. 그렇지만 눈동자는 의기양양. 마치 자신이 패배하는 일 따위나, 에마보다 떨어진다는 생각은 티끌만큼도 하지 않는다.

“자, 와보렴? 그 《로스차일드》의 가호가 사라질 때가, 당신이 패배할 때야.”

“……정말로 입만 산 사람이군요, 당신은!”

이제 지긋지긋하다는 듯, 에마가 검을 고쳐 겨누었다.

그 자루에 붙은 전투 깃발을 펄럭이며— 하단으로 겨누었다.

“좋아요……. 무슨 일이 있어도 패배를 인정하게 하고 싶어졌어요! 당신 입에서 패배 선언을 시키고, 당신의 의지로 나에게 무릎을 꿇도록 만들겠어요!”

“하, 그게 뭐야?”

루나가 바보 아니냐는 것처럼 응답한— 그때였다.

문득 에마의 온몸에서 피어오르는, 압도적인 양과 농도의 오라.

갑자기 에마가 든 검이 격렬하게 타오르더니, 홍련의 불꽃에 휩싸인 것이다.

맹렬하게 밀려드는 피부가 저릿할 정도의 열기에, 루나는 표정을 찌푸렸다.

그리고, 에마는— 선언했다.

로열 로드
“진명(眞銘) 선언—.

『그리하여, 격렬한 전투 끝에, 로트 왕이 토벌되고.』

『브리튼의 군웅인 열한 명의 왕은, 아서 왕의 군세 앞에 패배했다.』

『아서 왕에게 붙잡힌 열 명의 생존한 왕들은, 끊임없이 흐느껴 울었다.』

『「아서 왕은 크게 분노했다. 우리들과 싸우는 모습은 마치 귀신처럼 무시무시하고, 또한 지옥불처럼 치열했다.」』

『「아아, 아서 왕을 거스른 우리들은, 한 사람도 남김없이 살해당할 것이 틀림없다.」』

『「그 용맹한 용사, 로트 왕처럼 살해당할 것이 틀림없다.」』

『「아아, 우리들은 너무나 어리석은 짓을 저질렀다.」』

『그러나, 관용하고 위대한 아서 왕은, 남은 열 명의 왕을 자신의 곁으로 불러 모아, 이렇게 말했다.』

『「나는, 그대들을 용서하노라.」—』

존 시프 저 『마지막 원탁의 아서(라스트 라운드 아서)』 제3권 11장

"—【엑스칼리버(회개하는 자비의 강철)】어어어어어어어어어!"

그 외침과 함께, 에마가 검을 내밀었다— 그 순간.

그 검 끝에서 뿜어져 나온 진홍의 일섬이, 루나의 가슴 중심을 꿰뚫었다.

그것은 이상 사태였다. 루나는 분명히 그 날아오는 진홍의 일섬을, 옆으로 재빨리 뛰어 피했을 텐데— 그런데도 꿰뚫은 것이다.

"크아아악?!"

의문을 고찰할 틈도 없이, 루나의 몸은 그 충격으로 날아가 대지를 굴렀다.

"……안심하세요. 제 검은 사람을 죽이기 위한 검이 아니니까요."

그러자, 에마가 빙글 검을 회전시켜 고쳐 쥐면서 말했다.

"제 엑스칼리버는 회개의 검. 사악한 적대자에 대해서 치열하며, 때로는 불태우는 것도 마다치 않는 엄격함을 가지면서도, 회개하고 순종하면 용서하고, 부하로 받아들인 아서 왕의 자비로움과 관용을 체현한 검. ……이 진명과 함께 뽑어져 나오는 일격으로 목숨을 빼앗을 수는 없지만, **필중 — 회피할 수단은 존재하지 않아요.**"

"으, 크……?! 콜록……!"

루나가 진홍의 일섬에 꿰뚫어진 가슴을 누르면서 웅크리고, 비지땀을 흘렸다.

"다만, 목숨에 지장이 없는 것은 10격까지. 다음 11격에 확실하게 죽음이 찾아옵니다. **필살— 막을 수단은 없어요.**"

키득, 에마가 입가를 일그러뜨렸다.

"……자비로운 검이죠? 11격 전까지, 저에 대한 항복을 선택하고, 저에게 용서를 구하고, 충성을 맹세하고 복종하면, 목숨은 건진답니다."

"핫…… 바보 같은 짓이야……. 생각보다 시시한 능력이네!"

루나가 검을 지팡이 삼아 일어서서 내뱉었다.

"그런 건…… 느릿느릿 11격을 받기 전에, 당신을 쓰러뜨리면 되는 거잖아?!"

"네, 그렇네요. 하지만—."

에마가 뭔가 말을 하려던…… 그 순간.

콰아아! 그런 환청과 함께, 루나의 찔린 가슴 부분을 중심으로 격렬한 불꽃이 타올랐다.

"으, 아아아아아아아아아아아아아아악?!"

뜨겁다, 아프다, 괴롭다, 숨 쉴 수 없다.

갑자기 덮친 몸을 태우는 지옥 같은 고통에, 루나가 무심코 손의 검을 놓칠 뻔했다. 마치 화형을 당하는 것 같았다.

"아, 으, 크으으으으으윽! 이, 이게 뭐야…… 아, 아아……악?!"

다르다. 진짜 불꽃이 아니다. 옷도 타지 않고, 화상 하나도 없다. 이건 환상의 불꽃이다.

그러나 영혼이 타는 것 같은 이 고통은—?

곧장 온몸에서 식은땀이 흐르고, 고통으로 신음하는 루나.

"이해하셨나요? 일격마다 그 지옥 같은 고통이 늘어난답니다. 그리고 그 고통은 한 번 받으면 끝장, 결코 지워지지 않아요—."

"……무슨."

확실하게, 루나의 표정이 절망으로 일그러졌다.

"마음이 약한 사람이라면 일격으로 폐인이 될 정도의 고통입니다. 루나 선배…… 과연, 그 고통을 견디면서 저와 싸울 수 있을까요? 제대로 전투 행동을 할 수 있나요?"

그런 루나의 절망을 본 에마가 희미하게, 그러나 확실하게 **웃었다.**

엑스칼리버는 왕의 내면을 비추는 거울이다. 인연을 바란 루나, 긍지와 영광을 존중하는 펠리시아, 힘으로 타인을 정복하는 것을 긍정하는 쿠죠…… 마음의 존재 방식이 엑스칼리버의 조형과 능력에 반영된다.

그렇다면— 에마의 이런 고문 같은 능력은. 자비로운 것 같지만 뭔가 일그러진 이 힘은.

'……근본적으로, 뒤틀려 있어, 얘는……!'

몸을 덮치는 격통을 이를 악물고 견디면서, 루나는 에마를 노려보았다.

"그럼— 회개할 시간입니다, 루나 선배."

생긋, 성자 같은 웃음을 루나에게 보내는 에마.

"자신은 왕의 그릇이 아니라고 선언하고, 《킹》을 사퇴해 주세요. 제가 당신보다 뛰어난 왕이라는 것을 인정하고, 저에게 용서를 구해주세요. 그러면— 당신을 그 고통에서 해방시켜, 목숨만은 구해주겠어요."

"……농담하지마."

승리를 뽐내는 에마에게 루나가 내뱉고, 일어서서 검을 겨누었다.

“당신 같은 『약한』 애, 누가 인정해줄 것 같아!”

“하아…… 유감이네요. 선배가 이 정도로 머리가 나쁜 사람인 줄은 몰랐어요.”

에마가 매도하는 것처럼, 동정하는 것처럼 중얼거리고—.

“로열 로드(진명 선언)—.”

다시 엑스칼리버의 능력을 해방하고자 한, 그 순간.

“아아아아아아아아아아아아아아아아아아아앗!”

루나가 신속으로, 에마의 품에 파고들었다.

그래, 그것밖에 없다. 상대가 회피 불가능의 필중 공격을 한다면, 그것을 쏘기 전에 쓰러뜨리는 수밖에 없다. 먼저 공격하여, 쓰러뜨리는 수밖에 없다.

그것밖에 대항 수단이 없기에—.

“—읽고 있어요.”

루나가 휘두른 격렬한 검이 깔끔하게 튕겨나가고— 에마의 날카로운 카운터가 반대로 루나를 덮친다.

“아윽—?!”

에마의 일격이, 루나의 옆구리를 파헤쳤다.

그런 식으로 자세가 무너진 루나에게서, 에마가 여유롭게 간격을 벌리고—.

“【회개하는 자비의 강철(엑스칼리버)】—!”

다시 검 끝에서 뿜어져 나온 진홍의 일섬이 루나에게 날아갔다.

날아간 순간, 그 일격은 이미 루나의 왼쪽 어깨에 명중해 있었다.

그렇다. 필중. 그 일격은, 어떤 영웅도, 무쌍의 무인도, 절대 회피불가능이었다.

“아으으으으으으으으으으으으으으으으으으으윽?!”

왼쪽 어깨에서 타오르는 지옥의 고통에, 루나가 견디지 못하고 비명을 질렀다.

“후후, 앞으로, 9격—.”

에마는 웃었다. 하염없이 어둡고, 어두운 웃음이었다.

“우오오오오오오오오오오오오오오오오오오오오오오오오오오옷!”

린타로가 포효했다. 한계까지 마나를 연소시켜, 오라로 변환한다.

포효와 함께, 그 온몸에서 검은 오라가 솟아오른다.

손발에 새겨진 문양이 빠직빠직 소리를 내며, 영혼을 더욱 침식하기 시작한다.

그와 동시에, 린타로의 몸에 솟아오르는 새로운 힘—.

“하아악—! 하아악—! 하아악—!”

【포모르화】가 더욱 진행되어, 선조회귀가 진행된 것이다.

포모르족의 영혼이, 린타로의 영혼을 침식하고 있는 것이다.

이것은 그저, 【포모르화】를 일으키면 발생하는 현상이 아니다.

전설 시대 최강 기사— 라모라크 경과 검을 섞고, 사투를 거듭하여, 그 생사의 틈 속에서, 멀린으로서의 힘을 급속하게 각성시켜 연마되는 것이다.

"……굉장해. 굉장해."

차원이 다른 힘을 각성해가고 있는 린타로 앞에서, 라모라크 경은 도취된 것처럼, 첫사랑에 당황하는 처녀처럼 중얼거렸다.

"당신 같은 멋진 사람……. 어머나, 나, 당신에게 빠져버려어……."

"그아아아아아아아아아아아아아아아아아아아아아아아아악!"

순수하며 압도적인 힘을 온몸에서 뿜어 올리며— 린타로가 라모라크 경에게 덤벼들었다.

대기를 송두리째 찢어버리며 달리는 칼날.

그러나 그 장렬한 일격을 막아낸 것은, 역시 《로스차일드》다.

린타로의 쌍검을 《로스차일드》가 단단히 받아낸다.

"후후, 나는 도망치지 않으니까, 그렇게 서두르지 마……."

라모라크 경은 방패에 막혀 이를 가는 린타로를 사랑스럽게 똑바로 바라보며, 대검을 들어 올려— 맹렬하게 때렸다.

"크아아악?!"

곡선으로 날아가는 린타로의 몸.

"아직이야, 아직—! 아직 더 할 수 있지?!"

그것을 따라, 땅을 깎아내면서 달리는 라모라크 경.

"더! 더욱더, 힘을 끌어내! 나를 흥분시켜줘어어! 천상 너머까지 함께 가자?!"

추락하고, 순식간에 튕겨 일어나 검을 겨누는 린타로에게.

라모라크 경이 강렬하게 대검을 때려 박고— 린타로가 그것을 받아냈다.

'솔직히…… 위험하군. 이 싸움이 끝나면, 나는 어떻게 되는 거지……?'

라모라크 경의 폭풍 같은 맹공을 비껴내며, 린타로가 생각했다.

영혼이 삐걱댄다. 단기간에 주제에 안 맞는 힘을 너무 휘둘렀다. 성장을 너무 서둘렀다.

아마 이 싸움에 이기든 지든, 자신은 그냥 넘어가지 못한다.

멀린으로서의 힘을 잃을지도 모른다—. 그런 파멸적인 예감이 있었다.

그러나, 그래도—.

"질 수…… 없잖아……?!"

"—윽?!"

건곤일척. 린타로의 쌍검이 라모라크 경을 밀어냈다.

"그 녀석이…… 나를 의지해서……! 믿어주고 있거든은?!"

일단 물러나 자세를 바로잡으려는 라모라크 경을, 린타로가 날듯이 추적했다.

"나쁘지 않아……! 그래, 이런 기분…… 나쁘지 않다고오오오!"

"크으으으으으으으으으으으으으으으으윽?!"

전장에, 루나의 비명이 드높이 울려 퍼졌다.

퍼엉! 루나의 왼쪽 무릎에, 오른쪽 어깨에, 환상의 불꽃이 타올랐다.

"—로열 로드【회개하는 자비의 강철】."

더욱이 루나에게 진홍의 일섬을 내린 에마가, 검을 빙글 회전시키며 거리를 벌렸다.

소리 내어 펄럭이는 깃발 너머로, 에마는 루나에게 고했다.

"이걸로 벌써 합계 9격. ……어떠세요? 선배. 이제 앞으로 2격이면 죽는데요? 조금은 저에게 굴복할 생각이 들었나요? 기분이 어때요?"

"아…… 크아……아아아아아아아아아아아아아아아아아악?!"

루나의 몸 여기저기에서 타오르는 고문의 불꽃.

루나는 검을 지팡이 대신 삼아 간신히 서지만, 당장이라도 발광할 정도로 괴로워했다.

제대로 숨도 쉬지 못하고, 의식을 제정신으로 유지하는 것도 어려운 지옥이었다.

"그으…… 으으으으으으으으으으윽! 허억…… 허억……."

그러나, 그래도 루나는 이를 악물고, 일어섰다.

"기분이…… 어떠냐고……? 후후…… 나쁘지…… 않아……."

"……네에? 나쁘지 않아요? 드디어 미쳐버렸나요?"

"……아니? 어차피, 일방통행의 마음을…… 자기 멋대로…… 자기만을 위해서…… 상대에게 떠넘기기만 하는 당신은…… 알 수…… 없을 거야……!"

그렇게 내뱉고서. 루나는 검을 겨누었다.

"아직도 싸울 셈인가요? 역시 11격을 맞지 않으면 모르는 건가요? 실력 차이를…… 저와 선배가 얼마나 왕의 그릇이 다른지."

그런데, 그때. 에마는, 불덩이가 피구공처럼 곡선의 궤도를 그리며 고속으로 날아오는 것을 보았다. 루나가 뿜어낸 마법 【불덩이】다.

반사적으로, 그 자리에서 뛰어 벗어나는 에마.

에마가 서 있던 장소에 화구가 착탄되어— 화염폭풍을 일으키며 대폭발했다.

"—크?! 괜한 발악을, ……윽?!"

에마가 화구에 정신이 팔려, 루나에게서 시선을 돌린 그 한순간에.

"앗!"

루나가 에마의 등 뒤에 나타나, 검을 들어 올려 내리친다—.

가아앙!

그러나 그 필살의 한 수를 막은 것은, 역시 《로스차일드》다.

"—윽?! 아, 아직이었구나…… 정말, 그 녀석도 참…… 이거 좀 얼른, 어떻게든 하란 말야. 정말……."

검이 정면으로 튕겨나간 루나가 분한 기색으로, 어쩐지 즐겁게 표정을 일그러뜨렸다.

"그러니까, 전부, 소용없다니까요."

에마가 그런 루나에게, 뒤돌려차기를 뿜어 커다랗게 날려버리고—.

"【회개하는 자비의 강철】—!"

공중의 루나를 향해, 진홍의 일섬을 뿜었다.

"가, 아윽—?! 아."

10격째가 되는 그 일격은 가차 없이 루나의 오른팔을 포착하여— 뇌수를 태우는 것 같은 격통이 더욱 가속됐다.

그러나 루나는 이를 악물고 그것을 버티며, 몸을 틀어서 착지.

즉시 땅을 격하게 차고, 에마의 품에 뛰어들어서—.

"하아아아아아아아아아아아아아아아아아아아아아아아아아아아아앗!"

왼쪽 축이 되는 다리로 빙그르! 회전하여 커다랗게 전력 우상단 돌려차기를 에마에게 뿌렸다.

이미 아무런 연구도 없는, 꼴사납고 가리는 것이 없는 일격이다.

너무나도 꼴사나운 기술이라 에마는 자신의 기술로 반격하는 것도 바보 같아서, 그 루나의 차기를 《로스차일드》에 맡기고자 어깨를 으쓱거렸다—.

린타로와 라모라크 경.

루나와 에마.

그 싸움은— 둘 다 일방적이었다.

아무리 【포모르화】를 침식 진행시켜 자신의 힘을 높여도, 라모라크 경이 정면으로 타파하고, 타도되어, 억눌리는 린타로.

에마의 교묘한 유검과 【회개하는 자비의 강철】에 계속 농락당하는 루나.

그리고, 라모라크 경과 에마를 지키는 《로스차일드》.

옆에서 보는 자들 누구나, 린타로와 루나를 가엾게 생각할 일방적인 전개다.

승부는 이미 났다.

이 자리에 존재하는 관객은 환상이 만들어낸 허구라서 그리 생각하는 자는 없지만— 만약 실제로 누가 이 싸움을 관전하고 있었다면, 누구나 틀림없이 그렇게 생각했을 것이다.

에마 진영의 승리, 루나 진영의 패배.

그렇다. 승패는 이미 났다.

아직 루나와 린타로가 간신히 죽지 않았을 뿐이지— 이미 승부는 났다—.

——.

그리고—.

"……어머?"

그 압도적인 우위에서 싸우는 와중에, 라모라크 경은 문득 깨달았다.

뜨겁고 격렬하게 싸우며, 린타로를 쫓고, 쫓기는 틈에.

어느샌가 전장은 설루스의 마상창 시합 경기장과 떨어진 곳으로 이동해 있었다.

그곳은 양 옆에 울창한 숲이 우거진 외길이었다.

회장의 소란은 멀리 떨어지고, 휑한 정적이 지배하는 쓸쓸한 가도였다.

"여기는……?"

이 장소가, 풍경이, 라모라크 경의 씁쓸한 오랜 기억을 불러일으켰다.

잊지도 못한다.

여기는, 라모라크 경이 시합에서 수십 번의 승리를 무패로 거둔, 그날의 돌아가는 길.

자신과 마찬가지로 수십 번의 승리를 무패로 거두고 이긴 랜슬롯 경과의 최강 결정전이, 내일 열리게 된— 그야말로 라모라크 경의 영광이 절정에 달한 지점이며, 더욱 큰 영예에 손이 닿으려고 한 바로 그때.

그 돌아가는 길의 마상에서— 라모라크 경은 갑자기 습격을 받았다.

가웨인 경, 아그라베인 경, 가헤리스 경, 모드레드 경 네 사람에게.

그야말로 방심했다는 말밖에 못한다. 그들 형제가 아버지(로트)의 원수인 남자(펠리노어)의 딸이자, 어머니(모르고스)와 연인 사이였던 자신에게, 원한이나 반감을 품고 있다는 것은 알고 있었지만…… 그래도 자신을 공격할 거라고는 생각도 못했다.

라모라크 경은 네 명의 창에 전신이 꿰뚫어지고— 그토록 최강의 이름을 떨치던 라모라크 경의 영광과 싸움은— 참으로 맥없이 끝을 맞이했다.

"하아…… 싫은 일을, 떠올려 버렸네."

정말이지 악취미적이기 짝이 없는 이계다. 설마 이런 장소까지 재현했다니.

혀를 차면서, 라모라크 경은 이 지긋지긋한 가도 앞을 보았다.

그 앞에, 너덜너덜하고 피투성이인 린타로가, 쌍검을 지팡이 삼아 간신히 서 있었다.

"허억…… 허억……."

린타로는 이미 반쯤 시체 같았다. 축 늘어져서 고개를 숙이고 있었다. 피가 섞인 거친 숨소리가 들리지 않았다면, 도저히 살아있다고 생각하기 어려웠다.

라모라크 경은, 그런 린타로를 향해 걸었다.

그렇다. 이미 잃은 과거의 영광 따위는 상관없다.

자신은, 여기서 다시 시작하는 것이다.

멀린과의 신성한 일대일 결투를 제압하고, 여기서부터 새로운 영광을 시작한다.

신의 사랑을 증명하는 시련에 도전하는 새로운 모험의 막을 여는 것이다—.

기쁘게도, 이 싸움에서 린타로는 과거의 힘을 점점 되찾고 있었다.

……이제 그만 수확할 무렵이리라.

"자아, 멀린……. 휴식은 이만하면 될까아?"

싸움을 계속하자. 뜨거운 싸움을 계속하자.

투쟁의 도취감과 고양감에 취해서— 라모라크 경이 린타로에게 덤벼들고자, 대검을 허리춤에 겨누고 발에 힘을 넣은— 그때였다.

"갑작스럽지만—."

린타로가 문득, 씨익…… 처절하게 입가를 끌어올렸다.

"너랑 일대일 대결을 해준다고 했었지? ……미안, 그거 거짓말."

"……뭐?"

"헷! 너 같은 괴물을 상대로 그런 걸 해줄 것 같냐, 바~보가!"

라모라크 경이 그런 린타로의 갑작스런 말에, 한순간 어안이 벙벙해진—.

—그 순간.

"내 훈련은 이제 충분해! 지금이다! 해치워!"

갑자기 라모라크 경의 좌우와 등 뒤의 공간에, 파직 균열이 셋 생기고—.

"라모라크 겨어어어어어어어어어어어어어엉!"

"하아아아아아아아아아아아아앗!"

"각오하세요오오!"

가웨인 경, 펠리시아, 케이 경이 뛰쳐나왔다.

언젠가처럼, 완전히 예상 밖의 기습이 라모라크 경을 덮쳤다.

"무—슨?!"

이것은 아무리 라모라크 경이라도 경악했다. 당황하며 선회시킨 대검으로 가웨인 경의 검을 떨쳐내지만— 옆에서 들어온 펠리시아의 찌르기가, 등 뒤에 있는 케이 경의 참격이, 라모라크 경의 옆구리를 찔러 파헤치고 등을 베었다.

"카아아아악! 끄으으으윽?!"

반사적으로 몸을 틀었기에 치명상은 면했지만— 결코 경상이 아니다.

"거짓말……?! 어째……서……어? 당신들이 여기에……?!"

이 이계 안에 결코 들어올 수 없는 자들의 등장에, 경악하여 표정을 일그러뜨리면서도.

붕! 라모라크 경은 대검을 크게 선회시켜, 세 명을 주위에서 쫓아냈다.

그러나 그 가련한 입가에서 피가 흐르고, 몸에서 힘이 빠져나가 라모라크 경은 무심코 덜컥 무릎을 꿇었다. 아무래도 칼날을 받은 곳이 상당히 안 좋았던 모양이다.

"어? 정말로, 저의 검이 라모라크 경에게……?"

"……저, 정말로 통했어……? 《로스차일드》가 발동하지 않았다……?"

이 전개에 놀란 것은 반사적으로 라모라크 경과 거리를 벌린 펠리시아 일행도 마찬가지였다.

"크큭큭, 아무래도 두 번째니까 완전히는 못 죽이나? ……뭐 좋아, 이만하면 잘 됐지!"

모두가 경악하는 가운데, 오로지 홀로 린타로만 다 안다는 표정으로 재고 있었다.

"그렇지만, 바보구나, 너. 적이 하는 말을 신용하다니?"

"머어어어어얼리이이이이이이이이이이인!"

라모라크 경이 짖었다. 눈앞이 새빨갛게 물들 것 같은 분노와 격정으로 짖었다.

그 짖는 소리가, 라모라크 경을 둘러싼 자들의 피부를 흔들었다.

"용서 못한다…… 용서 못해애애! 멀린, 당신…… 이 신성한 대결을 더럽힐 셈이야?! 이 무슨…… 무슨……!"

“헷! 언제까지 한 수 위 행세를 할 거야? 이 크레이지 사이코 초S가. 너는 이미 『외통수』에 걸렸다고.”

사나운 표정으로, 린타로가 격노에 타오르는 라모라크 경에게 검을 겨누었다.

“네가 자랑하는 《로스차일드》의 가호는 무효화됐다! 그래, 1 대 4의 상황이 되어서!”

“~~?!”

린타로의 지적에, 라모라크 경의 표정이 굴욕으로 일그러졌다.

“《로스차일드》는, 켈트 계 그리스도 교회 성인(聖人)의 성유물이다! 3이란 숫자는, 아버지와 아들과 성령— 삼위일체를 나타내며, 『작용』, 『저항』, 『평형』을 상징으로 삼는 신성한 수! 그 조화를 흐트러뜨리는 4라는 숫자는 켈트 계에게는 한없이 불길하고 기피되는 숫자야, 이제 알겠냐?!”

“서, 설마—?!”

“그래. 무적을 자랑하는 《로스차일드》의 가호는, 자신의 눈앞에 **적대자가 네 명 있을 때만** 그 힘을 잃는다. 세 명 이하도 아니고, 다섯 명 이상도 안 돼! 네 명이다! 가웨인 같은 풋내기 사인조가, 라모라크 경을 이긴 건 그게 이유다!”

“마가미 린타로, 열받는구우우우우우우우우우우우운!”

그 외침에 발을 동동 구르는 가웨인 경을 무시하고, 린타로가 말을 이었다.

"헷. ……이 예측이 맞을지 아닐지는 도박이었지만. ……아무래도 그 모습을 보니 맞아떨어졌나 봐? 라모라크……."

으득……. 라모라크 경이 떨어지는 자신의 피를 닦으면서 이를 갈았다.

"이, 이해가 안 되는걸……."

분노로 어깨를 떨면서, 라모라크 경이 말했다.

"이 이계는, 당신이 만들어낸 융계 단계: 형성위의 이계……! 처음부터 들어오지 않는 한, 외부인이 침입할 수 없을 텐데……! 그런데, 어째서……?!"

그러자.

"어라~? 이 이계, **내가 만들었다고**, 말한 적 있었나~?"

그런 식으로, 부추기는 것처럼 시치미를 떼는 린타로.

"—크?! 서, 설마……?!"

라모라크 경이 시선을 옆으로 흘렸다.

그 끝에는, 검을 겨누고 의연하게 서 있는 펠리시아가 있었다.

"네. 이 이계는 제가 만들었어요. 이 이계의 주인은 저랍니다. 뜻밖이었나요? 말해두지만…… 저, 이래 보여도 마법은 대단히 특기랍니다."

"무……슨……?!"

"그래. 이계를 만든 술자 본인은, 자유롭게 이계 안팎을 드나들 수 있어……. 다시 말해서, 펠리시아랑 펠리시아가

데리고 오는 녀석은 마음대로 들어올 수 있다는 거지!"

"마……말도 안…… 돼! 저런 계집애가……?!"

라모라크 경은 말을 잃었다.

멀린이라면 모를까 저 펠리시아가, 설마 형성위의 이계를 전개할 정도의 마법사라는 것은…… 완전히 자신들이 한 방 먹었다는 걸 깨달았다.

"다음은, 이 절호의 타이밍을 기다리기만 하면 되지! 왜 이 타이밍이냐고? 이 장소에서 넷이 기습을 한다— 너, 무지막지 열받을 테니까 말이지?! 카앗하하하하하하하하하하하하하하핫!"

그런 린타로의 흉흉하게 메아리치는 웃음 소리에—.

'작전이라지만, 라모라크 경의 초특급 트라우마를, 일부러 파헤치다니…….'

케이 경도.

'알고는 있었지만, 정말로 최악인 분이랍니다…….'

펠리시아도.

'바들바들…… 멀린 무서워.'

가웨인 경도.

모두 안면이 창백해지며 기겁했다.

"멀리…… 마가미, 린타로오오오오오오오오오오오오오옷?!"

그리고 라모라크 경이 흥분하여, 그 존재감이 압도적으로 치솟으며—.

"잔챙이가 무리 지어서 다소 나에게 상처를 입혔다고, 나에게—?!"

대검을 들어 올려, 일동에게 덤벼들려고 하는데—.

덜컥.

라모라크 경은 갑자기 무거워진 자신의 몸에 눈을 까뒤집고 한쪽 무릎을 짚었다.

"이, 이건, 뭐지……? 내 몸이, 갑자기 둔하게……?!"

"……이봐, 라모라크. 우리를 너무 얕보지 마라?"

돌아보자.

"로열 로드(진명 선언) 【빛나는 영광의 강철(엑스칼리버)】— 죄송하답니다, 라모라크 경."

펠리시아가 세검의 엑스칼리버를 치켜들고, 이미 로열 로드를 하고 있었다.

펠리시아의 검에서 뿜어져 나온 빛나는 눈부신 빛이, 라모라크 경의 힘을 깎아내고—.

"좋아. 【태양의 가호】, 발동했습니다. 나의 왕."

—가웨인 경의 힘이 세 배가 되었다.

"윽…… 이, 이게……?!"

이 상황에, 라모라크 경의 표정에 처음으로 조바심의 감정이 살짝 스며 나왔다.

"헷…… 평소의 너라면 내가 포모르화하고, 펠리시아가 디버프를 하고, 가웨인의 힘이 세 배가 되어서…… 케이 경이……,

……그러니까 ……케이 경?"

"됐어요! 억지로 저를 넣지 않아도 돼요!"

케이 경이 울상이었다.

"아무튼 이것저것 해봐야 너한테는 이길 수 없겠지. 그만큼, 너는 압도적이야."

그러나. 린타로는 사납게 웃었다.

"너한테 잔뜩 훈련을 받은 덕분에, 지금 내 힘은 상당히 너랑 가까워졌거든?! 그런 데다가, 너는 《로스차일드》의 가호를 잃고, 꽤 치명적인 부상을 입었지…… 자, 이거라면 어느 쪽으로 천칭이 기울까?"

으득. 라모라크 경이 이를 갈았다.

"이걸 위해서…… 이걸 위한 상황을 만들기 위해서, 당신은 나에게 일대일 승부를, 제안한 거야……? 일대일이라면, 내가 당신을 연마할 거라 예측하고?!"

"하! 그야 당연하지! 너희들 기사는 싸움이 신성하다느니 정정당당이라느니, 전력을 내고 싶다, 패배를 알고 싶다…… 아무튼 하나같이 머리가 나쁘니까!"

한 방 먹이고서 드높이 웃는 린타로의 독설은 가차 없었다.

그것에 라모라크 경은 머리 끝까지 분노했다.

"좋아아……. 이 쓰레기 놈들……! 그렇게까지 해서, 무참하게 죽고 싶다면…… 놀아주겠어어어어어어어어어어어어어어!"

처절하게 짖고서.

라모라크 경이, 린타로 일행에게 대검을 들고 덤벼들었다.

——.

"꺄아아아아아아아아아아아앗?!"

그때, 에마는 머리를 흔드는 성대한 충격에 땅을 구르면서 비명을 질렀다.

루나가 뻗은 자포자기의 커다란 기술, 우상단 돌려차기.

에마가 《로스차일드》로 그것을 받으려고 한— 그야말로 그때였다.

놀랍게도 자신을 가호하던 《로스차일드》가…… 갑자기 질감을 잃고 허공에 녹아 사라져 버렸다.

그 결과, 루나의 차기를 에마는 측두부에 제대로 맞아 날아가 버리게 됐다.

"어? 드디어 1포인트?"

머리 위로 높이 올린 발을 천천히 되돌리면서, 루나가 사납게 웃었다.

"어, 어째서, 《로스차일드》가?! 라, 라모라크 경……?!"

머리를 흔들면서 에마가 몸을 일으키고 주위를 둘러보았지만, 라모라크 경의 모습은 안 보였다.

아무래도 싸움에 열중한 나머지, 어느샌가 분단되어 버린 모양이다.

《킹》인 에마와, 그녀의 《잭》인 라모라크 경 사이에는, 영적인 연결(라인)이 있다. 그것을 통해 전해진 정보에 따르면 라모라크 경이 쓰러지지는 않은 모양이지만…… 그렇기에 더욱이 사태는 불가사의했다.

“흐흥…… 드디어, 그 성가신 《로스차일드》가 사라졌네……. 그러니까, 린타로가 잘 해준 거야……. 뭐, 예상대로, 노린 대로야!”

“무슨…… 대체, 뭘 한 건가요……?!”

“글쎄? 그런 것보다, 있지, 기분 어때? 격이 낮다고 생각했던 상대한테 한 방 먹어서, 이렇게 올려다보는 건!”

“큭! 시시한 짓을……!”

에마가 검을 지팡이 대신 삼아 힘차게 일어섰다.

“무슨 일이 있었는지는 모르겠지만, 지금 그 일격은 마가미 린타로 덕분인 거죠?! 제가 당신에게 진 게 아니에요!”

“뭐? 뭐라고 했었더라? 가신의 힘은 주군의 힘, 왕의 그릇의 차이라며?”

“윽—?!”

앙갚음을 하듯 루나가 말하자, 에마는 이를 갈았다.

“뭐 어쨌든…… 승부는…… 이제부터야……!”

이미 온몸이 걸레짝 같은 루나가, 너덜너덜한 그대로 검을 다시 겨누었다.

그 집념 같은 이해불능의 기백에, 에마는 한순간 압도되어 뒤로 물러났다.

"……소, 소용없거든요? 딱히 《로스차일드》가 없어도, 저는 압도적으로 루나 선배보다 강해요. 이미 싸움의 결과는 바뀌지 않아요."

"그건…… 과연 어떨까……?"

루나가, 반쯤 의식이 몽롱한 상태에서도 사납게 말했다.

"……상황, 이해하고 있나요? 아니면, 그것마저 판단 못할 정도로, 의식이 흐려진 건가요?"

비틀거리며 반쯤 죽어가는 루나를 보고, 에마는 차분함을 되찾고 이제 지긋지긋하단 기색으로 말했다.

"당신에게 내린 【회개하는 자비의 강철】은 이미 10격. 다시 말해서, 앞으로 일격이면 당신에게 피할 수 없는 확정된 죽음이 찾아옵니다. 이미 승부는 나 있는걸요?"

루나의 온몸에 있는 열 개의 빨간 점이 환상의 불꽃을 태우며, 루나를 거의 불덩어리 상태로 만들고 있었다.

"여기까지 버틴 것은, 대단하다고 찬사를 보내겠습니다만…… 이제 그만 포기하면 어떤가요? 이제 그만 저에게 용서를 구하는 말을 생각하면—."

"시끄러, 이 바보! 몇 번이든 말해주겠어!"

루나가 검을 붕! 휘두르고 선언했다.

"내가 더, 왕으로서 격이 높아! 그리고, 당신이 《로스차일드》의 가호를 잃은 이상, 이제 전사로서도 내가 격이 높아! 이미, 당신에게 승산은 없어! 당신이야말로, 얼른 항복해!"

"……하아. 정말, 구제할 도리가 없네요."

에마는 냉혹하게 눈을 가늘게 뜨고, 검을 겨누었다.

"이제, 됐어요. 왕의 자비도 여기까지입니다. 루나 선배, 당신은 죽어 주세요. 아서 왕의 자비를 받아들이지 않고, 마지막까지 저항하고 죽어간 열한 명째의 왕— 로트처럼."

"—큭?!"

그리고.

"로열 로드……."

에마가 마지막 로열 로드을 뽑아내려고 한— 그 순간.

"타아아아아아아아아아아아아아아아앗!"

루나가 믿을 수 없는 속도로, 에마의 품에 뛰어들었다.

그 상태로 아직도 이렇게 빠른 움직임이 가능한 건가?

루나의 경이적인 끈질김에, 아무리 에마라도 내심 혀를 내둘렀지만—.

"그러니까, 소용없다니까요—!"

경쾌하게 선회하는, 에마의 검.

몸에 반복하고 반복하는 수련으로 새긴 카운터 기술이, 루나의 날카로운 검극에 얽힌다.

루나의 검을 옆으로 흘리고— 동시에, 에마는 그대로 루나의 가슴팍에 깊고 날카롭게 베어 들었다.

이걸로, 끝났다.

—그랬어야 했다.

그러나.

"아아아아아아아아아아아아아아아아아아아아아아아아앗!"

"어—?!"

놀랍게도 루나는 에마의 칼날을 받고서도— 무슨 생각인지 앞으로 더 파고들었다.

그 탓에, 에마의 카운터 타점이 빗나갔다. 깊은 상처를 입혔지만 치명상은 되지 못했다.

빠악!

그대로 루나는 피를 뿌리면서, 맹렬한 박치기를 에마의 머리에 쏟았다.

"아윽?!"

그 한순간, 시야가 깜박이며 몸을 젖힌 에마가 견디지 못하고 뛰어서 거리를 벌렸다.

이 싸움이 시작된 이후, 에마가 처음 자신의 의사로 후퇴한 순간이었다.

"헤헷…… 어때? 헉…… 헉…… 《로스차일드》만 없으면, 이렇거든?"

"네……? 무, 무슨 말을……?"

아픈 머리를 누르면서, 에마는 드디어 루나가 돌아버렸나 생각했다.

루나는 에마에게 일격을 넣고서 자신 있게 말하지만…… 이 일합으로 에마가 입은 손상(대미지)은 박치기 한 방. 반대로 루나의 손상은, 결코 얕지 않은 상처다.

이번 일합의 승리자가 어느 쪽인지, 불 보듯 뻔한 일인데—.

"헉…… 헉…… 허억…… 왜 그래? 혹시 쫄았어? 콜록!"

그러나 루나의 눈은 명백하게 무엇보다도 웅변적으로 말하고 있었다.

내가 이겼다.

"이, 이게……!"

이 정도 절망적인 상황에 몰리고서도, 더욱이 꺾이지 않고, 굴하지 않고, 자신의 승리를 믿고서, 이기고자 하는 루나의 모습에, 에마는 구역질이 나는 것처럼 불쾌감을 느끼는 수밖에 없었다.

"좋아요! 그러면, 당신이 얼마나 버티는지, 이 손으로 확인해 주겠어요!"

에마가 로열 로드를 뽑아내고자, 다시 검을 겨누—.

"아아아아아아아아아아아아아아아아아아아아아아아아아아앗!"

역시, 루나는 그런 에마의 품으로 뛰어는 것 말고는 선택지가 없으며—.

"다 보여요—!"

에마는 그런 루나의 검에 간단히 카운터를 맞추지만.

"으랏차아아아아아아아아아아아아아아아아아아아아아아아아아앗!"

몸을 베이면서도, 루나는 멈추지 않는다.

또 다시, 맹렬한 박치기 공격이, 에마의 의식을 하얗게 흔들었다.

"아, 으으으으으?! 어, 어째서?! 어째서?!"

견디지 못하고, 에마가 거리를 벌리고자 했지만—.

"아직이야! 아직아직아직아지이이이이이이이이이이이이익!"

그런 에마에게, 루나는 가차 없이 다가간다, 다가간다, 다가간다—.

—린타로의 진행된 【포모르화】, 펠리시아의 엑스칼리버, 가웨인 경의 【태양의 가호】, 기습으로 입은 깊은 부상, 그리고 《로스차일드》의 봉쇄.

이 정도로, 이 정도의 조건이 모이고서도—.

"아아아아아아아아아아아아아아아아아아아아아아아아아앗!"

—라모라크 경의 힘은, 압도적이었다.

맹렬하게 대검을 휘두르고, 사방팔방에서 덤비는 린타로, 펠리시아, 가웨인 경, 케이 경을, 타도하고, 날려버리고, 휩쓸고, 떨쳐낸다.

펠리시아가 그 자리의 모두에게 걸어둔 요정 마법 【풍요의 봄바람】— 효과 중에서, 언제나 부상을 치유하는 지속적인 회복 마법이 없었다면 진작에 전멸했을 것이다.

"나는 최강! 최강의 기사야! 이런 곳에서! 당신들처럼 무리 짓는 것밖에 못하는 잔챙이들에게! 질 수는 없단 말이야아아앗!"
그러나—.
"우오오오오오오오옷!"
싸우기 시작한 때보다, 훨씬 속도와 위력이 늘어난 린타로의 쌍검이.
"하아아아아아아아아아아아아아아아앗!"
그것을 보좌하듯 협공하는 가웨인 경의 검이.
"크, 흑—?!"
드디어, 결코 얕지 않은 손상을, 라모라크 경에게 새기기 시작했다.
"이, 이노옴……! 이노오오오오오오오오오오오오오오오오옴!"
라모라크 경도 1 대 4라는 불리한 상황을 타개하고자, 작은 움직임 위주로 잘게 반격을 반복하여 린타로 일행을 베고 있지만…… 펠리시아의 【풍요의 봄바람】 탓에, 어중간한 손상은 금방 치유되어 끝이 없다.
"끈질기네에! 당신들은, 무슨 좀비 같은 거야?!"
그렇다면— 일격으로 목숨을 빼앗는다.
그렇게 판단한 라모라크 경이, 장기전으로 피로가 쌓인 린타로에게 생긴 한순간의 틈을 찔러서, 자신의 모든 오라와 힘을 담아 필살의 일격을 휘둘렀다.
"죽어어어엇?! 린타로오오오오오오오옷!"
'—아차, 실수했나—?!'

한순간, 린타로는 자신의 죽음을 각오했지만—.

"마가미 린타로!"

화려하게 솟아오르는 피보라.

놀랍게도 가웨인 경이 린타로와 라모라크 경 사이에 끼어들어, 즉사의 대검 일격을 자신의 애검(갈라틴)으로 받아냈다.

그러나 완전히 받아내지 못하고, 대검은 격렬하게 가웨인 경의 갑옷을 깨면서 그 살을 깊이 파헤쳤다.

드디어 한 명, 탈락—.

라모라크 경뿐 아니라, 린타로를 포함한 그 자리의 모두가 그렇게 확신했다.

—그러나.

"어째서야……?!"

라모라크 경이 이를 갈았다.

"가웨인 경…… 당신, 어째서 안 죽는 거야……?!"

검을 받아내서 다소 위력이 죽기는 했지만, 라모라크 경의 그 일격은 그래도 어중이떠중이의 목숨을 손쉽게 날려버리고 남는, 틀림없는 필살이었다.

실제로 지금의 린타로라도, 같은 것을 당하면 틀림없이 죽었다.

그런데 가웨인 경은 살아남아 두 다리로 섰다. 하물며, 몸으로 직접 라모라크 경의 대검을 억누르고 있었다.

"크…… 검이…… 안 빠져……?! 놔…… 이거 놔……!"

"유감스럽게도…… 나는 튼튼함(터프)과 생명력에는 자신이 있거든……."

가웨인 경이, 입가에서 피를 흘리며 자신 있게 웃었다.

"신족의 계보라 그런가? 모든 오라를 방어로 돌리면, 나는 그리 간단히는 안 죽어."

그러고 보니. 린타로는 떠올렸다. 전설 시대 모드레드의 난 때, 가웨인은 랜슬롯과 마지막 싸움에서, 며칠에 걸쳐 죽기 직전까지 일방적으로 랜슬롯에게 얻어맞으면서도 집념으로 계속 싸운 기사였다는 것을.

가웨인 경. 검이나 창술로는 최강 클래스에 한 걸음 뒤지지만, 튼튼함은 원탁 제일.

원탁을 파괴한 원인 중 하나인 가웨인은, 멀린인 린타로로서는 솔직히 짜증나서 어쩔 수 없는 존재지만…… 지금, 이 상황에서는 듬직하다.

"자, 지금이다! 가라! 가라, 마가미 린타로!"

"그래애애애애애애애애애애애애애앳!"

가웨인 경의 외침에 응하여, 린타로가 움직였다.

좌우의 검을 선풍처럼 휘둘러, 두 개의 초승달이 허공에 교차했다.

"카윽—?! 아—."

파악! 두 달에 끼어서, 라모라크 경이 뿜어내는 피보라.

십자로 깊게 새겨진 상처는 치명상 직전. 중상이다.

"콜록?! 이, 이게에에에에에에에에에에!"

라모라크 경이 가웨인 경에게 혼신의 차기를 넣고, 대검을 뽑아 물러났다.

린타로와 거리를 벌린다.

그리고 피에 젖은 라모라크 경이 대검을 겨누고—.

마찬가지로 피투성이 린타로가, 그런 라모라크 경을 향해—전력으로 달렸다.

한계가 가깝다.

아니, 이미 한계는 진작에 넘어섰다.

다음 일격으로 결판을 내지 않으면, 진다.

그런 예감을 맹렬하게 느끼면서, 린타로가 달렸다, 달렸다, 달렸다.

마지막 힘을 쥐어짜서, 마지막 참격을 뿌린다—.

"라모라아아크으으으으으으으으으으으으으으으으으으으으으!"

"마가미 린타로오오오오오오오오오오오오오오오오오오오오?!"

린타로와 라모라크 경이, 마지막 격돌을 향해, 서로에게 육박한다—.

그리고—.

"어째서인가요?!"

기어이, 에마는 울먹이기 시작했다.

"어째서…… 어째서, 어째서, 어째서, 어째서, 어째서?! 어째서, 당신은 쓰러지지 않는 건가요?! 포기하지 않는 건가요오오오오오오오오오오오오?!"

이제 에마는 의미를 알 수 없었다.

에마 앞에 선 루나는, 걸레짝이라고 불러주기도 민망할 정도로 완전히 너덜너덜했다.

10격의 【회개하는 자비의 강철】을 이미 맞았고, 에마의 검을 무수하게 받아서 피투성이에다 너덜너덜한 반시체다. 아니, 당장이라도 죽을 것 같았다. 죽었으면 좋겠다.

그에 비해 에마의 손상은, 고작해야 열 번도 안 되는 박치기 공격뿐.

어느 쪽이 이기고 있는지 물어보면, 백이면 백, 에마라고 대답할 상황.

그런데.

그런데도.

"콜록콜록! 어머나? 벌써 끝이…… 쿨럭—!"

처절하게 웃는 루나.

이 자리를 압도하고 있는 것은, 지배하고 있는 것은 에마가 아니라 루나.

틀림없이 루나였다—.

"허억…… 허억……. 그렇지만, 아무리 그래도 위험하네…… 이거, 죽겠어……."

피를 토하면서, 루나가 말했다.

"그, 그래요! 이대로 가면 루나 선배는 죽어요! 죽는 거예요! 그러니까, 얼른 패배를 인정하고 저한테 항복을—."

"……기각!"

어째서?!

에마는 이제 다 팽개치고 울고 싶어졌다.

"그러니까…… 이제 그만 드디어 고대하시던 등장을 부탁드려야지……. 나의 로열 로드를."

그리고 루나가 문득 그런 것을 말하기 시작했다.

"이걸로…… 결판을 내겠어……!"

"아……."

곧장, 에마의 표정이 공포에 일그러졌다.

'그래…… 그랬어요! 로열 로드! 그런 비장의 수가 있으니까, 이토록 절망하지 않고 끈질기게 있을 수 있어요…… 큭!'

계승전에 참전하는 《킹》이 가진 비장의 수. 엑스칼리버의 로열 로드.

루나가 그것을 보일 낌새에, 에마는 온몸에 긴장이 흘렀다.

'하, 하지만…… 이런 절망적 상황을 뒤집을 수 있는 로열 로드 따위…… 대체, 어떤 능력인 건가요……?!'

곧장, 에마에게 전황 우위의 여유가 사라졌다.

높아지는 긴장감에, 호흡이 거칠어진다.

'아뇨, 괜찮아요. 지금까지 온존했다는 건 로열 로드와 함께 어떤 필살 공격을 하는 「무위 발휘형」, 아니면 자신에게 어떤 부스트를 거는 「옥체 강림형」일 거예요……. 가장 성가시고 막을 도리가 없는 「왕위 현현형」 같은 건 아닐 테니까…… 그렇다면, 단순하게 검기로 선의 선이나 후의 선을 잡으면, 제가 이깁니다……!'

재빨리 그렇게 생각하고— 에마는 각오를 굳히며, 검을 겨누었다.

"자, 좋아요! 언제든지 덤비세요!"

"흐응? 그래…… 그러면, 그 말대로 할게—."

루나가— 달렸다.

이 막판에 와서, 믿을 수 없는 속도로, 망설임 없이 단숨에 에마를 향해 달린다—.

그리고 검을 지듯 치켜들고서— 루나가 선언했다.

"로열 로드—!"

순간, 에마는 내심 음흉하게 웃었다.

이 시점에서, 간격을 좁히며 달려온다.

그것은 다시 말해서—.

'틀림없이, 저와 같은 「무위 발휘형」! 게다가 상당히, 사정거리가 짧은 타입!'

다시 말해서, 검의 대응 기술로 충분히 대처가 가능하다.

이겼다—.

에마가 승리를 확신하고, 루나의 움직임에, 루나의 검에, 모든 신경을 집중시켰다—.

—그때였다.

홱!

에마의 눈과 코 앞에서, 어째선지 루나가, 갑자기 검을 옆으로 던졌다.

"……어?"

너무나도 예상을 벗어난 루나의 행동에, 무심코 에마의 사고가 새하얗게 변했다.

'어? 어째서? 검을 버렸다?! 그런 형식의 로열 로드가 있었나요?! 서, 설마, 저게 그 소문에 들은 「신의(神意) 계시형」?! 아, 아니, 그럴 리…….'

그리고, 그것이.

루나의 검을 이용한 공격에만 모든 신경을 집중하고 있던 에마에게— 한순간 틈을 만들었다.

고작해야 한순간.

그러나 한순간.

그 한순간에, 루나는—.

"로열 로드(진명 선언)—【엑스칼리버(어떻게든 기합으로 펀치)】어어어어어어어어어어—!"

에마의 품으로 단숨에 파고들어— **맨손으로 때렸다.**

"어? 그게 무슨……."

당황하여, 간격을 다시 재고, 요격하고자 검을 휘두르지만— 이미 늦었다.

에마의 검이 루나를 포착하기 전에, 루나 혼신의 라이트스트레이트가 에마의 왼쪽 볼에 직격했다.

—그대로, 루나는 가차 없이 주먹을 휘둘렀다.

그리고, 루나의 모든 주력, 모든 체중, 모든 힘을 실은, 그 일격은.

에마의 뇌를 성대하게 흔들고, 가녀린 몸을 간단히 날려 버렸다.

그리고, 그 순간—.

"—아—."

에마 안에서, 무언가가— 꺾였다.

에마 안에서, 지금까지 소중하게 지켜온 결정적인 「무언가」가 소리를 내며 부서졌다.

루나에게 맞은 충격으로 날아간 몸을, 부유감이 감싸는 가운데.

안개가 끼어, 급속하게 하얗게 변하는 의식 속에서.

에마는 자신의 검(엑스칼리버)에, 천천히 금이 가는 것을 느끼고 있었다—.

"어째서…… 제가……? 《로스차일드》가……? 제가 루나 선배에게…… 질 리가…… 없는데……?"

그런, 의식과 몸이 허공을 춤추는 에마의 자문에…….

"당연하잖아? 가신이 다른 거야."

……루나는, 딱 잘라 대답했다.

"아아아아아아아아아아아아아아아아아아아아아아앗!"

"오오오오오오오오오오오오오오오오오오오오오오오옷!"

전장에 교차한 두 개의 열화 같은 기백.

교차하여, 스치는, 린타로와 라모라크 경.

두 사람의 검은, 서로에게 끝까지 휘두르고 있었다.

"……."

"……."

그 자리에 찾아오는, 거짓말 같은 정적. 시간이 멈춘 것 같은 잔잔함.

방금 전까지 있던 전장의 고양이나 격음이 지금은, 멀고— 마치 거짓말 같았다.

펠리시아, 가웨인 경, 케이 경이 마른 침을 삼키며 지켜보는 가운데.

린타로와 라모라크 경은, 검을 휘두른 모습 그대로, 등을 마주한 채 서 있는 수밖에 없었고—.

이윽고, 무한히 이어질 것 같았던 침묵과 정적 다음에.

"……우리는…… 진 거야……?"

에마와 영적으로 이어져 있기에 에마의 상황을 모두 깨달은 라모라크 경이, 떨리는 입을 열어 하늘을 매달리는 것처럼 우러러 보고, 조용조용 중얼거리기 시작했다.

"……Eli, Eli, Lema Sabachthani(주여, 주여, 어찌 나를 버리시나이까)……?"

전혀 알 수 없다. 이해할 수 없다. ……그런 라모라크 경의, 신에게 던진 질문에.

"뻔하잖아? 루나랑 에마. ……격의 차이이다. 왕의 그릇이지."

린타로가 돌아보지도 않고, 짧게 잘라 말했다.

"Jesus(지저스)……!"

마지막으로, 토해내는 것처럼 중얼거리고.

라모라크 경의 모습은— 빛의 입자가 되어 부서졌다.

그 수육이 풀리고, 마나의 안개가 되어 조용히 맥없이 소멸했다.

그리고—.

루나의, 린타로 일행의 시야가, 문득 새하얗게 백열됐다.

새하얗게.

어디까지나— 새하얗게—.

세계가— 변한다. 허구의 세계가— 끝난다—.

종장 애증의 끝에서

——.

문득— 에마는, 눈을 떴다.

"……정신 들었냐?"

무거운 눈꺼풀을 천천히 뜬 에마의 시야에 먼저 들어온 것은, 쓰러진 에마를 안아서 일으킨 린타로의 얼굴. 이미 【포모르화】를 풀고 있는 모습으로, 에마의 얼굴을 들여다보고 있었다.

그리고 그런 린타로와 에마를 둘러싸고 내려다보는, 루나, 케이 경, 펠리시아, 가웨인 경의 모습.

밤하늘은 깊고 어두우며, 주변은 쓸쓸하고 오래된 공사현장 터.

"……기분은 어때?"

"……."

질문을 듣고 말없이, 자기 상태를 하나하나 확인했다.

몸은 아프지 않다. 부상은 모두 치유되었다. 그러나, 납처럼 무겁고 힘이 안 들어간다.

그리고 마치 영혼을 찢어낸 것처럼 공허한 상실감이, 에마의 가슴을 지배하고 있었다.

에마는 몽롱한 의식으로 시선을 움직여, 손에 쥐고 있는 엑스칼리버를 보았다.

그 검신은— 두 동강으로 뚝 부러져 있었다.

"……그런, 가요……. 저…… 져버린 거네요……."

모든 것을 떠올린 에마가, 멍하니 중얼거렸다.

엑스칼리버는 왕의 모습을 반영하는 검이다. 자기 마음을 투영하는 거울이다.

만약, 진심으로 패배를 인정해 버리면— 부러진다.

과거, 아서 왕이 펠리노어 왕의 압도적인 힘 앞에 굴복했을 때처럼.

"훌쩍…… 저, 저는…… 져서…… 져버린…… 히윽…… 제 계승전…… 끝나…… 버렸어요……."

양손으로 얼굴을 가리고, 눈물을 흘리면서 에마는 중얼거렸다.

그런 에마에게, 린타로는 담담하게 말했다.

"너한테 걸려 있던【마음 돌리기의 저주】는, 풀어뒀다."

"……마,【마음 돌리기의 저주】……?"

"너, 머리가 뜨거워졌었지? ……그 저주가 원인이야."

그러고 보니, 에마는 머리가 묘하게 상쾌하다는 것을 깨달았다.

지금이니까, 알 수 있다. 아까 전까지의 자신의 사고나 감정, 행동의 이상함을.

"듣고 싶지 않을지도 모르지만, 들어라. 너한테 저주를 건 녀석은…… 아마도."

"아뇨, 알고 있어요……. 알고 있어요……."

에마는 이 섬에 온 이후, 계속 라모라크 경과 함께 있었다.

만약 누군가가 자신에게 【마음 돌리기의 저주】를 걸고자 해도, 라모라크 경처럼 뛰어난 기사의 눈을 속이고 실행하는 일 따위, 가능할 리 없었다.

그렇다면 이야기는 간단하다. 에마에게 저주를 건 상대는 라모라크 경이거나…… 아니면, 라모라크 경과 손을 잡은 제3자다.

어쨌든지, 에마는 배신 당한 것이다. 진심으로 믿고 있던 《잭》에게.

"……라모라크 경……."

에마는, 허리에 매단 원탁의 파편을 살며시 쥐었다. 지금은 깨져 버린 그것을.

라모라크 경이 뭔가, 어쩔 수 없는 일그러짐을 품고 있다는 것은…… 어렴풋이 알고 있었다. 보통 사람은 이해할 수 없는 바람과 고민을 품고 있는 것은…… 알고 있었다.

하지만. 그래도.

에마의 소환에 유일하게 응해준 《잭》이었고……. 에마에 대한 라모라크 경의 그 충성이, 그 상냥함이, 그 신뢰가, 거짓이었다고 생각할 수는 없다. 생각하기 싫었다.

"……어째서……?"

그 물음에 대답할 상대는— 이미 없었다.

깨져 버린 원탁의 파편을 움켜쥐고, 에마는 끊임없이 눈물을 흘렸다.

"……어째……서…… 훌쩍…… 히윽……."

그리고, 울었다.

린타로에게 안긴 모습 그대로, 에마는 남들의 눈을 신경 쓰지 않고 계속 울었다.

아무도, 그런 에마에게 무엇 하나 말을 걸 수 없었다.

이윽고. 한 차례 울고 나서, 감정을 토해 내고, 진정됐는지.

"……이제…… 괜찮아요……."

새빨갛게 젖은 눈을 비비면서, 에마는 몸을 일으켜, 일어섰다.

"저는…… 져버렸어요. 제 계승전은 끝나버렸어요. 하지만…… 분명히, 이거면 되는 거였다고 생각해요."

그렇게 말하고, 에마는 희미하게 웃었다. 눈물에 젖은 탓이기도 했지만, 마치 무언가 씌었던 것이 떨어진 것처럼 상쾌한 웃음이었다.

"……저는 ……결국, 왕의 그릇이 아니었던 거예요. ……루나 선배랑 싸우고 ……그걸 잘 알았어요. 저는…… 약했어요."

그리고 에마는 루나를 돌아보며 말했다.

“죄송합니다, 루나 선배……. 평판이나 얕은 식견으로, 당신에게 스승님이 걸맞지 않다고, 그런 말을 해버려서……. 역시 스승님이 고른 사람…… 당신은 굉장한 사람이었어요. ……그리고, 스승님의 눈이 옳았어요.”

“아니, 딱히…… 루나에 관해서는 그럴 셈은 전혀 없었는데 말이지.”

옆에서 그런 식으로 미묘한 표정을 짓는 린타로에게, 에마가 키득 미소를 지었다.

“스승님…… 루나 선배…… 이제부터 힘내세요. 분명히, 루나 선배야말로, 이 계승전을 제압하는 진정한 왕이에요. 스승님, 부디 그런 루나 선배를 지탱해 주세요.”

그렇게 말하고, 에마는 몸을 돌려 그 자리에서 물러가고자 했다.

“너는 이제부터 어쩔 셈이야?”

그런 에마의 등에, 린타로가 물었다.

“저…… 말인가요? ……그렇, 네요.”

문득, 발길을 멈추고, 잠시 생각에 잠기듯 하늘을 보고…….

“고향에 돌아갈 생각이에요.”

“……!”

“이쪽에는 이제 막 전학을 왔지만…… 계승전이 끝난 이상, 여기 있을 이유는 이미 없어요. 학교는 그만두고, 오를레앙의 본가로 돌아가려고…….”

에마의 본가. 성 잔느 수도회. 아서 왕의 피를 이었다는 것만으로 에마에게 가혹한 사명을 떠넘기고 세뇌와 고문 같은 교육을 한, 사람 같지 않은 놈들의 소굴.

"너…… 그건……."

"네, 알고 있어요. 아마, 고향에 돌아가도 좋은 일 하나 없을 거라고 생각해요. 아서 왕의 피를 지키기 위해서, 억지로 누군가와 결혼을 하게 될까요? 아니면 이제 볼 일이 없다고 버려지는 걸까요? ……그래도, 이미 부모님도, 친척도 없고, 천애고아인 제가 돌아갈 장소는…… 그곳뿐이에요……."

"—큭?!"

"……안녕, 스승님……. 당신을 다시 만나서, 정말 다행이에요……."

마지막으로 눈물에 젖은 미소를 한껏 지으며 린타로를 보고.

에마는 물러갔다.

에마의 쓸쓸하고도 덧없는 등을 배웅하면서, 린타로는 생각했다.

'분명히, 이걸로 에마는 바라지 않는 구세의 왕이라는 가혹한 숙명에서 해방됐어. 내가 그렇게 했지. 치료가 거칠었지만, 누군가 해야 하는 일이었어. 그건 틀림없다. 그러나— 에마는 아직, 전혀 구원받지 못했어.'

붙잡아야 한다. 이대로는 너무나도 무책임하고, 구원이 없다.

'그러나, 나는 그럴 자격이 없어. 에마가 의지할 것을 모조리 부숴버린 데다가, 현재진행형으로 인생 헤매고 있는 내가…….'

그렇다. 린타로는 그럴 자격이 없다. 할 말도 없다.

어떤 말로 붙잡아도 표면적인 것뿐이고, 에마에게는 분명히 닿지 않는다.

'그러나— 유감이지만, 여기엔 있단 말이지? ……이런 경우의 적임자가.'

그때, 린타로가 몰래 입가를 일그러뜨리자.

덥썩!

물러가는 에마의 어깨를, 등 뒤에서 콱 붙잡는 자가 있었다.

"……기다려, 에마. 놓칠 거라고 생각해?"

루나였다.

"……네? 저, 저기…… 루나 선배?"

"『제가 졌습니다. 모두 제 몫까지 열심히 힘내세요, 안녕』…… 이렇게 상쾌한 청춘 전개로 넘어갈 거라고 진심으로 생각하는 걸까아~? 에, 마, 양?"

어마어마하게 사악한 표정으로 웃는 루나에게, 에마가 곧장 안절부절했다.

"네? 아, ……그, 그게…… 분명히, 저는 선배들에게 여러모로 폐를 끼쳤고…… 그 점에서는 대단히 죄송하게 생각합니다만……."

"어어엉?! 사과해서 넘어가면 경찰도, 전후 처리의 군사

재판도 필요 없거든! 그러면, 패잔의 왕인 당신은, 어떻게 보상을 해주시려나? 응?"

"히, 히이?!"

루나의 야쿠자 같은 기세에, 에마가 울상이 되었다.

"그렇지? 그러면 이렇게 할까? 사실 내 집이 어쩐지 엄청 커서, 가사를 할 일손이 부족하단 말이지……. 그렇다고 일반인을 고용할 수도 없고? 그러니까 왕명이야, 에마! 나는 당신에게, 내 로그레스 저택의 시녀가 될 것을 명하겠어!"

"에엑?! 에에에에에에에에에에에에에에엑?!"

루나의 부조리한 명령에, 에마는 엉뚱한 소리를 질렀다.

"어, 어째서, 제가 그런 일을?!"

"뭐? 무슨 말이야? 나는 승자, 당신은 패자! 패자는 승자에게 절대 복종하는 것이 세상의 도리! 당신의 생사여탈권은 나에게 있으니까, 당신에게 거부권 따위는 없어! 그리고 관대한 왕인 나는, 괘씸한 역도인 당신을 용서한다! 그 대신 당신을 내 부하로 삼아줄게! 어차피, 돌아가도 할 일 없잖아? 그러면, 할 일을 찾을 때까지 내 곁에서 얌전히 메이드하고 있어! 학교에도 다니고! 알았지!"

"그, 그럴 수가아아아아아~?!"

그런 식으로 대소동을 벌이는 루나와 에마의 모습을 흘겨보면서.

'그렇지. ……그거면 돼. 이 부조리하고 억지스런 인도……

지금은 그거면 된다.'

린타로가 씨익 웃고, 등을 돌렸다.

"어머나…… 혹시, 노림수 그대로란 건가요?"

그런 린타로에게, 허리에 손을 댄 펠리시아가 기가 막힌 기색으로 중얼거렸다.

"글쎄? 뭐 루나라면 이런 전개가 되지 않을까 하는 기분은 들었지."

"그 멀린이, 소녀를 구하기 위해 미움받는 역할을 사서 하다니……. 뭔가 잘못 먹기라도 했나?"

가웨인 경도 무슨 기묘한 생물을 보는 것 같은 눈으로 린타로를 보았다.

"시끄러, 냅둬라. 아아, 그런 것보다도…… 너희들한테 할 말이 있다."

그러자, 린타로는 지겹다는 기색으로 머리를 긁적이고, 펠리시아와 가웨인 경을 찌릿 흘겨 보았다.

"아까 에마 진영이랑 싸울 때 말인데……."

그러자 펠리시아와 가웨인 경이 움찔하며 굳었다.

'나, 나의 왕이여. 이 흐름은……'

'그렇네요……. 저희들의 한심함을 있는 대로, 비아냥거리는 흐름이랍니다.'

그런 린타로의 모습에, 가웨인 경과 펠리시아가 포기한 것처럼 한숨을 쉬었다.

돌이켜보면, 결국 라모라크 경과 직접 맞선 것은 린타로뿐이다.

다른 녀석들은, 거의 고기 방패와 수 맞추기에 지나지 않았다.

두 사람이 린타로의 비아냥과 질책을 각오하고 있는데…….

"……그러니까…… 저기, 뭐냐……."

뜻밖에도.

"……펠리시아. ……그게, 네가 있어서 다행이었다……고, 생각한다. 까놓고, 네 마법과 엑스칼리버 없으면 끝장이었으니까……."

"……어?"

"그리고 가웨인…… 너도…… 그게, 제법이지 않나?"

"뭐."

"설마, 라모라크의 일격을 제대로 받고서 살아 있을 수 있는 녀석이 있다니…… 썩어도 원탁이라는 건가? ……흥."

린타로는 그런 것을 중얼중얼 일방적으로, 말하고서.

"뭐…… 아직 완벽하지는 않지만, 에마를 구한 것은 너희들 덕분이기도 하다. 고마워. ……하고 싶은 말은 그것뿐이다."

코웃음을 치고, 등을 돌렸다.

"……."

"……."

잠시 동안 펠리시아와 가웨인 경은, 눈이 동그래져서 그런 린타로의 등을 바라보고…….

"린타로가 정신이 나갔답니다아아아아아아아아아아아앗?!"

"나, 나의 주군이여! 린타로는 분명, 전투의 대미지로 머리를 당한 겁니다!"

"그, 그렇군요?! 역시 그거랍니다! 기다려 주시어요, 린타로! 지금 머리에 회복 마법을—."

그런 식으로 소리를 질러대며, 두 사람이 린타로를 둘러싸고—.

"너희들 말이다아아아아아아아아아아아아아아아아아앗!"

빠직빠직 핏대를 세운 린타로가, 두 사람의 얼굴을 각각 좌우의 손으로 콱 붙잡고—.

""으아아아아아아아아아아아아아아아아아아아아아아악!""

그대로 땅바닥에 쓰러뜨리며 처박았다.

그리고 싸움의 긴장이 풀린 탓인지, 그런 식으로 바보 같은 소동을 벌이는 세 사람 앞에서.

'……린타로도, 펠리시아도, 가웨인 경도…… 이 싸움에서, 자신이 서야 할 위치와 해야 할 역할이 있었어……. 그만큼의 「힘」이 있었어…… 하지만, 나에게는…….'

케이 경은, 그런 세 사람을 어쩐지 머나먼 눈으로 바라보는 수밖에 없었다.

그리고, 그런 케이 경의 남모를 고민 따위 전혀 모른 채.

"—그렇게, 됐으니까! 귀여운 메이드 획득! 기뻐해, 린타로!"

자신만만하게 엄지를 세운 루나가, 이제 축 늘어져 포기 한 표정의 에마의 손을 잡고서 린타로 앞으로 다가왔다.

"우, 우으…… 변변찮은 몸입니다만…… 잠시 신세를 지겠습니다, 스승님……."

"그래, 참 큰일이구나. 뭐, 좋지 않겠냐? 이대로 본가에 돌아가는 것보다야 낫겠지."

"그, 그럴지도 모르지만요…… 그러나, 저 같은 자가 끼어들어도 괜찮은 걸까요……?"

"집주인이 좋다고 하잖아? 그러면 신경 쓰지 마."

한숨을 쉬고 송구해하는 에마에게, 린타로는 익살스레 말했다.

그리고, 깨닫고 보니—.

'이거면 되는 거지? 정말이지, 손이 많이 가는 가신이네, 린타로는.'

에마의 뒤에서, 루나가 그렇게 입술을 움직이며 린타로를 바라보고, 씨익 웃고 있었다.

"……!"

린타로는, 그런 루나의 다 안다는 표정을 보고 눈을 깜박였다.

'……아이쿠. 못 당하겠네, 우리 폐하는.'

반쯤 기가 막히며, 쓴웃음을 지으면서 어깨를 으쓱거렸다.

"자! 응! 응!"

그리고 한여름의 태양 같은 함박웃음을 지은 루나가, 오른손을 들고 턱짓을 했다. 하이파이브 자세다.

"……그래요, 그래."

린타로도 어쩔 수 없다는 느낌으로 오른손을 들어서.

두 사람이, 누가 먼저랄 것 없이 다가가서—.

파아앙!

옆을 지나며, 두 사람의 머리 위에서 손과 손이 밝게 마주쳐 울리고 밤의 정적에 메아리 쳤다.

아서 왕 계승전은, 이제 막 시작된 참.

그러나 앞으로 어떤 곤란이 있든 극복할 수 있다—. 그런 예감이 드는— 그런 것을 믿게 만드는, 귀에 편안하고 잘 울리는 소리였다.

그리고 이튿날—.

로그레스 저택에서.

"자! 메이드! 주인님이 돌아왔어!"

카멜롯 국제학원의 학생회 업무를 보느라 평소보다 늦게 돌아온 루나가 정면 현관문을 걷어차 열고, 현관 안에 성큼성큼 진입했다.

그런 루나 뒤에는 한숨을 쉬면서 머리를 긁적이는 린타로와, 눈을 깜박이며 저택 안을 들여다보는 후유세 나유키의 모습이 있었다.

"오늘은, 학생회의 소중한 손님을 데리고 왔어! 자, 얼른 응접실로 안내하고, 차 준비를 해오렴!"

"우, 우으~, 아, 알겠습니다, 주인니임……."

그런 루나 일행을, 메이드복 차림의 에마가 어쩐지 울상을 지으며 맞이해 주었다.

"어, 어라? 에마 양도 여기 살고 있었어? 하지만, 어째서 메이드복……?"

"우으…… 아무것도 묻지 말아주세요, 나유키 선배……."

요전의 린타로 쟁탈전에서 에마와 알게 된 나유키가 고개를 갸웃거리자, 에마는 어깨를 떨구고 명확한 말을 피했다.

"저기…… 그런데 루나? 어째서 저까지 메이드인 건가요?"

그리고, 에마의 옆에…… 마찬가지로 메이드복 차림의 케이 경이, 역시 울상 지으며 호소했다.

그러나 그런 슬퍼 보이는 에마와 케이 경 따위 완전 무시하고, 루나는 나유키를 돌아보았다.

"훗, 나유키! 어때? 내 성은! 훌륭하지?"

"으, 응……. 이런 호화 저택에 살고 있는 데다가, 사용인까지 있다니…… 루나 양, 굉장하네. 역시, 영국 귀족…… 하지만, 어째서 에마 양이……?"

"흐흥, 그렇지? 자, 얼른 들어와! 편히 쉬다 가! 얼른, 다 함께, 다과회를 시작하자!"

"저기…… 루나……?"

"이제 말해도 소용없어요, 케이 경……. 얼른 손님한테 차를 준비하죠……."

어쩐지 포기한 표정의 에마와 케이 경의 옆을, 루나 일행이 지나간다.

그러자.

"어머? 루나, 돌아온 건가요?"

"야아. 어서 오게, 루나."

계단참에서 펠리시아와 가웨인 경이 나타났다.

펠리시아의 고딕 드레스 차림은 평소와 같았지만, 가웨인 경은 평소의 기사 복장이 아니라 탱크톱에 밀리터리 팬츠라는 대단히 러프한 차림이었다.

"다녀왔어! 아아, 나유키, 소개할게! 저쪽은 북 아일랜드의 명문 귀족 펠란드 가문 영애 펠리시아, 랑 그 종자인 가웨인이야."

"귀, 귀족과 종자…… 처, 처음 뵙겠습니다! 저는, 루나 양의 학생회에서 서기장을 맡고 있어요. 후유세 나유키라고 합니다! 실례하겠습니다!"

직함을 듣고서 송구해하는 나유키.

"후후, 이쪽이야말로 처음 뵙겠습니다, Ms. 후유세."

스커트 끄트머리를 잡고 우아하게 인사하는 펠리시아.

그런 펠리시아의 초연한 몸가짐에, 나유키는 멍하니 동경하는 기색으로 숨을 뱉었다.

"펠리시아, 지금부터 다 함께 다과회를 할 건데 당신도 참가할 거지?"

"어머? 괜찮은 건가요?"

"물론!"

"그래요. 그러면, 저도 함께 하겠어요. 가웨인 경?"

"네! 물론, 함께 하겠습니다. 나의 주군."

그렇게 말하고, 펠리시아와 가웨인 경도 응접실로 따라갔다.

"이, 이야기는 들었지만…… 린타로 군, 어쩐지 굉장한 사람들이랑 쉐어하우스를 하게 됐네……? 마치 다른 세계 사람들 같아……."

도중에 나유키가 목소리를 죽여, 옆을 걷는 린타로에게 조심조심 물었다.

"응~, 뭐~, 그게…… 뭐냐……. 어쩌다 보니까……."

말을 흐리는 수밖에 없는 린타로.

"애당초 이 집은 내 돈으로 산 건데, 어째서 루나가 집주인 행세를 하는 거지……."

"어? 뭐라고? 린타로 군, 뭐라고 했어?"

"아니, 아무것도 아냐."

어깨를 으쓱거리고, 린타로는 나유키의 추궁을 얼버무렸다.

"그래? ……그건 그렇고 ……어쩐지, 떠들썩해서 즐거워

보이고 좋네, 여기."

"그러냐? 시끄럽기만 한데?"

"나는 하숙하는 아파트에서 혼자 사니까…… 오히려 이런 떠들썩한 게 부러운걸?"

"진짜로? 그러면 너도 여기 올래? 방이라면 썩어날 정도로 남는데?"

"아하하, ……그렇네. 조금…… 생각해 버릴까?"

린타로의 농담 같은 제안에, 나유키도 장난스레 웃으며 응답했다

그리고—.

"있지, 린타로 군."

나유키는 온화하게, 린타로에게 물었다.

"루나 양이 있고, 모두가 있고…… 지금의 생활은 어때? 즐거워?"

"응?"

어쩐지 의미심장한 나유키의 물음에, 린타로는 고개를 갸웃거리고.

"뭐, 지루하진 않네."

그렇게, 무뚝뚝하게 응답했다.

그러나 그 옆모습을 보니, 그리 싫지도 않은 것 같고…….

"……후후, 그럼 다행이네."

나유키는 그런 린타로를 보고, 그저 온화하게 웃었다.

린타로, 루나, 케이 경, 펠리시아, 가웨인 경, 에마, 그리고—게스트인 후유세 나유키.

그 날의 다과회는, 참으로 온화하고 즐거운 한때였다고 한다—.

■작가 후기

안녕하세요? 히츠지 타로입니다.

이번에 『라스트 라운드 아서스』 제2권, 간행하게 되었습니다.

편집자 및 출판 관계자 여러분, 그리고 이 작품을 손에 집어주신 독자 여러분께 무한한 감사를. 참으로 고맙습니다!

그런데. 아서 왕 이야기에서 아서 왕 & 멀린 말고 유명한 등장인물이라면 랜슬롯 경, 가웨인 경, 트리스탄 경 등이 있습니다만, 토마스 맬러리의 『아서 왕 이야기』에서는 그 밖에도 매력적인 등장인물이 잔뜩 등장합니다.

이번 라스트 라운드 제2권에서 스포트라이트를 받은 것은, 제가 토마스 맬러리의 『아서 왕 이야기』에서 가장 좋아하는 원탁의 기사인 라모라크 드 게일 경입니다.

이 라모라크 경은 정말로 모난 인물입니다. 프라이드 덩어리고 오만불손. 그렇지만, 그 무용은 랜슬롯 경, 트리스탄 경과 나란히 원탁 최강 중 한 명입니다(참고로 맬러리 판에서 가웨인 경은 중견 클래스이고, 강함도 좀처럼 눈에 안 띕니다. 태양의 가호 보정으로 힘이 세 배가 되어도 가웨인 경에게 이기는 기사 따위 잔뜩 있어요).

라모라크 경의 그 높은 프라이드는 자타가 공인하는 것입니다. 어느 시합에서 라모라크 경이 수십 연전을 한 다음 트리스탄 경과 시합을 하게 되었을 때, 트리스탄 경이 「완전히 지친 당신과 싸우는 것은 기사도에 반합니다. 훗날, 시합을 합시다」라고 신사적으로 배려를 해줬더니, 「뭐야~? 내가 이 정도의 피로로 싸울 가치가 없어지는 상대라는 거냐? 장난까지마라」 하고 엉망진창으로 격노해 버렸을 정도입니다. 그렇지만 이 높은 프라이드에 걸맞은, 기사로서의 압도적인 격이 라모라크 경에게 있었습니다.

그리고, 라모라크 경은 어쨌든지 강합니다. 정말 말도 안 되게 강해요. 원작에서 패배 묘사가 거의 없습니다. 가웨인 경, 팔로미데스 경 같은 유력 기사를 차례차례 격파하고, 어느 시합에서는 500명의 기사한테 이기고, 랜슬롯 경과 비견되는 무쌍 캐릭터인 트리스탄 경하고도 호각, 마상으로 한정하면 트리스탄 경에게 승리한 적도 있을 정도입니다.

하지만 현대에 널리 유포된 『아서 왕 이야기』에서는 그 최강의 한 자리를 어째선지 가웨인 경에게 빼앗겼습니다. 라모라크 경을 아는 사람도 거의 없지 않을까요?

그 원인은 가웨인 경이 라모라크 경에게 저지른 「어떤 일」이 있어서, 라모라크 경을 등장시키면 가웨인 경이 잔챙이가 되지 않을 수 없는 탓이 아닐까 싶습니다.

가웨인 경은 모델이 켈트의 대영웅 쿠 훌린이라는 설도

있는 인기 캐릭터. 그런 그를 밀어주려면, 라모라크 경의 존재는 사라지지 않을 수 없다는 것입니다.

그러나 이 라스트 라운드에서는 상관없죠! 본래 모난 라모라크 경을 히츠지가 초해석하고 더욱 이차원의 방향으로 연마하여, 이번 제2권에서 당당하게 등장시켰습니다! 뭔가 격렬하게 잘못된 것 같은 생각이 들기도 하지만, 후회는 없습니다!(참고로, 잉글랜드인 라모라크 경이 라틴어를 쓰는 건 그겁니다. 우리들 일본인도 멋 부리고 싶을 때 영어로 대사를 치거나 하잖아요? 그겁니다.)

이런 느낌으로 저의 『아서 왕 이야기』를 앞으로도 힘차게 전개할 수 있으면 좋겠습니다. 그리고 일러스트 담당인 하이무라 씨, 이번에도 멋진 일러스트 정말로 고맙습니다! 덕분에 『아서 왕 이야기』가 차례차례 영상화되어 감사가 끊이지 않습니다.

그리고, 여기서 하나 선전입니다. 이번에 『라스트 라운드 아서스』가 영 에이스에서 코믹스화가 결정됐습니다! 라스트 라운드 세계가 어떤 식으로 그림이 되는지 작가인 저로서도 참으로 기대가 됩니다.

앞으로도 따스한 눈으로 이 작품을 지켜봐 주시면, 작가로서 더할 나위가 없습니다.

부디 잘 부탁드립니다.

히츠지 타로

■역자 후기

안녕하세요? 느닷없이 바뀐 불초 역자입니다. 어? 누구냐고요? 그러게요. 누굴까요.

나름대로 열심히 일하고 있지만 네임드가 아닌 역자. 이것은 마치 원탁에 이름을 올리고 있지만 네임드 기사들에게 밀려서 사람들이 모르는 기사들과 비슷하다고 억지를 부려 볼 수 있겠습니다!

다른 점이 있다면 역자는 출판사 최강이 아니란 것이죠. 후후후, 놈은 사천왕 최약체의 직속 부하 중에서도 대략 중위권! 나름대로 오래 일하긴 했다더군!

다시 시작된 『라스트 라운드 아서스』입니다. 아마 독자 여러분들이 이번 출간 소식을 접하신 것은 지난 12월말, L노벨이 시작한 공식 방송에서였을 겁니다. 고백하자면 그 시점에서 이미 역자한테는 오퍼가 들어와 있었어요. 작업을 시작한 것은 그 뒤로 얼마 지나고서부터입니다만.

생각해 보면 역자는 아서 왕 이야기를 모티브로 한 작품과도 인연이 있습니다. 원작이 나온 지 이미 한참 되었는데 얼마 전에서야 마지막 세 번째 루트가 만화화 및 애니화된 바로 그 작품이죠. 그 인연일까요? 이번에도 아서 왕 이야기를 맡게 되었습니다. 엑스칼리버어!

그러고 보니 작가 후기에서는 그 작품에 나오는 형님, 쿠훌린에 대한 언급도 있었군요. 당시의 신화라는 것들이 서로서로 영향을 주고 받았으니 당연한 일이기도 합니다. 게이 볼그으으!

이번 권에 대한 이야기를 해보자면 아서 왕이 아닌 역사적인 인물에 대한 간접적인 언급이 있었군요. 바로 프랑스의 잔느 다르크.

여러모로 전설적인 인물입니다만, 그 중에서도 피지컬적인 부분에 대해서 말해보고 싶습니다.

영국과 프랑스에서 교차 검증한 공식 기록에 따르면, 이 성녀님 피지컬이 범상치 않았다고 하더군요.

애당초 양치기였다는데 양치기 자체가 체력이 제법 있어야 하는 일이긴 하죠. 게다가 전투 기록을 보면 참 대단합니다. 공성전 때 사다리 타고 올라가다가 투석기용 돌을 머리에 맞고서도 버텼다. 목과 어깨를 관통하는 화살을 맞고서도 응급처치를 한 다음 다시 전투에 나서서 지휘를 했다. 포로로 잡혔을 때 도망치려고 21미터 높이에서 해자로 떨어졌는데 멀쩡히 살아남았다. 등등. 보통 사람은 상상도 하기 어려운 수준입니다.

또한 여러 기록에 체격과 가슴이 꽤 컸다고 기술되어 있습니다. 그렇다면 그런 잔느 다르크를 기리는 수도회의 수도사들이라면 아마도 근력의 파워 같은 이름을 가지고서 커다란 가슴(대흉근)을 과시하는 사람들일 가능성이 크겠죠!

그런 사람들이면 그야말로 뇌까지 근육으로 꽉 차서 힘의 기술만 가르치려고 하지 않을까요? 문득 그런 생각이 들었습니다.

사실 고백하자면, 역자는 갈대밭 많이 나오는 모 게임도 떠올랐습니다. 이름이 그렇단 말이죠. 어쩐지 닌자 수리검 패링을 기가 막히게 할 것 같고, 약학에도 능할 것 같고, 상처를 치료하는 약수가 솟아나오는 신기한 표주박도 만들어 줄 것 같습니다. 다른 작품 후기에서도 몇 번 이 게임 언급을 했기 때문에 자제할까 했습니다만, 이번에는 도저히 언급을 참을 수가 없었어요. 유검이잖아요. 그 유검에 몇 번을 베이고 찔리고 그러면서 죽었는지 모릅니다.

무릇 이름이 에마라면 메이드복을 입고 저택에서 일했으면 좋겠어요. 그것도 힘든 일이니까 다른 일을 해도 좋겠지만, 부탁이니까 칼은 들지마. 제발!

그러면 여러분, 3권에서 다시 만나요!

라스트 라운드 아서스 2
성녀 아서와 붉은 유녀기사

초판 1쇄 발행 2022년 3월 10일

지은이_ Taro Hitsuji
일러스트_ Kiyotaka Haimura
옮긴이_ 박경용

발행인_ 신현호
편집장_ 김승신
편집진행_ 권세라 · 최혁수 · 김경민 · 최정민
편집디자인_ 양우연
관리 · 영업_ 김민원

펴낸곳_ (주)디앤씨미디어
등록_ 2002년 4월 25일 제20-260호
주소_ 서울시 구로구 디지털로 26길 111 JnK디지털타워 503호
전화_ 02-333-2513(대표)
팩시밀리_ 02-333-2514
이메일_ lnovellove@naver.com
L노벨 공식 카페_ http://cafe.naver.com/lnovel11

ISBN 979-11-278-6374-6 04830
ISBN 979-11-278-5386-0 (세트)

값 7,800원